降魔の剣

日向景一郎シリーズ❷

北方謙三

双葉文庫

目次

降魔の剣

日向景一郎シリーズ②

第一章　白日《はくじつ》

1

若い男だった。

野袴《のばかま》に筒袖《つつそで》で、大刀は佩《は》いていない。総髪を後ろで束ねているが、その髪もかなり汚れていた。茶色で、艶《つや》がないのだ。

そんなことより、保田新兵衛《やすだしんべえ》の眼を惹《ひ》いたのは、男が両肩に担《かつ》いでいる二つの米俵だった。風体を見たのは、習性のようなものだ。

米二俵を担いでいるというのに、男の足になんの乱れもなかった。腰を落として踏張《ふんば》るという感じもなく、実に軽々と歩いている。米に見えるが、干物《ひもの》などの軽いものを詰めた俵物かもしれない。

擦れ違う人間も、それほど重いものだとは思っていないらしく、驚いた表情はしていない。米二俵を軽々と担いで歩ける男など、いるわけがないと誰もが思う。

しかし新兵衛は、男の肩が俵に食いこんでいるのを見逃さなかった。

声をかけようとして近づいた時、男の足が異常と言っていいほど速いことに気づいた。

「待て」

男は歩き続けている。

「聞えんのか。待てと言ってるんだ」

男が足を止め、俵ごと上体を新兵衛の方にむけた。

「御用の筋だ。白昼に米俵を担いで歩いてはならんという法はないが、どこの米だということぐらいは教えて貰《もら》おうか」

「米ではありません」

「なに？」

「江戸に入る時も番所で訊《き》かれましたが、これは土です」

「俺をからかってるのか、おい」

土なら、米と較《くら》べものにならないほど重たい。

「ほんとうに、土です。私は向島《むこうじま》で焼物を焼いている、日向景一郎《ひなたけいいちろう》と言います。この土は、山に二十日ほど籠《こも》って選び抜いたもので、ほかの土と混ぜて焼物にします」

「降ろしてみろ」

日向と名乗った男は、軽々と二つの俵を降ろした。そのひとつを、新兵衛は持ちあげようとした。膝《ひざ》まで持ちあげられるかどうか、という重さだ。刀の柄《つか》が邪魔をしたふりをして、新兵衛はすぐに俵を降ろした。

「しかし、大八車《だいはちぐるま》などを使えばよいではないか」

「別に、担ぐことを苦痛とは思いません。三つ以上の俵がある時は、大八車を使います」

「わかったが、向島のどこで焼物をやっている？」

「薬種屋《やくしゅや》、杉屋清六《すぎやせいろく》さんの寮の中に、窯《かま》はあります」

「杉屋」

「向島の寮は薬草園も兼ねていて、手が空いている時は、そちらも手伝います」

怪しいところは、なさそうだった。力があるというだけの理由で、引っ張るわけにもいかない。新兵衛は、行けと顎《あご》をしゃくった。日向は、軽々と二つ同時に俵を肩に載せた。

「お角力《すもう》だって、そうはいかねえやな」

「はじめは、小さいものを運んでいました。馴《な》れてしまうのですね。山の中から、五日かけようと六日かけようと、大変だとは思わなくなりました」

目礼して、日向は歩きはじめた。

馬鹿《ばか》力を相手にしてはいられない、と見送りながら新兵衛は思った。圧倒されるような気分を、そう思うことで押しのけようともしていた。

品川に逃げているに違いない、ともともとの目的を思い出した。浅草での刃傷沙汰《にんじょうざた》の下手人である。みんなその一帯を探していた。新兵衛が品川に眼をつけたのは、傷を受けた者たちの話からひらめくものがあったからだ。もっとも、人に主張できるようなものではなかった。庖丁《ほうちょう》を振り回した手が、肩から上にあがっていない。実際、三人の男のうち、顔を斬《き》られた者はなく、ひとりは下腹を刺され、あとの二人は腿《もも》を斬られていた。

高輪《たかなわ》に入った。ひとりで来たことを、いくらか後悔していた。手札を渡してある目明しは何人かいる。せめて、ひとりは伴った方がよかったかもしれない。刃物を持った下手人を手捕りにしたことなど、一度もないのだ。寄ってたかってからめ捕る、ということしかしてこなかった。そんな時は、目明しや手先が遣う鉤縄《かぎなわ》の方が、十手《じって》や刀よりずっと役に立つ。

臨時廻りの同心になって、四年。その前は牢屋《ろうや》見廻りで、牢屋敷に出張し、罪人の仕置など見廻った。囚獄に石出帯刀《いしでたてわき》以下の同心がいるので、死罪、入墨などを自ら扱うことはなかったが、眼を覆《おお》いたくなるようなものはしばしば見た。

右手が肩までしかあがらない男のことも、牢屋見廻りで知ったのである。肩の筋のどこかを斬られたとかで、右手が頭に届かなかった。ひと月ほど牢にいて、敲《たた》きの刑で出ていったはずだ。品川の漁師だった。

考えながら歩いているうちに、品川に着いた。

当たりをつけたからには、やってみるしかなかった。男は三次《さんじ》と言い、老父を抱えていた。捜す気になれば、難しくない。

品川の番所に寄ることも考えたが、ここまでひとりで来たのだ。手柄をよそに持っていかれたくはなかった。

品川猟師町《りようしまち》の三次の長屋は、すぐに見つかった。戸に近づくと、中から男の低い話声が聞えた。二人で、ひとりの声は老人のものだった。

新兵衛は、黙って戸を引き開けた。

土間の上がり框《かまち》のところに、男がひとり腰を降ろしていた。居間の老人は、かしこまって座っている。潮灼《しおや》けした顔は、漁師の証《あかし》のようなものだった。

「三次はいねえのかい？」

老人が答えようとするのを、もうひとりの男が制した。立ちあがり、慇懃《いんぎん》なお辞儀をする。商人態《てい》だが、番頭や手代には見えなかった。それに、身のこなしに隙《すき》がない。

「湯島天神下の薬種屋で、杉屋清六と申します。三次が、なにかいたしましたか？」

「ちょっとばかり、訊きたいことがあってな。どこへ行ってる？」

「漁師ですから、海の上でございますよ」

杉屋清六の名は、ついさっきも聞いた。日向景一郎とかいう男は、杉屋の寮で焼物を焼いていると言ったのだ。

「待たせて貰うぜ」

「朝まずめの漁で出かけているのですよ。明日の午《ひる》にならなければ、帰らないそうですが」

「杉屋、おまえさんと喋《しゃべ》りに来たんじゃねえんだがな。そのとっつぁんから、話を聞きてえんだよ」

「三次は、いねえです」

老人が、新兵衛の方へ眼をむけた。

「漁を終えたら、野郎は大抵どこかで寝てまさあ。それから女郎買いで、時によっちゃ賭場《とば》に出入りすることもあるみてえです」

「滅多に、ここにゃ戻ってこねえってことだな、とっつぁん？」

「俺も、細々とだが漁をやってましてね。別に野郎が戻らなくったって、困りゃしねえんでさ」

「戻らねえとも言えねえんだろう？」

「そりゃまあ、海が荒れた時なんざ、不貞寝《ふてね》をしてまさあ」

新兵衛は、杉屋が腰を降ろしていた場所に同じように腰を降ろした。そうすると、老人の方がいくらか目線が高くなる。

「五年前、三次はいくつ敲かれたんだっけな？」

「五十、でさ」

「追放にならなかっただけ、ましか。古着屋の手代と揉《も》めて、半殺しにしたにしちゃ、五十は軽い」

「お言葉ですが、むこうが悪いんですぜ。まがい物を売りやがったんだから」

「詳しいことは、忘れたよ」

杉屋は、所在なさそうに立っている。老人は、新兵衛から眼をそらそうとしなかった。

「まあ、いねえんなら、仕方ねえやな」

「お役人様」

杉屋が、なにかを懐紙に包んで、素速く新兵衛の手に押しこんできた。一分銀だと、紙を通して触れただけでわかった。

「三次が戻ったら、北の奉行所から同心が訪ねてきた、と伝えておけ。それで、いくらかは大人しくなるだろう」

新兵衛は腰をあげた。

長屋を出ると、弁財天の方へ歩いた。猟師町は細長い洲《す》のようなところにあり、突端の弁財天の手前にも橋が一本架かっている。そこから、宿場の方へ渡った。

杉屋が、宿場に姿を現わしたのは、半刻《はんとき》ほど経《た》ってからだった。船着場の方へ歩いていく。沖には五百石船が二艘《そう》いて、艀《はしけ》で荷を運んでいた。その艀の一艘を、杉屋は待っているようだった。

やがて艀が近づいてきた。荷のほかに、男が三人乗っていた。その中のひとりが、杉屋と喋りはじめた。杉屋が艀に乗り移り、荷のひとつを開いて中身を確かめていた。

それで終りだった。杉屋は艀から降りると、なにもなかったように歩きはじめた。気取《けど》られないようにかなりの距離を置いて尾行《つけ》たが、湯島の店に戻るまで、誰とも話を交わさなかった。

杉屋の店構えは、大きなものだった。五十両以上はかかったと思える金文字の建看板が出ていて、金竜丸《きんりゆうがん》と書いてある。その薬の名は、新兵衛も知っていた。

翌日、新兵衛は杉屋の店先を覗《のぞ》いた。金竜丸だけでなく、珍根丹《ちんこんたん》とか雲天膏《うんてんこう》とか胆快丸《たんかいがん》など、新兵衛が知っている薬が少なくなかった。

「これはお役人様。なにか薬が御入用でございますか？」

杉屋が出てきた。店先では手代や丁稚《でっち》が客の応対をしていた。奥では、男が二人、薬《や》研《げん》で薬を粉にしている。廻り同心に覗きこまれるのは迷惑だ、という気配が杉屋にははっきりあった。

「俺は、保田という者でね。臨時廻りだ」

「御要件は、御用の筋でございますか？」

「まあな」

「それはまた。奥で茶などを差しあげたいと思いますが」

気軽に新兵衛は頷《うなず》き、導かれるまま奥へ通った。抽出《ひきだし》の小さな簞笥《たんす》が壁一面に並んでいて、薬草の匂《にお》いが強かった。部屋の隅には、薬研が三つ並べて置いてある。

女中が、茶を運んできた。

「三次の親父《おやじ》のことだ、杉屋」

「はあ、芳蔵《よしぞう》さんがなにか？」

「同心に一分銀を摑《つか》ませるってのが、ちょっとひっかかってね」

「摑ませるなどと、とんでもございません。御挨拶《ごあいさつ》ですよ」

「ここは、杉屋だ。一分銀一枚の挨拶でも、そんなものかと俺は思っただろう。きのうは、漁師のとっつぁんひとりの挨拶だぜ」

「芳蔵さんは、手前どもにとっちゃ大事な人でございましてね。金竜丸を御存知でございますか？」

「元気がよくなるというやつだな。疲れを回復させるという」

「腎虚《じんきょ》に効くという評判でございます。なんだかは申しあげられませんが、海で獲《と》れるあるものが入っておりましてね。芳蔵さんはそれをよく獲ってくれます」

「それで、大店《おおだな》のあんたが芳蔵のところにいたってわけか」

「きのうも、それの値の交渉をいたしておりまして」

「芳蔵は、結構儲《もう》かってるんだな。それにしちゃ、ひでえとこに住んでる」

「銭の遣い方は、人それぞれにございます」

「芳蔵しか、獲れねえものなのか？」

「まあ、そうでございますね。どこでも獲れるというものではないので」

新兵衛は、茶に手をのばした。

きのう奉行所に戻ってから、杉屋の評判を調べてみた。悪いものではなかった。特に、医者が必要とするような薬は、安値で売っている。金竜丸のようなもので、大きく儲けているのだ。

「三次を知ってるな？」

「そりゃ、芳蔵さんの息子でございますし」

「相変らず、荒っぽいのかい？」

「それはない、と思いますが」

「金竜丸の素《もと》を、三次も獲ってくるのか？」

「芳蔵さんは、獲れる場所を息子には教えていると思いますが、いまのところ芳蔵さんのものだけです」

「あんた、芳蔵のところには、よく行くのかね？」

「いえ、年に一度、値の交渉の時だけです」

「品川には、よく行くんだろう？」

「滅多には」

杉屋の表情が、いくらか固くなってきた。

新兵衛は腕を組んだ。いつの間にか、小さな盆に載せた包みが用意されている。

「なんの真似《まね》だ、杉屋？」

「改めて、杉屋として御挨拶を」

「見くびるなよ。きちんと挨拶は受けた。だからやることはやろうと思って、こうして来てる。いろいろと訊くのも、多少はあんたのことを知ってた方がいいと思ったからだ」

「手前の挨拶としては、やはりこれを」

「金で転ぶ同心だ、とは思わねえでくれ。金が嫌いってわけじゃねえが、理由のある金でなけりゃな」

「今後、いろいろとお世話になるかとも」

「やめようぜ、杉屋。挨拶程度がどれくらいのもんかは、俺が決める」

新兵衛は、腰をあげた。盆の包みには、多分二、三両は入っている。のどから手が出かかったが、耐えた。おかしな匂いを放っている包みでもある。

2

景一郎が、土に見入っていた。

土は、方々から集めてくる。異様なまでのこだわり方だった。山を這《は》い回り、指さきで触れたり舐《な》めたりする。そして一カ所を選ぶと、穴を掘るのだ。はじめは、そうやって俵に詰めるのだと思っていたが、それだけではなかった。

掘り出した土は、まず乾かすのだ。乾いたものを板の上に載せ、棒で叩《たた》いて細かく砕く。その時、団扇《うちわ》のようなもので風を送る。重い土の粉だけが残るのだ。俵に入れられているのは、それだった。掘り出した土が乾くまで、十日以上もかかったりする。

そういう俵が、およそ三十ほども、板葺《いたぶ》きの屋根の下に並べられている。大量の薪《まき》も、一緒に屋根の下だ。

「景一郎」

小関鉄馬《おぜきてつま》は、俵の土をいじっている背中に声をかけた。景一郎は左手に桶《おけ》をぶらさげ、その中に少しずつ土の粉を入れていた。何種類かの土を混ぜるのだ。それから桶に水を入れる。二日すると、桶のかたちをした粘土ができあがる。

「いつ戻ったのだ？」

「きのうです。ずっとここにいましたので」

「そろそろ、土を鍛える気になったようだな」

桶のかたちをした粘土を、景一郎はもみにもむ。それが、鉄でも鍛えているような感じなのだ。長い時は、四日も五日も鍛えている。掌《てのひら》がなにかを感じとるまでやるのだろう、と鉄馬は思っていた。真似をする気はない。できもしなかった。鉄馬の左手首から先は、ないのである。景一郎に斬り落とされた。

「きのう、杉屋が若い男をひとり連れてきた。傷を受けていて、癒《い》えるまで離れに置いてくれと言うのだ」

理由があるから、杉屋はそう頼んできた。なければ、母屋《おもや》に寝せておけばいい。

「ひどい怪我《けが》なのですか？」

「道庵《どうあん》が縫った。腿や顔を斬られていて、杉屋は慌《あわ》てていたな」

鉄馬は、理由を訊《き》いてはいない。

「どうも剣呑《けんのん》な感じがするので、俺は刀を出したぞ。おまえは、どうする？」

「斬ったのは、そんなに手練《てだ》れですか？」

「いや、素人《しろうと》だ。ただ、いやな予感がする」

「伯父上の予感がよく当たったのは、何年も前のことでしょう」

言って、景一郎が笑った。

少々の手練れなら、景一郎は脇差《わきざし》で相手をするだろう。土を砕く棒でもいい。

「森之助《もりのすけ》にも、脇差を持たせておくぞ」

「そんなに、いやな予感がしますか？」

「昨夜から、母屋に武士が四人ほどいる。浪人だな。杉屋も、なにをやっておるやら。ただの薬屋ではないな」

「四年も、お世話になっているではありませんか」

鉄馬が、森之助を背負った景一郎と旅をはじめたのは、五年前だった。鉄馬は、四十二歳だった。江戸の近くに腰を落ちつけ、一年間は道場などを破って生計を立てた。住んだのは、青梅《おうめ》の青林寺《せいりんじ》である。住持の芳円《ほうえん》は、かつて景一郎の祖父将監《しょうげん》のもとで、鉄馬とともに剣を学んだ。景一郎は、境内の外に小さな窯《かま》を造り、焼物をはじめた。

十人ほどの供を連れて薬草集めに来ていた杉屋が、景一郎の焼物に眼を止め、買いたいと言ってきたのがきっかけだった。

店は湯島にある。ここは寮で、広大な土地の中に薬草園があった。離れになっている家を与えられ、どこに窯を造っても構わないと杉屋は言った。めしの仕度をしてくれる女たちもいるので、道場破りをして恨みを買う必要もなかった。

そして、景一郎の焼物が、杉屋を通して徐々に売れはじめたのだ。金には、あまり不自由しなくなった。杉屋が、どれぐらい焼物で儲けているのかは、気にしなかった。景一郎が窯に火を入れるのは半年に一度ほどになり、鉄馬が売ったのではとてもまとまった金にはなりそうもなかった。

「無断で悪かったが、おまえの来国行《らいくにゆき》を一度研《と》ぎに出した。実にいい研師がいて、俺は我慢できなくなってな。試してはいないが、斬《き》れ味は凄絶《せいぜつ》なほどだろう。おまえも、たまには佩《は》いてみたらどうだ」

「土をもむのに、邪魔です」

景一郎の焼物で暮しが落ち着いたのはありがたかったが、腕が惜しいという気分はいつもつきまとっている。

「なにかあったら、自分の身は自分で守れ」

言って、鉄馬は離れの方へ引き返した。

離れと言っても、四部屋ある。井戸もついていれば、風呂《ふろ》もあった。

森之助の、書見の声が聞えた。

どう育てるか決めたのは、鉄馬である。景一郎は、生きてさえいればいい、という態度だった。武士の子として育てる、と鉄馬は決めた。

景一郎と森之助は、兄弟かもしれず、叔父、甥《おい》かもしれなかった。あるいは、まったくの他人かもしれない。その複雑さを森之助の心にまで及ぼさせないために、景一郎を兄と呼ばせることに決めたのも、鉄馬だった。

「旦那《だんな》」

奥の部屋から、男が呼んだ。

「なんだ？」

襖《ふすま》を開け、鉄馬は男のそばに腰を降ろした。

「杉屋の旦那に会いたいんですが」

「待ってれば、そのうち来るさ」

「急ぐんですよ」

「俺は、おまえの下男ではない。まあ、杉屋もいろいろ考えているようだ。母屋には、腕の立ちそうな浪人が四人来た。おまえは、自分の命のことを考えていろ」

「ぴんぴんしてまさあ」

「血を失っている。それに、傷を縫ったのが道庵という藪《やぶ》医者で、ひどく酔っていた。傷が腐ってくるかもしれんぞ」

「まさか」

「道庵は、酔って怪我人の唇を縫い合わせようとしたことがある。冗談ではないぞ。あの医者に看《み》て貰《もら》ったら、心配した方がいい」

「旦那の、左手も？」

「酔っ払って、おかしな縫い方をした。それで、手首から先が腐って落ちた。こわいのは、道庵がいまだにちゃんとした治療をしたつもりでいることだ」

「そんな」

「酔っていない時の腕は、比類ないものがある。臓物を取り出して悪いところだけ切り取り、また収めて縫ったことがあるそうだ。その男は、八年経ってもまだ生きているそうだよ。杉屋の話だが」

　男が、唾《つば》を呑《の》みこんだようだった。

「名は？」

「三次と言います。もともと、漁師でさ」

「泳ぎが達者というわけか。あの傷で、川を泳ぎ渡った。それが命取りになるかもしれん、と道庵は言っていた」

「まあ、死ぬんなら死ぬで、仕方ねえと思います。寿命にゃ勝てねえんだ。ただ、俺には親父がいまして。品川に、いるんです」

「そんなことは、俺は関係ない。杉屋に言えばよかろう。おまえの名前さえ、いま知ったばかりだからな」

「だから、杉屋の旦那に」

「おまえは、杉屋に助けられてここへ来た。でなけりゃ、死んでたかもしれん。杉屋の都合に合わせられないのか？」

「俺は、ここの前までひとりで来たんですよ」

「それから、助けられたさ」

三次は、気の強そうな眼をしていた。男意気で売っていたのだろう、と想像させるような潔《いさぎよ》さもあるようだ。軽く頷くと、それきりなにも言わなくなった。

鉄馬は、半刻《はんとき》ほど森之助の書見と付き合ってやった。森之助の父親も、日向森之助であり、景一郎は赤子がこの世に出てくる場に立合い、自分の父と同じ名を与えたのだった。景一郎と森之助は、多分、兄弟である。多分というのは、景一郎は祖父の将監の子かもしれず、森之助の父親は日向森之助だということも確かではないからだ。

鉄馬は、深く考えなかった。景一郎と森之助は兄弟で、鉄馬は伯父。そう決めてしまえばいいことだった。四十七になるまで、流されながら生きてきた。そして、流されることが悪くない、とも思っている。

書見を終えると、鉄馬はしばらく森之助に竹刀稽古《しないげいこ》をつけてやった。素面《すめん》、素籠手《すごて》なので、森之助はよく痣《あざ》を作ったりするが、書見よりは稽古の方が好きそうだった。右手だけで、鉄馬は竹刀を扱う。真剣の場合もそうで、並みの遣手《つかいて》に片手で劣るとは思っていなかった。

「奥に男が寝ている。知っている人間以外は、通してはならん」

「はい」

稽古が終ると、いつも並んで縁に腰を降ろす。鉄馬は、そういう時が嫌いではなかった。景一郎と深く語り合うことはないのだ。

「どうしても通ろうとする者がいたら、斬れ。そのために、脇差を佩いておけ。おまえには、大刀はまだ長すぎる」

「斬ってよいのですか？」

「斬れればな。人に真剣をむけた時は、竹刀のようにはいかぬ。そういうものだ」

「伯父上は、何人斬りましたか？」

「忘れたな」

「兄上は？」

「五人か十人は斬っただろうよ。ただ、あれは意気地がなくなった。来国行といういい刀を持っているのに、遣うのを怕《こわ》がっている」

「兄上は、ほんとうはとても強いような気がします。時々、兄上に見られると、躰《からだ》が動かなくなるのです」

「昔は、強かった。いまは知らん。それより森之助、俺は出かけなければならん。留守番を頼むぞ。景一郎は土をいじり出したので、当てにならん」

「承知しました」

森之助のもの言いに、童《わらべ》らしさはない。そう仕込んだのも、鉄馬である。

新しい単衣《ひとえ》の着流しのまま、鉄馬は杉屋の寮を出た。外出は、三日か四日に一度で、時には朝まで帰らない。

浅草田原町《たわらまち》のしもた屋に、女がいた。名は美保《みほ》という。三十ほどの上品な女で、誰かの囲われ者に違いないと思ったが、一年馴染《なじ》んでも、その気配はなかった。

鉄馬は、美保の躰に溺《おぼ》れていた。小柄だがしなやかで、躰のすべてが鉄馬に吸いついてくるような気がする。肌は浅黒いが、はっとするほど滑らかだった。

鉄馬は、月々三両の手当てを渡していた。それで美保の生計が立つとも思えなかったが、それ以上の捻出《ねんしゅつ》はちょっと無理だった。美保は、両手を畳について、嬉《うれ》しそうに受け取る。

通いの下女を、ひとり雇っていた。鉄馬の身のまわりのものを揃《そろ》え、単衣や袷《あわせ》も仕立ててくれる。鉄馬が渡している手当てなど、そんなもので消えてしまうはずだ。気にしなかった。美保がなにも言わなければ、それで充分と思うことにしていた。

向島から渡し舟で橋場《はしば》町に渡り、そこからは大して遠くもなかった。

美保は、家にいた。訪ねて留守だったことは、いままでに二度しかない。出会ったのは、渡し舟の上だった。二度出会い、鉄馬の方から声をかけた。何者だかわからなかったが、美保はそれほど警戒したようでもなかった。

虫のいい流れに乗って、いい思いをしている。ならば、そっとしていよう、と鉄馬は思うだけだった。

3

桶に入れた水を、土が吸ってしまっていた。

桶のかたちをした粘土を、板の上にとり出した。もみはじめる。まだ水気が多く、粘りはない。指さきで掌に握りこむような動きである。ほかに、水を入れたばかりの桶がもうひとつある。明日には、それも水を吸ってしまっているだろう。二つの粘土を、一緒にもむことはしない。土の配分が違うのだ。明日からは、片方をもんでいる時は、もう片方は休ませているということになる。

明日からもみはじめる方より、いまもんでいる土の方が、二倍はもんでやらなければならない。土も生きていて、強情なものや、逆らってばかりいるものもあるのだ。

師はいなかった。九州で、一枚だけ皿を作ったことがある。それが忘れられなくて、青林寺にいる時に窯を造ってみた。何度か焼いているうちに、土が大事なのだと、なんとなくわかってきた。釉薬《うわぐすり》というものがあるのを知ったし、さまざまなものを使って着色させることもわかった。

しかし、とにかく土なのだ。そこだけは、闘いと言ってよかった。掘り出した土の中から、ほんとうに欲しい部分だけを取り出す。その方法も、我流だった。土のもみ方も、またそうだ。

土と闘って、どれぐらいで屈服させられるか、最近になってなんとか読めるようになった。屈服させるのではなく、親和という状態もあり得ることに、気づきはじめてもいた。もみ続ける。指さきに、やがて掌に、そして掌底《しょうてい》に、土が語りかけてくる。罵《のの》しっている時もあれば、嘆いている時もある。

土の声を聞くことができるようになった時、景一郎はかつてない歓喜に包まれた。しかし、それも束の間《つかま》だった。土は、景一郎を罵っていたのだ。

いまは、声に耳を傾けるだけではない。景一郎も、語りかけている。

二刻ほどもむと、しばらく休ませる。その間、景一郎は土の塊をじっと見つめている。触れてもいないのに、土が動く。ほんのわずかだが、動いているのを感じる。あるかなきかのその動きの中に、土の意志があるのだ。次には、その意志に添うようにもんでやる。

景一郎は、全身に汗を噴き出していた。もんでいる土が、いきなり逆らいはじめたのだ。力で押し潰《つぶ》すことは、たやすかった。逆らわない方向へ、押してやる。そのためには全身に気をこめるが、手首から先は水に触れても波紋も立たないほどやわらかくしている。それが一刻も二刻も、時にはひと晩も続くことがある。力で押し潰すと、土は死ぬ。土がただの土になり、それでなにを焼いても、気を放つ焼物にはならないのだ。

土の中に、なにかを押しこめようとしているのかもしれないと、時々考えた。そうやって押しこめなければならないものが、景一郎にはあるわけではなかった。これまで流した血は、押しこめられるものではない。父なる人を斬った、という思いも押しこめられはしない。

もっと別のなにか。自分の中にいる、けだもののようなもの。しかし、いるのか。自分でいると思っているだけではないのか。

土は、答えない。そういう時は、意地悪く沈黙を通すだけだ。

景一郎は、動かしていた手を、止めた。

気が、躰を打ったのだ。強い、殺気に満ちたものではないが、覇気は感じられる。

しばらく、離れの方を見ていた。

それから、景一郎は歩きはじめた。土は、手に残っていない。はじめのころは、何度も洗っても、土が落ちたという感じがしなかったものだ。土の匂《にお》いは、数日残った。いまは、手を洗う必要もない。

離れの前に、人影が二つ見えた。

ひとつは森之助で、脇差を正眼《せいがん》に構えている。さすがに鉄馬が教えただけあって、隙《すき》はなく、覇気の漲《みなぎ》った構えだった。真剣の怕さを知らない。だから、教えられた通りに構えられる。

森之助とむかい合っている男にも、景一郎は見憶《みおぼ》えがあった。きのう、土を運んでいる時に声をかけてきた、町方の役人だ。

なぜここに、と思ったが、それはすぐに解けた。一番奥の部屋から、男がひとり縁に這《は》い出してきたのだ。腿《もも》に傷を負っていて、立ちあがれないようだった。

「旦那、まさか餓鬼を斬ったりゃしねえでしょうね」

男が言う。役人の方は、そちらに眼もむけなかった。斬れはしない。このまま対峙《たいじ》が続けば、やがて斬られかねない。

森之助の腕が上というわけではなかった。役人の方はまだ戸惑いに支配されているが、森之助はただ斬ることしか考えていない。

「お願げえですよ、旦那。俺はお縄を頂戴《ちょうだい》しますから、餓鬼を斬ったりゃしねえでくだせえ。斬ったら、俺は怒りますぜ」

「三次、この子供をどかせろ」

呟《つぶや》くように、役人が言った。

景一郎は、二人に歩み寄っていった。森之助の肩に手をかける。森之助の躰から、気が消えていくのがわかった。

「なんの御用です？」

「おまえは」

「ここは、杉屋の寮。お役人であろうと、無断で入ってきていいとは思われませんが」

「俺は、そこの三次に訊《き》きてえことがあって、連れに来たんだ」

「怪我《けが》をしています。連れていくのは無理でしょう」

「じゃ、ここで締めあげてやる」

「ここの主《あるじ》の許しを得てから、そういうことはしてください。私たちは、ここの主からその人を預かっているのです」

「俺に逆らおうってのか、馬鹿《ばか》力」

「逆らうのではなく、その人を守らなければならないと言っているだけです」

「同じだろうが、そりゃ」

男が、十手を引き抜いた。打ちかかってくる気配はないので、景一郎はただ立っていた。じりっと男が距離を詰めたが、それ以上は動かなかった。午後の陽光が、汗を噴き出した男の額に照り返している。

不意に、足音が交錯した。武士が四人、駈《か》けつけてきた。杉屋が雇った浪人たちだろう。二人はすでに鯉口《こいぐち》を切り、柄《つか》に手をかけている。

「お上に逆らおうってのか。町奉行所同心を斬って、ただで済むと思うなよ」

男の声は、かすかにふるえを帯びている。景一郎は森之助の肩を抱き、三次と呼ばれた男のそばに行った。鉄馬は外出しているのか、姿が見えない。

浪人のひとりが抜刀した。空気が、不意に固くなった。

「待ちなさい」

杉屋が駈けつけてきた。

「先生方の相手は、この人ではない。母屋《おもや》に戻ってください」

浪人たちが、ほっとしたような表情をした。相手が奉行所の同心であるということで、やはりためらっていたのだろう。

「保田の旦那《だんな》も、こちらへ」

「俺は、三次に用があってきた」

「私の話を聞いてからでも、遅くはないでしょう。三次は、逃げはしません。もし逃げたら、私の首でも刎《は》ねればいい」

杉屋が歩いていった。大きく息を吐き、保田と呼ばれた男も付いていく。

「ありがとうよ、坊主《ぼうず》。なんで、躰まで張って俺を庇《かば》ってくれたのか知らねえが」

「礼には及びません。弟は、伯父にそう言いつけられていたのです」

「俺、品川の漁師で、三次ってんだ」

「日向景一郎、弟は森之助と言います」

「俺は、殺されるのかな、いずれ。まあ、躰が動くようになったら、逃げてやるが」

母屋の方から、さわが歩いてくるのが見えた。下女をひとり連れている。なにかあったことは知っているのか、ちょっと蒼《あお》ざめた顔だ。

「森之助、枇杷《びわ》の木に登って、実を捥《も》いでくれない？」

声をかけられ、森之助は景一郎を見あげてきた。景一郎は、軽く頷《うなず》いた。森之助が駈け出していく。枇杷の木は、景一郎が仕事場にしている小屋の近くに、三本並んでいた。たわわに実をつけている。濃い黄色の実は、花のようにも見えた。

「三次さん、もう大丈夫ですから、寝てくださいな」

「俺ゃ、もう怪我人じゃねえよ」

「怪我人です。川を泳いだので、血を失い過ぎたんですよ。水の中では、血は止まりませんもの。ほとんど死ぬところだった。また出血したら、死にますよ。無理して動いたら、傷が開いて出血します」

三次がちょっと舌打ちし、部屋の中に這っていった。

景一郎が小屋へ戻ると、さわも付いてきた。土をもみはじめた景一郎を、黙って見ている。景一郎は、掌底で少し土をのばし、両側から何度か重ね、指さきで撫《な》でてあげるようにもんだ。

「そうやって、土の中の空気を出すのよね」

さわが言う。この寮に来たのは半年ほど前で、杉屋の知人の娘という話だった。下女たちの食事の仕度など、その時から指図しはじめた。お嬢様という感じではなく、女中頭といったところだ。杉屋には娘がひとりいて、その娘が遊びに来た時など、付きっきりで世話を焼いている。

「景一郎さんの焼物は不思議だって、旦那様がおっしゃってた」

景一郎は、掌をゆっくりと搾《しぼ》るように動かした。土が、指さきを吸いこんでしまいそうな感じがある。それに誘われると、土はまたいきなり強情さを剝《む》き出しにする。それもいいが、強情さを出させないようにする方がもっとよかった。とにかく、土を殺してしまったと思うことは、いまはほとんどなかった。やり取りができるというのは、そういうことだ。

「景一郎さんは、女を知ってるの?」

土をもんでいる台の、すぐむこう側にさわが立った。景一郎は、手の動きを止めた。気が乱される。

「そっちの方はなにも知らないいんじゃないか、と旦那様がおっしゃってた。下女に手を出したこともないって。このままじゃ、偏屈な達人になってしまうって」

達人になる気などなかった。土の声を、もっとよく聞きたいと思うだけだ。

さわの方へ眼をむけると、誘うような笑顔が返ってきた。景一郎も、笑い返した。女が欲しくなった時は、岡場所へ行く。夜鷹《よたか》を買うこともある。そういう欲望を、無理に抑えようとも思わなかった。

枇杷の木の方で、女の笑い声がした。森之助が上から落とす実を、籠《かご》で受けようとしているらしい。さわが、もう一度景一郎に笑いかけると、小屋を出ていった。

4

「保田様は、本気で三次を捕えようとなさっておられますか？」

歩きながら、清六は聞いた。

「俺は、町方同心だぜ」

「では、なぜ配下の目明しや小者を連れておられません？」

「三次がなにをやったのか、まだはっきりとわかっちゃいねえ」

「浅草の、刃傷沙汰《にんじょうざた》のことでございましょう？」

「やっぱり、三次か」

答えず、清六は雑木林の中の道に入った。矢名《やな》村の人間たちが、薪《まき》をとったりする場所である。林の長い道を抜けると、矢名村だった。村へは入らず、ちょっと離れた丘の方へむかう。そこもまたひとかたまりの林があって、恵芳寺《けいほうじ》の境内となっている。

「おい、杉屋、俺をどこへ連れていこうって気だ」

「保田様、三次がやったなどという証拠は、どこにもありませんよね？」

「石を抱かせて、吐かせてやる」

「どうして、三次だと思われるんです」

「庖丁《ほうちょう》を、下の方でしか動かしていねえ。三次は古傷を持ってて、右手が肩より上へはあがらねえんだ。斬《き》られたやつらは、みんな腹とか腿でな」

「たったそれだけのことで？」

「漁師みてえに陽灼《ひや》けして、潮臭い男だったたって話もあった。まあ、勘だがな」

「それぐらいで、石を抱かせたりするのですか、お上は？」

保田は、恵芳寺に眼をやっていた。意外に鋭い同心なのかもしれない。

恵芳寺の庫裡《くり》に回った。

声をかけると、幽影《ゆうえい》はすぐに姿を見せた。

「病人かね、杉屋さん」

「いや、こちらの方が、ちょっと庫裡の中を見たいと言われて。勿論《もちろん》、十手とは関係ありませんよ」

幽影は、頭を刈っていた。いつも筒袖姿《つつそで》で、坊主《ぼうず》にも見える。七年前は武士だったが、いつの間にか腰から刀が消えた。幽影とは勝手に名乗っている名で、ほんとうの名は知らない。

「いいよ。いま、八人ほどいるが、みんなここを出ていける」

恵芳寺には、白髭《しろひげ》の住持がいた。その住持が、幽影のやることを許している。

庫裡には、八人の男女が寝ていた。ひとりを除いて、老人ばかりだった。ちらりと覗《のぞ》いただけで、保田は入ろうとしない。流行《はや》り病と思ったようだ。

「なんなんだ、あの寺は？」

恵芳寺をいくらか離れてから、ようやく保田が言った。

「病人を集めているのですよ。寺だからって、死ぬわけじゃない。生きて出ていく者が多いですね。駄目な病人を入れるまでは、手が回らない」

「だから、なんだってんだ？」

「幽影という医者は、半日ほどのところだったら往診もしましてね。苦しむだけ苦しんで死んでいく人間を見て、悩んでいました。医者が、三日四日と命をのばしてやっても、苦しみを大きくするだけだってね」

「それで」

「私は薬屋ですから」

「すぐ死ねる毒でもやったか」

「苦しみをやわらげる薬があるのですよ。病を癒《いや》しはしないかもしれないが、苦しみや痛みは間違いなくやわらげる」

「ほう」

「自分が死ぬ時のことを、想像してみてはくれませんか、保田さん。痛くて苦しくて、のたうち回りながら、死んでいきたいですか？」

「いや。ごめんだな」

「じわじわと弱っていく病は仕方がない。しかし苦しみ続けて死ぬ病もあるのですよ」

「それで、あの幽影はどうするのだ」

「私が渡す薬を遣います。放っておくより、ずいぶんと苦しみや痛みはやわらげます」

「その薬は、どうやって手に入れている？」

「奪うのです。高値ですからね。しかもそれは、金持や身分の高い人間の愉《たの》しみに遣われていますから。三次は、それを奪ってきてくれるのですよ。もう、二年は続けていて、多くの人間の苦しみをやわらげました。だけど、今度ばかりはいけないな。私が後ろにいることも、多分わかったでしょう。保田さんが来るぐらいだから」

「奉行所に、訴えが出ているころか」

「そんなことは、決してありません。訴え出ることは、自分の首を締めることですから」

保田が、足をとめて清六の顔を見つめた。

「阿芙蓉《あふよう》か」

「さすがに、鋭いお方だ。三次は、小舟で漁をしているうちに、船がそういうものを運んできていることを知ったのですよ。たまたま父親と私に付き合いがあった。だから、なんだかわからないが、盗んだものを私に見せた。私は、五両出してやりました。それから、しばしば持ってくるようになった。いまは、どういうことに使われているかも、知っています。だから五両は受け取るが、それ以上のことは決して言ってこない。三次の母親も、ひと月痛みに苦しんで、喚《わめ》きながら死んでいったそうなんですよ」

「しかし、御禁制の品が、そんなに入っているかな」

「薬屋には、いろいろと情報が入ります。阿芙蓉を入れているのも薬屋で、そこから医者に流れていくのです。医者にもいろいろあって、大きな屋敷に住んでいる者もいるでしょう」

「おっかねえ話になってきやがった」

保田は、話の先も読めるようだった。そこに手を入れていくと、町奉行所の同心などではどうにもならないものにぶつかる。それだけではなく、保田自身の命も危うくなる。

「三次が盗んでくるものは、入っているものの中の、ほんのわずかな量でしょう。それを私が買うのは、まあ薬屋としてはやりそうなことで、私がそれを入れている者に狙《ねら》われたりはしない。しかし、三次は殺さなきゃならないんです。入ってくる仕組みを知っていますからね」

「あの刃傷沙汰は、そういうことかい」

「しくじったのですよ、三次は。そして追われた。やっと、私のところに逃げこんできたのです。三次を殺し、私には阿芙蓉を買わないかと持ちかける。そういうやり方をとってくるでしょうね。勿論、五両なんてもんじゃなく、少なくとも二百両の値はつけてくるでしょう。私も、それをどこかに回して儲《もう》けていると思われているのですから」

「どこへ回している、と思われてるんだ？」

「そういうことは、穿鑿《せんさく》しません。それをやると、客がいなくなる。知られることを、最も恐れますから」

「わかった」

なにがわかったか、保田は言わなかった。歩きはじめたので、清六も肩を並べた。

「まさか、私が五両で買い、ただで幽影に流しているなどとは、入れている連中は思っていません。別の医者に流せば、私はかなり儲けられるのですから」

「ほんとうの悪事は働いてねえ、と言いたいのかよ」

「悪事か悪事でないかは、私が決めることじゃありませんよ。阿芙蓉だって、薬にもなれば、人を滅すような愉しみにもなるんです」

「利いたふうなことを、ぬかしやがる」

保田の口調は、いくらか穏やかになっていた。嘘《うそ》は、なにも言っていない。それでも保田が三次を捕えようというなら、保田を殺そうという肚《はら》を決めただけだ。二十年前は、武士だった。人を斬り殺したことも、一度ある。

「俺は、四年前までは牢屋《ろうや》見廻りでな」

保田が喋《しゃべ》りはじめた。

「石を抱かせ、海老《えび》にして責め、吐かせて獄門に送ったやつがずいぶんといる。幸い、拷問《ごうもん》する係はまぬがれたが、上役が愉しみながらやるのを、いやというほどそばで見ていた。無実のやつが、何人も白状しやがったな」

「無実とわかっていても、やるのですか？」

「やる。そいつを下手人にできなきゃ、無能と言われるし」

「ひどい話だ」

「臨時廻りになってから、捕物でも俺は時々眼をつぶってる。怪しいだけで、引っ張ったりゃしねえ。ほんとにひでえやつだけ、お上は獄門にかけてりゃいいんだ」

目明し以下の手下を連れずに、同心が動いていた。清六は、それに賭《か》けて、ほんとうのことを言ったのだった。殺した方がいいかもしれない、という気はまだ半分残っている。

「なあ、杉屋。俺は、三次のことは忘れる。眼をつぶっちまう。もともと、三次に眼をつけたのは勘で、ほかにゃ誰も疑ってねえ。それに傷を受けたやつらも、町方が意外に早く駈《か》けつけてきたんで、仕方なく喋ったという感じもある。喧嘩《けんか》で片付けようって気分が、奉行所には強いな。俺が黙ってりゃ、御用の筋から三次に手がのびることはねえよ。だから、杉屋さんよ」

「だから?」

とっさに、清六は頭の中で金の勘定をしかかった。いくらと言ってくるのか。金を渡すより、始末した方がいい、とすぐに思い直した。一度金を渡せば、際限がなくなる。

「だから杉屋。俺を殺そうなんて思うな」

意表を衝《つ》かれて、清六は保田を見つめた。

「顔に書いてある。俺を殺そうってな。だが、俺を殺せば、面倒なことを抱えこむぜ。あんたの気持がわからねえじゃねえが、商人なら損得の勘定もしねえわけじゃないだろう」

「確かに」

「だから、俺を殺そうなんて思うな」

「わかりました」

「ただ、ひとつだけ断っとくぜ。俺は、あんたを見てる。なんとなく、似てるような気もするし、そうなると本物かどうかが気になる。うっとうしいかもしれんが、これから時々会うことになるな」

「私も、保田さんを見ていますよ」

「そうか。まあ、なにもなかったってことだな。あんたはこれから、そうもいかなくなるだろうが。俺と会った時は、挨拶《あいさつ》は忘れねえようにな。つまり、ただの挨拶だ」

清六は、声をあげて笑った。賭けてみるものだ。賭けることで、これまでも何度も危ないところを擦り抜けてきた。

「ところで、あの兄弟はなんなんだ。薄気味悪い兄の方といい、威勢のいい弟の方といい」

「うちで、焼物をやっているんですよ」

「そりゃ、わかってるが、俺ゃ、あの餓鬼の方にも斬られるかと思った」

清六が駈けつけた時は、もう日向兄弟は三次のそばにいた。小関に預かってくれと頼んだことが、兄弟にもちゃんと伝わっていたようだ。

「気をつけろ、あれは。特に兄の方だ。俺の勘だがな」

別れ際《ぎわ》に、保田はそう言った。

未熟だが、焼物の才は素晴しい、と薬草園の中を戻りながら、清六は考えていた。それ以外では、得体の知れないところが確かにある。

日向景一郎の小屋を覗いた。全身を使うようにして土をもんでいた日向が、気配を感じたのかふり返った。

「騒がせましたね。もう心配はいらない。話はついたから」

日向は、軽く頷《うなず》いただけだった。

三次が寝ている部屋へ行き、同じことを伝えた。ただ、町奉行所の方が心配なくなったというだけだった。それも三次にはわかっているだろう。きのう芳蔵と会ってきたことを言うと、はじめて三次の表情がほころんだ。

陽が落ちかかっている。渡しももうないし、今夜はこちらへ泊ろうと清六は思った。

小関が清六の部屋に声をかけてきたのは、夕餉《ゆうげ》のあとだった。

「ちょっとした騒ぎになったそうだな」

「えっ、まあ」

雇った浪人たちは、酒でも飲んでいるのだろう。笑う声が、遠くで聞える。一応腕は立つと見て雇ったのだが、いざとなるまで確かにはわからない。

「町奉行所と話はついた、と三次は言ってた。しかし、まだ用心棒は要るようだな」

三次の居所は、いずれ知れるだろう。道庵が傷を縫ったのだ。花川戸《はなかわど》の家で大抵は酒に溺《おぼ》れているが、怪我《けが》を手当てする腕は、ほとんど神技と言ってもよかった。恵芳寺に怪我人が運びこまれることもあり、道庵を呼ぶ。幽影はその手並みを見て、いつも感嘆の声を洩《も》らす。ただ口が軽かった。酒で釣られれば、ひとたまりもない。

清六は、さわに酒を持ってこさせた。

「実はな、杉屋。頼みたいことがあるのだ」

「めずらしいですね、小関さんが」

「俺を雇ってくれぬか。少なくとも、いまいる浪人たちより、ずっと役に立つ」

「どうしたんです、急に」

「金が欲しい。なに、そんなに要るわけじゃなく、十両ばかりでいいんだ」

女か、と清六は思った。しばしば、渡しに乗って浅草の方へ出かけているらしい。博奕《ばくち》ではないだろう。

「お顔の疵《きず》なんか見ていると、昔はずいぶんおやりになったのだろうとは思いますよ。だけど」

「この手か？」

左手首から先がない。これでまともに刀が遣えるとは思えなかった。

小関が、刀の下緒《さげお》のところを口にくわえた。次にやったのがなにか、清六にはよくわからなかった。口にくわえた鞘《さや》から刀を抜き、何度か振ったのはわかった。風が、清六の顔を襲ったのだ。その時は、もう刃は鞘に収っていた。

「これは、芸のようなものなのだが」

刀を右手で摑《つか》んで小関が言った時、自分の前の銚子《ちょうし》が斜めに倒れるのを清六は見た。いや倒れたのではなく、竹のように斜めに斬られ、上だけが落ちたのだ。しばらくして、小関の前の銚子も同じようになった。

「こんなもので、人を斬る腕は測れんが、刀を遣えることはわかっただろう」

「驚きました」

「道場破りをしても、十両を稼ぐのはなかなかの手間で、しかも恨みを買う」

「二十両で、雇いましょう。いまいるお侍方がひとり五両ですから、四人分です」

「ありがたい。恩に着る」

「相手が誰だかは、わからないのですよ。強い相手かもしれない」

「とにかく、三次を守ればいいのだろう?」

「そういうことです」

清六は、懐《ふところ》の財布から、二十両出した。

「前金で貰《もら》えるのか」

小関の顔が、喜色に満ちた。不思議に下卑《げび》た感じはしない。子供が、欲しいものを手に入れて喜んでいるという感じだ。

「死んだ小関さんには、払えませんからね」

「いや、見直した、杉屋清六」

「それほどのことでは」

清六が笑うと、小関は声をあげてさらに笑った。

5

三日経《た》って、清六はまた寮に出かけていった。薬草園を拡《ひろ》げる指図をしておこうと思ったのだが、ほんとうはいやな予感に襲われたからだった。

三日の間、なにも起きてはいなかった。

三次の傷はかなり回復していた。もともと血を失いすぎていたのだ。躰《からだ》の中で、新しい血ができてきたのだろう。杖《つえ》をつけば歩けるらしく、床はもう払っていた。

「傷が癒えてから、半年ばかりどこかへ行っていればいい」

「半年」

三次が、ちょっと考える顔をした。

「長すぎるかね?」

「そうですねえ」

「半年の間は、どこにいても暮しが困らないように、私がしてあげよう。芳蔵さんの方もだ」

「そりゃ、どうも。ただ、ちょっとばかり虫のいいことを考えちまって」

「なんだね?」

「お伊勢《いせ》参りってわけにゃ、いかねえもんでしょうか。親父《おやじ》を連れてです。こういう時のために、金を溜《た》めときゃよかったんだが、入ると出ていっちまう笊《ざる》みてえな野郎でござんして」

「これから暑くなるが、それさえいとわなけりゃ、いい考えだ」

「親父は、行きてえんですよ。いつも、あんな仏頂面《ぶっちょうづら》してますが」

「わかった。私が準備は整えてあげよう。暑い時に年寄りを連れた旅だ。のんびりやって、ほんとうに寒くなる前に戻ってくりゃいい」

「ほんとですか、旦那《だんな》?」

「私も、あんたが江戸にいると面倒だ。半年いなくなってくれると、助かる」

三次が頭を下げた。傷が癒えるまでに、まだ十日ほどかかるだろうが、うまい方向に運びそうだと、清六は思った。

小関や、日向兄弟の様子は、まったく変らなかった。銚子を斬《き》った小関のあの刀の遣い方は、いまとなっては夢だったような気もしてくる。

景一郎は、土もみを終えたようだった。

小屋の中で、陶車《ろくろ》を遣っている。別に近寄り難い雰囲気があるわけではなく、話しかけると返事もする。

かたちも色も、不思議な焼物だった。技で作っているのではなく、別のものが作らせている、と感じることがよくあった。

ただ作るのではなく、たとえば鍋《なべ》の中のものを徐々に煮つめていくような作業をしているのだと、眺めていてしばしば清六は思った。出来あがったものは、洗練とは程遠い。しかし、手がのびてしまうなにかが、間違いなくある。陶器に眼が利《き》く者の半分は、ぜひ欲しいと言いはじめるのだ。残りの半分は、問題にもしない。景一郎の焼物で、本物の眼利きかどうか、清六は勝手に決めることにしていた。

「大皿だね、景一郎さん」

声をかけると、景一郎は陶車を止めた。ちょうどできあがったところらしい。高台《こうだい》のところを糸で切るのだろうと思ったが、そうはしなかった。竹べらで、あっさりと切り離してしまう。思わず瞬《まばたき》してしまうようなやり方だが、乱暴とは見えなかった。さりげない、当たり前のやり方に見えたのである。

「糸は、遣わないのだね」

「遣うこともありますが、私はこちらの方が好きです」

「見事に切れてしまうものだ。驚いたよ」

「馴《な》れていますから。多分、邪道なのでしょうが」

「こんなことに、邪道なんてものはないさ。見てどうかということだけだ」

「わかりません、私には。思うようにしか作れませんから」

「小関さんは、森之助によく、やっとうの稽古《けいこ》をつけてるが、景一郎さんはやらないのか？」

「私は、ちょっと」

「まあ、焼物に精を出しなさい。あんたのものは、完成してはいないが、なにかある。私は、はじめからそう思っていた」

景一郎は、黙って頷いた。小屋の隅に、大刀がたてかけてあるのに、清六は気づいた。

「あれは？」

「伯父が持ってきました。武士は、躰から刀を離すな、と申しまして。私は、どうでもいいのですが」

「見事な刀じゃないか」

清六は、武士のころ刀にこだわったことがあった。鞘を払わなくても、たたずまいだけでなにかを感じる。

「銘は？」

「来国行です。もともと、祖父が佩《は》いていたものでした」

「大変な名刀だ。言っちゃ悪いが、小関さんのものより、数段上だね」

「私が造ったわけではありませんよ、杉屋さん。祖父の眼が利いたということでしょう」

言われてみれば、そうだった。名のある刀を、自慢するためだけに佩いている武士も多いが、景一郎はその類《たぐ》いとはまるで違うようだ。

「そのうち、私にも皿かなにか作らせてくれないかね。いやいや、邪魔か」

「そんなことはありません。いつでも」

景一郎が、かすかにほほえんだ。ここへ来て四年になるが、笑った顔をはじめて見たような気がした。気のせいだ、と思った。いや間違いだ。笑った顔は、何度も見たことがある。

その夜、風が強くなった。

清六は、風の音で夜半に一度眼を醒《さま》した。そういう時、眠れぬままに、辿《たど》ってきた道をふり返ったりすることがよくある。悔悟に似たものと抱き合って、夜明けを迎えるのだ。できるだけ、なにも考えないようにした。

不思議に、すぐ眠れた。

晴れた日だった。風はまだ、いくらか強い。

さわの給仕で朝餉《あさげ》を済ませると、清六は新しい薬草園の絵図を描きはじめた。薬草により、水が多く必要なものと、そうでないものがある。小さな池に水を溜めているが、それをどう引くかが問題なのだ。薬効にも違いが出てくるのだ、と幽影は言っていた。

二刻近く、描いては消すことをくり返した。描きあがれば、矢名村の名主のところへ持っていく。金を出せば、人を寄越してくれて、三日か四日で畠《はたけ》になるのだ。

新しい畠を造れば、薬草倉も増やさなければならなかった。乾燥させてからいじるものも、ずいぶんとある。敷地はまだたっぷりで、薬草園になっているのは半分ほどだが、薬草を清六のところへ仕入れに来る薬屋もいるほどだった。

不意に、風の中に人の声が入り混じった。

清六は、持っていた筆をとり落とした。外へ飛び出していく。裸足《はだし》だった。土埃《つちぼこり》があがっていた。十人ばかりが斬り合いをしている。とっさに、離れに眼をやった。縁に、小関が立っていた。三次の姿は見当たらないが、部屋の中にいるのか。

二人、三人と、血にまみれて倒れた。人の動きは激しい。陽の光の中で、飛ぶ血の赤さがひどく鮮やかだった。

六人が倒れたところで、動きが止まった。立っているのは、四人。いや、遠くにもうひとりいた。その男は指揮者なのか、斬り合いには加わっていなかった。

小関は、縁に立ったままだ。四人が、小関の方へ近づいていった。手首のない左腕を晒《さら》したまま、小関は動こうとしなかった。

不意に、小関の躰が飛んだ。刀がどう動いたかはわからなかったが、小関は四人の背後に降り立った。しばらくして、ひとりが頭から血を噴いて倒れた。

三人が、激しく動きはじめた。また土埃があがった。風もまた、土を舞いあげている。清六は、冷たい汗にまみれて立ち尽していた。白い光。何度も何度も、交錯している。そして、立っているのが小関だけになった。

遠くで立って見ていた男が、ゆっくりと近づいてきた。小関の全身に緊張が走るのが、清六にさえわかった。

二人がむかい合う。いやになるほど明るい光だった。むかい合っていたのは、束《つか》の間《ま》だった。小関の方から、斬りかかった。二人の躰が交錯し、そう思った時、相手の男は跳んでいた。小関の頭の高さほどに跳び、小関は倒れこみ、地を転がった。片膝《かたひざ》を立てかけた小関が、また男に跳ばれて転がった。転がることで、なんとかかわしているようだ。

不意に、男が後ろに跳んだ。

景一郎が、背後から静かに近づいていた。男は、景一郎にむかって刀を構え直した。景一郎は、来国行を佩いていたが、まだ鞘も払っていない。地に腰を落とした恰好《かっこう》で、小関は対峙《たいじ》する二人を見あげていた。

風がやんだ。すべてが、静止したような気がした。息が苦しくなり、清六は胸に手をやろうとしたが、動かせなかった。

景一郎は、ただ立っている。躰のどこにも力は入っていないようだし、構えているようにも見えない。男の方は、全身から筋肉が盛りあがってきたように見えた。ひどい寒さを、清六は感じた。寒さは、足もとから這《は》いあがってくる。躰がふるえはじめた。なにも見ないようにしたいと思ったが、眼さえ閉じることができない。陽の光だけが強かった。光が、まるですべてを凍らせてしまったようだ。

声もなく、二人の躰が同時に動いた。

二人とも跳んで、むきを変えて地に降りた。位置が変っただけで、二人は同じ対峙を続けている。いや、景一郎は刀を抜いていた。その刀を、構えるでもなく、ただ持っている。

どれほどの時だったのか。男の静止した躰が、動いたような気がした。男の額に、ぷつぷつと丸いものが浮き出してきた。それから、ほんとうに男の躰が左右に揺れた。違う。左右に二つに割れたのだ。

小関が立ちあがっていた。

「斬れすぎます、これは。伯父上が研ぎなどに出されるから」

「いや、こんなやつが来るとは思わなかった。そこそこの自信は、俺にもあったのだが」

「森之助とばかり、稽古をするからです」

景一郎の声は、ふだんとまったく変っていない。凍っていた清六の躰を、その声が溶かした。

男は、頭から腹のあたりまで、完全に二つに割れていた。人が人を、これほどに斬れるものか、と清六は思った。嘔吐《おうと》する気配があった。森之助が、かがみこんでいる。離れの縁では、三次が吐いていた。

「立て、森之助」

景一郎が言った。また、風が吹きはじめた。

「景一郎さん」

「杉屋さん、屍体《したい》がたくさん出てしまった。新しい薬草園を造る場所に埋めても構いませんか。森之助と二人でやります」

「埋めるったって、あんた」

「いい薬草が生えます」

景一郎は笑ったようには見えなかった。

小関が、笑い声をあげただけだ。

第二章　かたち

1

若い武士の傷は、左の脇腹《わきばら》だった。

胴を抜かれているが、相手の首筋も斬《き》り、倒している。

道庵《どうあん》に頼まれて、清六《せいろく》はその武士を恵芳寺《けいほうじ》に運んだ。幽影《ゆうえい》は、傷の縫い方で道庵の手だとすぐにわかったようだが、なにも言わなかった。もっとほかのことが、幽影を惹《ひ》きつけたように、清六には思えた。

二人の医師の仲は、あまりよくない。酔っていても平気で傷を縫ったりする道庵を、幽影が嫌っているのだ。道庵は幽影を若造扱いにしている。

矢名《やな》村の恵芳寺から向島《むこうじま》の寮まで、半里ほどのものだった。寮だけでなく、薬草園も兼ねている。武士を運ぶのに使った手代は店の方へ帰し、清六はひとりだった。

「あら、旦那《だんな》様。大変な汗ですこと」

さわが、下女のひとりに濡《ぬ》れた手拭《てぬぐい》を持ってこさせた。夏は終りだが、晴れた日で歩くと、まだ汗をかく。

下女三人を、さわが仕切っている。別棟には薬草園の使用人がいるし、離れには小関《おぜき》鉄馬《てつま》や日向《ひなた》兄弟がいて、食事の世話からなにから、結構忙しいらしい。

「小関さんは、いるのかな？」

「はい、さっきまで森之助《もりのすけ》と剣術の稽古《けいこ》をしておいででした。呼びますか？」

「いや。お茶を飲んだら、私の方から行ってみる」

茶といっても、薬草茶である。井戸水で冷やしてあるが、うまいと感じたことはなかった。薬草の組合わせを、しばしば変える。抵抗なく飲めるようになったら、店で売り出そうと考えているのだ。

「おや、これは？」

清六は、湯呑茶碗《ゆのみぢゃわん》が掌《てのひら》に伝えてくる感触が、いつもと違っていることに気づいた。無骨というより、それ以前の乱暴さがあった。にもかかわらず、気のようなものは伝わってくる。こんなものは使うな、と安易に言い放てないものがあった。

「森之助ですよ。遊びで作ったんです。この間、景一郎《けいいちろう》さんが窯《かま》に火を入れた時に、一緒に焼いて貰《もら》ったんです。三つありますけど、なんとなく棄《す》てられなくて」

夏のはじめに景一郎が焼いた壺《つぼ》や皿は、かなりの高値で売れた。半年に一度ほど窯に火を入れるが、次の窯のものをとにかく買うと申し入れてきた者が、四人もいたのだ。

「森之助ねえ」

「全部、景一郎さんの見様見真似《みようみまね》ですよ。あの人、決して教えようとしませんもの。でも、黙って一緒に焼いてくれたんですよ」

棄てられなかったというさわの眼も、なかなかのものだった。大坂の絵師の娘である。十六の時に、二十六の弟子の子を孕《はら》んだ。父親は狼狽《ろうばい》して、弟子を破門にし、さわを清六に預けたのである。孕んだ子は、流れていた。

もう十八になっているが、過去の恋にこだわっているようには見えなかった。女とは強いものだということが、五十路《いそじ》に近づいて清六にもようやくわかりはじめている。

「森之助が、景一郎さんの真似か」

「一度だけですよ。子供なんですね。真似をしてみたかったんでしょう。あれから、またやろうとはしませんから」

景一郎の剣の腕が、どこから来ているものか、森之助は知りたかったのかもしれない。小関鉄馬も相当の腕だが、景一郎の腕は較《くら》べる次元をはるかに超えているという気がする。それもこの間わかったことで、この寮に来て四年間、清六はそれを見抜けなかった。

「この茶は、口に残るな。多三郎《たさぶろう》にそう言っておきなさい」

菱田《ひしだ》多三郎は、薬草に詳しかった。もともと東北の医師だったが、清六が薬種《やくしゅ》問屋杉《すぎ》屋《や》の薬草師として十二年前に迎えたのである。たえず全国の野山を歩き回って薬草の分布を調べ、移植できるものは薬草園へ苗を運んでくる。

薬草には、面倒な手間が要る。乾かさなければならないもの、煮て干すもの、水に晒《さら》すもの、水に入れて腐らせ、それを煮つめ、湯気だけを露のように取るものまで、自分で考えて試すのだ。三十六だが、十八の弟子がひとりいる。多三郎が来てから、杉屋の薬草は江戸で一番になったと清六は思っている。

「景一郎さんは、相変らず土をもんでいるのかね？」

「きのうは、暗くなるまで小屋の中でじっとしてたみたいです。なにを考えているんだか。せっせと焼物を作れば、お金になるのに」

「ほんとうにいい焼物は、ただ作ればいいというものではないんだ」

清六は腰をあげた。

離れは、母屋《おもや》からかなり歩かなければならない。小関鉄馬に頼むべきかどうか、清六は考えていた。ほんとうは景一郎に頼みたいところだが、そうさせない雰囲気はある。しかし、頼むことはできないだろうか。

「よう、杉屋」

結論を出す前に、離れに近づいていた。小関鉄馬は、縁に寝そべっている。上体を起こして胡座《あぐら》をかき、清六を待つ姿勢になった。離れのはすむかいにある景一郎の小屋を横眼で見ながら、清六は縁に近づいた。

「頼みごとだろう、俺に」

「よくわかりますね」

「顔に書いてある。食いつめ浪人を雇ったりするぐらいなら、俺を使った方がずっと得だぜ。俺が剣を遣えるのは、この間でわかっただろう」

小関は、このところこざっぱりとした着物を着ている。田原町《たわらまち》の女が、縫ってくれているのだろう。森之助も時々新しいものを着ていて、汚れた筒袖《つつそで》で通しているのは景一郎だけである。

「実は、道庵先生のところに怪我人《けがにん》が飛びこんできましてね。まあ傷は縫ったんだが、恵芳寺に運べと言われて、いまそうしてきたところなんですよ」

「酔ってたのか、道庵は？」

「いえ。いつになく深刻な顔で、襲われるかもしれないので、身を守る手だてを考えてやってくれとも」

「なるほど」

小関が、嬉《うれ》しそうに笑った。

「まあ、知らないお侍に頼むよりは、小関さんに相談してみようと思いましてね」

「俺は、幽影のこともよくわかっている。まあ、適役だろう。しかし、なぜ幽影のところに運んだのかな」

「わかりませんが、幽影さんはなにも言わずに預かりましたよ」

小関が、手首から先のない左腕で、軽く横腹を叩《たた》きながら、考える表情をした。

「事情は、そのうちわかるだろう。わからなくても、別に構わん。それで、いくら出す？」

「五両、ですかな」

「渋いぞ、杉屋。三次《さんじ》の時は、二十両も出したではないか」

「私が見るところじゃ、あのお侍は、傷を受けて血を失っただけです。何日か寝ていれば、動けるようになります。傷は、道庵先生が縫っていますしね」

「襲われるかどうかも、まだわからんというわけか」

「五両でも、高いかもしれない。小関さんが、恵芳寺で寝泊りするだけになるかもしれないし」

「すごい腕のやつが現われるかもしれん」

「小関さんより強かったら？」

「俺には、景一郎がいる。言っておくが、杉屋、景一郎を直接使おうと思うなよ。あいつが出てくるのは、俺が危なくなった時だけだ。そしてあいつは、腕が立つ」

「どれぐらい？」

「まともにむかえる者は、おそらくいない」

「この間のあれを見ていると、そんな気もしますが」

清六も、二十年前は武士だった。剣も、そこそこ遣えた。景一郎の腕が、尋常でないことはわかる。いや小関の腕でさえ、江戸でたやすくは見つけられないだろう。

「小関さん、このところやけに金に執着していませんか。この間の焼物の代金も、ほとんど女に遣ったんじゃありませんか？」

「女に金など遣わん。もっとも、月に五両ほどは渡しているが」

「ほかにも、男がいるんじゃ」

「俺もそれを疑ったが、三両でも五両でも、同じようにありがたそうに受け取る。多分、一両でもだ」

「私は商人ですから、一両も五両も同じだとは思えません。その女、裏になにかありますよ。私が、調べましょうか？」

「できるのか？」

「五両はかかります」

「やめた。おまえ、一文も遣わずに済まそうとしているな」

清六は、財布から五両出して縁に置いた。

「すぐにでも、恵芳寺へ行ってください」

理由がわからないので、五両でもひどく高いような気がした。しかし、道庵になにか頼まれたことなど、ここ数年で一度もありはしなかったのだ。

景一郎の小屋のそばに立った。小屋と言っても、前面には壁がなく、近づいていけばすぐにわかる。この小屋を、景一郎は自分で建てた。焼く前の皿や壺は、水が抜けるまでかげ干しにする。そのために、屋根が必要なのかとも思えた。

「おさわが、あの茶碗を使っているようですよ、景一郎さん」

「あの茶碗？」

「森之助が、自分で作ったそうじゃありませんか」

「あれですか。どこか棄て難いところがあったので、焼いてみたのですが、どうだったのでしょう。おさわさんが使ってくれているなら、絵に見るところがあったのかもしれませんね」

「絵と言っても、ちょっと色がついているぐらいでしたよ。私はそれで茶を飲んできましたが、持っていても掌に不思議な感じが伝わってきました」

「教えもしなかったのですが、陶車《ろくろ》を一応は使えました」

「もうやらせないのですか？」

「無理にやらせようとは思いません。やりたくなれば、そう言うでしょう」

「私も、皿ぐらいできるだろうか？」

「誰でもできますよ。やってみたいとおっしゃってから、もう何カ月も経《た》っています」

「しかし」

清六は、俵に入れて並べられた土に眼をやった。ざっと教えて三十ほどはあり、その土質は全部違うのだと、小関に聞かされていた。土も、ただ掘ったものを持ってくるわけではなく、いろいろな手間をかけるらしい。

「陶車を使って、かたちを作る。それだけじゃないような気がしましてね。土を選ぶところから、焼物ははじまるんじゃないかってね。景一郎さんを見ていると、そう思いたくなります」

「私も、はじめは粘土と陶車を与えられただけでした。それで、皿を作りましてね」

剣の腕をどこで磨いたのか。清六が訊《き》きたいのはそれだったが、言い出せなかった。あれほど無感動に人を斬れるのは、よほどの修羅場を潜《くぐ》ったからに違いない。斬った数も、五人や十人ではないという気がする。

不気味な雰囲気はない。むしろ、顔に傷があり、左の手首から先がない小関の方が、人を威圧するような雰囲気を持っている。

「景一郎さんは、五年前から焼物をはじめたと言っていましたね。その前は？」

「旅ばかりでした」

森之助が、五歳になっているはずだ。つまり、森之助が生まれたから、旅をやめたということなのか。青梅《おうめ》の青林寺《せいりんじ》で会った時は、森之助はまだ喋《しゃべ》ることもできなかった。

「立入ったことを訊くようですが、森之助の両親は？」

言ってから、それは景一郎の両親にもなるのだと清六は思った。

「亡《な》くなりました」

「そうか。だろうね。伯父と兄で、五年も育てているのだから」

それ以上、清六はなにも言えなかった。いままで、焼物を売ってやる、という付き合い方しかしてこなかった。

小関の方なら喋るかもしれない、と母屋にむかって歩きながら清六は考えた。しかし小関も、あるところまで踏みこむと、心を閉《と》ざしてしまいそうな気がする。

清六の影が、地面に長くのびていた。陽射《ひざ》しは夏のように強いが、夕暮れは早くなっているのだと思った。

2

六人の病人が寝ていた。

右端で眼を閉じている若い男がそうだろう、と鉄馬は思った。傷には晒《さらし》が巻かれている。景一郎と変らない歳《とし》だろうが、眼を閉じた顔はひどく荒《すさ》んでいた。

庫裡《くり》の二室を、幽影は使っていた。広い方が、病人の収容に使われている。もうひとつは薬草の棚と書物で溢《あふ》れ、その中に幽影の万年床がのべてある。

本堂の縁のところで、住持の清光《せいこう》と幽影が話していた。鉄馬は、清光が好きではなかった。清光にかぎらず、坊主《ぼうず》と名のつくものは嫌いだ。理由はない。青梅の青林寺に身を寄せていた時は、住持がもともと同門で日向流を学んだ芳円《ほうえん》だったので、いくらか気は楽だった。

清光には、表情がなさすぎる。慈顔というやつなのだろうが、白い髭《ひげ》がなおさら表情をわかりにくくしていた。会えば挨拶《あいさつ》はするし、話をすることもある。それだけのことだ、と鉄馬は思っていた。自分を語ったりは決してしない。

夏をなんとか越せた病人の話を、幽影はしていた。かすかに色づきはじめた銀杏《いちょう》の大木を見あげながら、清光が頷《うなず》いている。鉄馬は清光のそばに立って、秋には森之助と実を拾いに来る、と言った。清光はいくらか耳が遠く、大声で喋らなければならない。

なにか深遠なことでも納得したように、清光は大きく頷き、腰の後ろに手を組んでゆっくりと歩み去っていった。

「道庵が縫った傷だそうだな」

清光の背中がまだ消える前に、鉄馬は幽影に言った。

「相変らず、見事な手並みでしたよ」

「杉屋の話じゃ、大して深い傷じゃないということだが」

「二、三日で、歩けるでしょう。血を失っているのですが、それは躰《からだ》の中で作られる。馴《な》れてもくる」

「なぜ、ここに置いている。いや、おまえがなぜ引き受けたのだ」

「私が引き受けるべきだろう、と思いましたから」

「おかしなことを言うやつだな。おまえ、重病人しかここに入れないだろう」

言ってから、あの若い武士は、傷よりも病を抱えているのかもしれないと、鉄馬は思った。それも、道庵が仲の悪い幽影に頼まなければならないような病だ。

「斬《き》り合いの相手は？」

「花川戸《はなかわど》の土手で、首筋を斬られて事切れていたようです」

「道庵の家のそばで、斬り合ったわけか」

「その意味では、運がよかったですね。動けば動くほど、出血は激しくなったでしょうし」

幽影は、詳しい事情は知らないようだった。また襲われるかもしれない、と言ったのは道庵だ。しばらく、ここにいるしかなさそうだ、と鉄馬は思った。五両はすでに受け取っている。

「俺の寝る場所」

「本堂しかありませんね。朝の勤行《ごんぎょう》で、和尚《おしょう》に起こされますよ」

「まあいいさ。森之助も、こちらへ連れてこよう。境内で剣の稽古《けいこ》をつけるし、書見の声も聞えるが、構わないか？」

「すこし賑《にぎ》やかな方が、いいかもしれません」

「病人が六人いたが、みんなそれほど篤《あつ》い病ではないのだな？」

「五人は、二、三日うちにここを出られます。あの武士は、まあ五日と思っていればいいでしょう。ただし、傷に関してだけです」

「ほかに病を抱えているのだな」

「腹に、外からでも触れられる瘤《こぶ》があります。その瘤は、その人とは違う生きもののように、その人の躰を食い荒らして大きくなります」

「それで？」

「最後は、食い殺されますよ。私はいままでに、どれほどの人がそうやって食い殺されて死んでいくのを見たかわかりません。道庵先生も、その瘤には気づかれたのでしょう。それで、私のところに回してこられた」

「なるほど」

「どうしようもないのですよ、薬草では。その瘤が躰を食い荒らしていくのを、人間の手では止められません」

それなら、道庵はただ厄介なものを、幽影に押しつけたというだけになるのか。

「とにかく、俺はあの侍の護衛を頼まれた。用心棒ってやつだな。あいつが歩いてここを出ていけば、俺の仕事は終りになる」

「わかりました」

幽影が、短い頭に手をやった。月に一度ぐらい剃《そ》るようで、墨染めでも着せれば立派な坊主に見える。しかし、いつも作務衣《さむえ》だった。せいぜい寺男という恰好《かっこう》だ。

「あいつと、喋ってもいいか?」

「必要なのですか?」

「誰かが襲ってくるとしたら、理由はともかく、それがどんなやつらかぐらいは知っておきたい」

「確かに、そうですね」

幽影が笑った。いつも闊達《かったつ》と言っていい男だが、笑顔だけは妙に暗い。

「俺には斬り合いなどできん、と思っているな。なにしろ、左手がこうだ」

「いえ。大変な遣手《つかいて》でしょう。私も七年前は武士でした。多少はわかります。その腕を、ようやく出す気になったのか、と思っただけですよ」

「知らなかった。武士だったのか」

「いまは、医師です。昔のことを言ったところで、仕方のないことでしょう」

「そうだな。俺に左手がまだあったころは、と言うのと同じようなものだ」

「あの武士と、喋るのはいっこうに構いません。ただ、ほかの病人の耳もあります。めまいはするでしょうが、歩けると言うのなら、本堂まで歩かせてください。寝かせておくより、むしろ動かした方がいいかもしれない」

「それは、傷にいいのか。それとも、抱えている病にいいのか？」

「傷は、道庵先生が縫われたのですよ。激しく動かないかぎり、心配はありません」

「躰を食い荒らす瘤か」

幽影はかすかに首を振り、庫裡《くり》へ戻っていった。陽が落ちかかり、さすがに昼間の暑さはもうない。

その日は、ひとりで本堂で寝た。

翌朝、一度寮へ戻り、森之助に書物を二冊と竹刀《しない》を持たせた。

「脇差《わきざし》もだ、森之助」

景一郎は縁にいたが、鉄馬が言ったことが聞えたのかどうかは、わからなかった。このところ、小屋でも土をもまずにぼんやりとしていることが多い。

「あら、小関さんどちらへ？」

離れの掃除に現われたさわが、明るい声を出した。

「恵芳寺だ」

「森之助も、連れていってしまうのですか。気をつけてくださいよ。あそこには、流行《はや》り病の人が何人も寝ているという話です。森之助に移ったら大変ですから」

「薬は、いくらでもあるではないか」

「無茶なことを言ってはいけません。森之助はまだ五歳なのですよ」

「五歳であろうが五十歳であろうが、俺の甥《おい》で景一郎の弟だ」

呆《あき》れたようなさわの声を背中に受けながら、鉄馬は歩きはじめた。森之助は黙ってついてくる。

このところ、森之助を利用している、と鉄馬は思った。美保《みほ》という女に対してである。五歳の息子を抱えている、と言ってしまった。一年以上、馴染《なじ》んだ女だ。はじめは躰に溺《おぼ》れていた。いまも躰には溺れているが、それだけかどうかはわからない。

美保は、鉄馬の着物だけでなく、森之助の着物なども縫って持たせるようになった。

美保の心もこちらに傾いている、と思うとある満足感はある。そのために、森之助を利用した。

抱く相手であればいいと思っていたが、いつの間にか美保のことをもっとよく知りたいと思うようになった。一年以上馴染んでも、いまひとつほんとうの姿がわからないところがある。心をこちらに傾かせることで、それが見えてくるかもしれない、という気もしている。

どちらにしろ、まだ他愛ない嘘《うそ》だ、と鉄馬は思った。

村の子供が、田のそばで遊んでいた。森之助がそちらを見ている。遊びたい盛りだろう。剣の稽古をし、書見をし、さわの手伝いなどをして、森之助の一日の大半は終る。

「森之助、清光和尚は好きか?」

「はい」

「書見は、和尚にみて貰《もら》おう。耳が遠い。大声をあげなければ聞えないぞ」

黙って、森之助は頷いた。

山門から、老人が若い男女に付き添われて出てくるところだった。病が癒《い》えたのだろう。足もとは覚束《おぼつか》ないが、老人の眼はしっかりしていた。

「竹刀の素振りだ、森之助。三百本。それが終ったら、和尚が境内を掃くのを手伝え」

「はい」

森之助が答える。鉄馬は本堂にあがりこみ、隅に寝床を二つ作った。病人用の蒲団《ふとん》が、四枚余っている。幽影が顔を出した。

「森之助をなぜ？」

「ただ待つのも退屈だ。寮にばかりいると、女どもが甘やかすし」

「どうかな。小関さんの方が、ほんとうは甘やかしそうな気がするな」

「あいつ、どうしている？」

「眼は醒《さま》しています。明け方、ひどい痛みに襲われたようですが、いまは鎮《しず》まっていますね」

「瘤の方か？」

「痛みはじめると、薬草も効きません」

頷き、鉄馬は庫裡の方へ行った。若い武士は、眼を開いて天井を見つめていた。鉄馬が近づいても、眼はまったく動かない。

「歩けるか？」

声をかけると、ようやく眼が鉄馬の方をむいた。ちょっと意表を衝《つ》かれて、鉄馬は眼をそらした。圧倒してくるような光があったのだ。

「動く方が、むしろいいらしい。本堂まで歩けるかな」

「私の刀は？」

「幽影が預かっているようだが」

「返してください」

「俺と、斬り合いでもする気かね？」

「杖《つえ》にするんです」

幽影が、両手で刀を差し出した。武士は、右手一本で上体を起こし、立ちあがった。刀を受け取り、すぐに杖のようにつく。鉄馬は、一歩退いた。抜撃ちが来そうな気がしたのだ。しかし武士は、右手で刀を杖のように使うと、本堂の方へむかって歩いていった。

「きのうの夜、起きようとしたが駄目でした。上体を起こしただけでめまいがして。いまは、なんともありませんね」

縁の途中で、右から左に刀を持ちかえながら、武士が言った。傷の方の痛みは、ほとんどないらしい。内臓は肋骨《ろっこつ》が守ったのだろう。こういう傷なら、三日で刀が振れるようになる。

本堂に座った時、さすがに息を切らせていた。顔色は蒼《あお》く、しかし額にはびっしりと汗をかいていた。

「小関鉄馬という者だ。杉屋清六に頼まれて、あんたの用心棒をすることになった」

「なぜ？」

「また襲われることを、杉屋というか、道庵というか、心配したようだ。なぜ襲われるのかは、俺は知らん。ただ、守ってくれと言われている」

「川田総二郎《かわだそうじろう》といいます。用心棒など、無用に願いたい」

「あんたに頼まれたわけではないのだ。杉屋清六に頼まれ、杉屋は道庵に頼まれた」

「道庵という方が私の傷の手当てをし、杉屋という方が、私をここまで運んでくださったわけですね」

「だから、用心棒は要らぬと、あの二人のどちらかに言って貰わなくては、俺は引き退《さ》がるわけにはいかない」

「そうですか。では、杉屋さんに申しあげましょう。どこへ行けばいいのですか？」

「歩いてこの寺を出るのは、まだ無理だろう。いまは半里ほど離れたところにある、寮にいるがね」

「半里ほどならば」

「よせよ。いずれ杉屋は、ここへ来るさ。それまでになにもなければ、俺はただ本堂にいる男というに過ぎなくなる」

「歩けます」

「歩いて、どこまで行く。たとえ寮に辿《たど》り着けたとしても、杉屋に厄介をかけることになるぜ。どうせ、どこまでも歩けはしないんだからな」

川田は、しばらく考える顔をしていた。

「傷は、深くないはずだ。私の抜けの技を破るほど、相手は強かった。しかし抜けの形に入っていたので、浅い傷で済んだ」

「馬庭念流《まにわねんりゅう》か」

「浅い傷で恐ろしいのは、血を失うことでしょう。それだけだ」

「そして、血を失ったんだよ。道庵が縫ったから、回復に時はかからないと思う。傷の方はだが」

外では、森之助が竹刀の素振りを続けている。本堂にまで、その気は伝わってきた。川田が、森之助の動きにじっと眼を注いだ。

3

四日目に、道庵が寮へやってきた。

「なぜ、直接恵芳寺へ行かないのです、先生？」

「ここへ来れば、酒を飲めると思った」

清六は頷き、さわに酒を持ってこさせた。道庵は、ほとんど酒なしではいられない男である。酔っても傷を見事に縫ったりするが、口は軽くなる。

四日前に清六を呼んだ時は、めずらしく酒の匂《にお》いがしなかった。そういう時の道庵は、ひどく暗鬱《あんうつ》な表情をしている。

あの表情に騙《だま》されたのかもしれない、と清六は思いはじめている時だった。この四日、寮から湯島《ゆしま》の店へ通い、二刻《とき》ほどで戻ってきていたのだ。

しばらく、酒を酌《く》み交わしながら、季節の話などをした。道庵は、俳句をひねる。季節の話などは好きなのだ。もっとも、俳句は本人が言っているだけのことで、清六は一度も聞かされたことがない。

「あの、焼物師はどうした?」

「景一郎さんのことですな。いまごろ、土と睨《にら》めっこでしょうよ。土を選ぶのに時がかかる。選んだ土を、もみあげるのにまた時がかかる。窯《かま》に火が入るのは、半年に一度というところですかな」

「夏に、あんたは皿や壺《つぼ》を売り出していたな。わしは壺がひとつ欲しかったが、十両の値がついていたので、手が出なかった」

「借金してでも、買うべきでしたな。あと五年経《た》ったら、かなりの高値を呼ぶと思いますよ。ほんとうにいい物は、誰にも渡さずに店の蔵に収《しま》ってあります」

「強欲だな。どうせ、わずかな金しか払っていないのであろう。十両の壺に、せいぜい二両。わしはそう思っているが、どうだ?」

「とんでもない。正直に申しあげて、八両払っています」

「まさか」

「作る人間に、貧しい思いをさせたら、こういうものは駄目なのですよ。もっとも、景一郎さんは、ほとんど金に関心を持っていませんがね。伯父の小関さんが、結構厳しい勘定をする。恵芳寺にいて襲撃に備えてくれと頼んだだけで、五両も取られました。あの人は、女に入れこんでいて、そっちに金がかかる。いいですか、恵芳寺の本堂に寝泊りするだけで、五両ですよ」

「それぐらいの価値はある」

道庵が、茶碗《ちゃわん》を呷《あお》って言った。道庵に酒を出す時は、いつも茶碗でだった。銚子《ちょうし》も、途切れることなく運ばせる。酒呑《さけの》みに、中途中端《ちゅうとはんぱ》は禁物である。

「俺は、川田という侍を知っていてね。庄内《しょうない》藩の、家柄も悪くない武士だ」

「いまの時代に、家柄がなんになります。まして、直参旗本《じきさんはたもと》などではなく、陪臣《ばいしん》でしょう。笑わせないでくださいね、先生」

「まあ、待てよ、杉屋。庄内藩と言えば鶴岡《つるおか》と酒田《さかた》だ。鶴岡は城下で、酒田は港。違うか?」

「確かに、そうですが」

言いながら、清六は道庵の茶碗に酒を満たした。それをひと息で空け、道庵は茶碗を突き出した。清六は、また酒を注いだ。

「川田家というのは、代々船手《ふなて》奉行だ。鶴岡にいて、お役が勤まると思うか？」

「そりゃ、酒田にいませんとね。庄内の米も、あそこから出ているんでしょうが」

「出るものは、どうでもいい。入ってくるものが、いまは問題でね。あそこは、意外に大陸からも近い」

「なにが、入っているんです？」

「それは言えん」

「道庵先生は、なぜ川田家のことを知っているのですか？」

「まあ、なんとなくだ。こんな言い方では、おまえのような男は納得しないだろうが」

酒田といえば、西回りの航路の出発地でもある。船は下関を回り、紀州を回り、羽《う》州《しゅう》米を直接江戸へ運んでくる。その船は帰路、江戸や大坂の雑貨などを酒田へ運ぶ。そういう船だけではなく、ほかの船もずいぶんと出入りしているはずだ。

商人である清六がまず思い浮かべるのが、抜荷《ぬけに》だった。船手奉行ならその取締りだろうが、取締るものがその抜荷に加わると、ずっと効率がよくなる。

「酒田に、阿芙蓉《あふよう》が入っている、という噂《うわさ》も耳にしたことがありますが」

当て推量で言うと、なんだ知っているのかという顔を道庵はした。実際、ここ二年ばかり、阿芙蓉は増えていた。値が下がるほどではないが、金を出せば手に入るという状態ではある。もっとも、それは薬種問屋だからで、普通の人間が手に入れるのは、まず無理だろう。

清六は、阿芙蓉に大金を投じたりはしなかった。漁師の三次が江戸に入る船から盗んでくるものを、安く買っていたのだ。三次は偶然その船を見つけた。買ったものの大部分は幽影に回していたが、多少は手もとに置いた。夏前から、三次は追われ、阿芙蓉も手に入らなくなっている。それでも、阿芙蓉を扱っているという噂は立つ。

「道庵先生、川田というお侍は、たまたま花川戸で斬《き》り合いをしたのではなく、先生を訪ねようとしていたのではありませんか？」

「うむ」

道庵は新しい銚子に手をのばし、手酌でやりはじめていた。

「川田さんは、先生のところへ阿芙蓉を運んでいたのでしょう」

道庵の眼が清六にむき、それから茶碗の酒に移った。

「逆なのだ、杉屋。川田総二郎は、わしのところへ来れば阿芙蓉があるかもしれん、と思って訪ねようとしていた」

銚子が空になっていた。清六は手を叩《たた》いて、新しいものを持ってこさせた。さすがに、さわが呆《あき》れたような表情をしている。すでに銚子が六本空になっていた。

「十年以上も前の話だが、わしは酒田で、病人の躰《からだ》にできたでき物を切り取る試みをした。でき物と言っても、躰の奥にできるやつだ。切ろうとすると、そりゃ病人は痛がる。そこで阿芙蓉を使う。使っている間は、病人は痛みも感じず大人しい」

「なぜまた?」

「一度、腹の中のでき物を切り取って、病人を助けたことがある。その男は、十二年生きた。庄内にわしと同門の医師がいてな。会った時にその話をした。やってみようということになり、わしは庄内へ行ったのだ。実に十六人のでき物を切ったが、ひとりとして三月は生きなかったので、やめた」

「切らなければ、もっと生きたのですか?」

「二年、三年は生きたはずだ。腹の中のでき物は、まるで意志を持ったもののようにわしに逆らったな。そして宿り主を食い殺した」

「酒田に、阿芙蓉は入っていたのですね?」

「そちらが気になって、川田がなぜ阿芙蓉を求めてきたかは、気にならんのか、杉屋?」

「川田さんが、阿芙蓉を求めて、道庵先生のところへ現われた。道庵先生は傷の手当てだけして、幽影さんのところへ回した。川田さんの腹の中のでき物は、大きくなって痛みはじめているのでしょう。幽影さんのところになら、まだ阿芙蓉は残っている。死ぬ前のひと月二月は、腹の中のでき物は、人を変えるほどの痛みでのたうち回らせると言いますから。私も薬屋で、その痛みを消すための薬草の調合は、ずいぶんとやったものです。阿芙蓉に勝るものは、まだ見つかりません」

さわが銚子を運んでくる。酔いで、道庵の口は軽くなりはじめていた。

「川田は、阿芙蓉の入ってくる道を知っている。上意討ちという名目で、武士たちが追っているようだが、違うな。川田は、庄内藩でも一、二の腕だそうだ。もっとなにか別の力に追われている、と考えた方がいい」

「なるほどね」

「鼻が動いているぞ、杉屋」

「これから先は、私に任せていただけますか、道庵先生？」

「わしは口が軽いから、知らない方がいいと思っているな。まあ、そうだ。わしの酒は、いまの川田の阿芙蓉みたいなものだろうからな」

道庵は、五十をいくつか過ぎているが、まだ若々しかった。酒灼《さかや》けをした鼻の頭にだけ、わずかに年齢が滲《にじ》み出している。頭なども、黒々とした総髪だった。

「ひとつだけ、条件がある。この話を持ってきたのは、わしだ。おまえが手に入れる阿芙蓉の一部を、回してくれ」

「あれで商売などは」

「違う。わしは、老いぼれるまでに、もう一度腹の中のでき物に挑みたいのだ。わしの手で切り取って、人間の躰からあの化物を追い出す技を身につけたい。多分、最後の機会だな」

「そういうものですか。十六人も死なせてしまったというのに」

「死なせてしまったからこそだ」

腑分《ふわ》けという、人間の内臓を開いて見たものを、写して書物にしたのは、宝暦年間の山脇東洋《やまわきとうよう》がはじめと言われている。五十年も前のことだ。あくまで、書物になったものということで、それ以前にも刑死人の腑分けなど行われていたし、刀の試しにそういう屍体《したい》が使われてもいた。山脇東洋の書物が出てからも、腑分けをしたという医師は、何人もいるはずだ。なにも言わないが、道庵もそのひとりだろう、と清六は思っていた。清六自身も、十一年前に、刑死人の腑分けを見たことがある。薬屋にも、そういう機会はあるのだ。

「うまく手に入れば、回しますよ。いくらで手に入るかによって、量は変ってきますが。高値でしか入らないようだったら、私には意味がないし」

「とにかく、おまえに任せる、杉屋。わしは、おまえを信用しているからな。酒に溺《おぼ》れることもあるわしが、知らない方がいいことがあるとも、わかっている」

笑い、手を叩いて、道庵はさわを呼んだ。

「おさわさん、徳利を用意してくれんか。なみなみと酒を入れてな」

「えっ、まだ召しあがるんですか？」

「毒消しじゃよ。これから恵芳寺へ行ってくる。幽影は、毒消しにも困っているだろうからな」

「あそこは流行《はや》り病ばかりで、傷を洗わなければならないことは、ないと思います」

「そこが、ほれ、素人《しろうと》というやつだ。酒が躰の中の毒を消すこともある」

「酒毒という言葉も、ありませんでしたかしら」

道庵は腰をあげ、さわについていった。自分の眼で、徳利に酒が満たされることを確かめるつもりらしい。

清六は、しばらく考えこんでいた。どうやれば、川田に阿芙蓉の道を吐かせることができるのか。やはり、手持の阿芙蓉を使うしかないのか。

時折、阿芙蓉の註文《ちゆうもん》が入る。懇意にしている医師から、密《ひそ》かに頼まれることもあるのだ。大々的に売ってはいないから、頼めばなんとか手に入れてくれる薬屋と思われているだろう。それでも、三次が盗んできたものの一部が残っていて、それはかなりの量だった。

阿芙蓉と引き換えに、阿芙蓉の入ってくる道を訊《き》き出す。それしか、方法はないだろう。三次は、秋の終りには江戸に戻るはずだが、また盗ませることは難しい。ただ新しい道があれば、別だ。

外へ出た。

景一郎が、小屋にいるのが見えた。

川田は、あとどれくらい生きられるのか。生きている間は阿芙蓉を必要とするだろう。幽影のところに残っている阿芙蓉で、足りるはずはない。それに、幽影はよほどのことがないかぎり、阿芙蓉を使いたがらない。

川田が、すぐに誰かに斬られてしまうと、阿芙蓉の道は消えたも同然になる。

小関に川田を守らせるというのは、いささか不安だった。腕は立つが、左手がなく、そして若くもなかった。景一郎に頼めば、と思うが、清六は言い出せないでいるのだった。どこにでもいそうな若者だが、どうしても踏みこめないなにかを持っている。そしてそれが、剣の腕と表裏一体になっているのだ。

「景一郎さん、まだ土が決まらないのかね？」

小屋のそばまで歩き、清六は声をかけた。景一郎は、黙って頭を下げただけだった。どこがどうというわけではないのだ、と清六は思った。それでいて、近づいて話しかけると、不意に肌がひりつくような気分に襲われたりする。

「土は、決まっているのですよ。かたちが決まらないのです。それが決まるまで、土はもむべきではないのです」

「そんなものですか」

「私が、ただこだわっているだけなのだろう、と思いますが」

「この間のものは、色が美しかった。またその色がかたちに合っていた。私はそう感じました」

「作る者は、また別の感じ方をするものですよ。そしてわからなくなる。ただ土をねじ曲げ、汚しているのではないか、と思ってしまうこともあります」

「汚すなんて」

「そうですね。余計なことを考え過ぎているのでしょう、私は」

「気晴しをしてみたらどうです。たとえば、深川《ふかがわ》あたりにくり出して、ぱっと遊んでみるとか。吉原《よしわら》に二、三日流連《いつづけ》するのもいい」

景一郎は、かすかに頷《うなず》いただけだった。それが肯定の返事だとは、清六は勿論《もちろん》思わなかった。清六は、次になにを喋《しゃべ》ろうか考えた。この若者を前にすると、沈黙が耐え難い重さになってくる。

「おさわが、いい色だと言っていたな。あれは絵師の娘だから、そういうことはわかるのです。たやすく出る色ではない、と驚いていました」

「絵とは違うのでしょう。白い紙に絵を描けば、それで終りです。焼物は、絵付けをして、焼かなければならない。焼くことで色が出てくるし、もともとの土の質も変ります」

「複雑ですよね」

「手間が多いということです。その手間の中で、いろいろな偶然が入りこんで、思ってもみなかったようなものができることもあります。そんなことばかりを考えていると、確かに気晴しもしてみたくなりますが」

「されたらいい。景一郎さんひとりが遊ぶ金ぐらい」

「いえ、やっています。多三郎さんに、時々薬草の調合の仕方などを教えて貰《もら》って。薬は毒で、それをどの程度の強さにするかによって、どういう病に効くとか。躰の中の毒を、別の毒で殺す。それが薬なのですね」

「気晴しになるんですかね、そんなことが？」

「ええ」

「まあ、ここに並んでいる俵の土も、いろんな手間がかけられているらしい。小関さんが、そうおっしゃっていましたよ。私などが理解できないことが、気晴しにもなるのでしょう」

「杉屋さんが、皿でも作ってみる。これは気晴しになります。それと同じです」

多少、理屈っぽいところもある。つまり、理を通して説明すれば、それなりに応《こた》えてくれる人間なのかもしれない。

それでも、川田を守ってくれとは、清六には言えなかった。清六にも、理はある。阿芙蓉があれば、死ぬ間際《まぎわ》の苦しみから人を救うことはできるのだ。それに別のことに使えば、かなりの金になる。そういう金で、幽影に養生所を造ってやることもできる。

「私も、いつかほんとうに皿を焼いてみましょう。気晴しはしたいし」

清六には、それだけのことしか言えなかった。

4

六日目になった。

酔った道庵が傷口から糸を抜いたのは二日前で、川田の躰はすっかり元に戻ったように見える。寝る場所は、病人たちの部屋ではなく、本堂にしているようだ。森之助の竹刀稽古《しないげいこ》の相手もしている。

「苦しむんですね、時々」

「二日に一度。それが一日に一度になり、二度、三度と増えていく。いまはもう、一日に六度も七度もというところでしょう。夜だけは、痛みを抑える薬を与えてるがね。昼間は、耐えて貰うしかないな」

幽影は、暗い表情をしていた。

「どうしようもない、病なんだね」

「医師であることが、情無くなるような病だね。私は、この病をどれほど見たかわからないほどだよ。どうしてやりようもない」

躰の中のでき物。切り取ってしまう技を身につけたい、と道庵が思うのも当然なのかもしれない。癒《い》やす薬草は見つけられないものか、と薬屋である清六も思う。

本堂のそばの銀杏《いちょう》の下で、森之助が竹刀を振っている。それを、本堂の縁に腰を降ろした川田が見ていた。

川田とは、きのうも会い、しばらく話しこんだ。自分が庄内藩士であることを、川田はぽつぽつと喋った。酒田の港の様子もそれとなく訊いたが、喋ることをあまり気にしてはいなかった。

川田を追っている人間は、いつ襲ってくるのか。道庵のところで、一度は見失った。だから、道庵に見張りをつけていたことは、充分に考えられるのだ。しかし、道庵がここへ来て傷の糸を抜いたのは二日前で、それ以後もなにも起きていない。

清六は、本堂に歩いていった。森之助は、竹刀を振り続けている。

「川田さん、痛みがひどそうですね」

縁に並んで腰を降ろすと、清六は言った。

「阿芙蓉が必要なのではありませんか？」

川田が、清六をじっと見つめてきた。清六は眼をそらし、森之助の頭上の銀杏に眼をやった。緑の葉も残っているが、黄色くなったものが多かった。

「手に入るのだろうか？」

「難しいですね。この国に入ってくる仕組みさえわかれば、食いこむ余地はあると思うんですがね。新しいものが入ってくるまで、手持ちのものを、惜しみ惜しみ遣うしかありません」

「手持ちのものが、杉屋さんにはあるんですね。あるなら譲ってください」

「安いものじゃありませんよ」

川田がうつむいた。あとどれぐらい生きられるのだろう、と清六は思った。道庵はせいぜいひと月か二月だと言ったが、そんなに悪いようには見えない。

「少しだけでも、というわけには？」

「ほんのわずかでも、高いものです。幽影さんが持っているものも、私が入れたんですが、新しいものが手に入らなくなってしまった。入ってくる仕組みが、わからなくなってしまったんでね」

「なぜ、俺にそんなことを言うんだい、杉屋さん。売れないんなら、はじめから黙ってりゃいい」

「あんたが、売るものを持ってるからだよ」

「なるほどね。売りものになるとは、あまり考えちゃいなかった」

「私は、道庵先生や幽影さんのような医師を抱えている。あの人たちに、阿芙蓉《あふよう》を手に入れる金があると思うかね?」

「きれい事だな、杉屋さん。俺も、医師が必要とするものだ、と思っていたよ。だから、船荷の一部を、いつも眼をつぶって通していた。ある船の、積荷の一部をね」

「それがどこの船で、その荷がどういうふうに陸に揚げられているか、教えてくれるだけでいいんだ」

「俺は、阿芙蓉のおかげで苦しみから逃れられた老人を、二人見たよ。ひとりは、俺の親父《おやじ》さ。あまりの苦しみに、なんとかならないのかと医師に訴えた。医師は、三度ばかり阿芙蓉を遣ってくれた。阿芙蓉を遣っている間、親父は安らかな顔をしていた。それからまた苦しんだ。阿芙蓉を積んでいる船が酒田に入ってくる、とその時知ったんだ」

「なるほどね。道庵さんと同門の医師か。その人は、どうした?」

「死んだよ」

「なにがあったかなど、どうでもいい。どういう仕組みで、荷は酒田に入ってくる?」

森之助が、竹刀で銀杏の幹を打ちはじめた。手の内でちゃんと絞《しぼ》っているので、無闇《むやみ》に叩《たた》いているという感じにはならない。冴《さ》えた音を出すだけで、竹刀が撓《しな》ったりはしていないのだ。

川田は、遠くを見ているようだった。顎《あご》の先に髭《ひげ》がのびている。首筋は、痩《や》せて皮膚がたるんでいた。

「ほんとうに、阿芙蓉を持っているのか？」

「ああ。見せてやろうか」

清六は、懐《ふところ》から油紙の包みを出し、開いた。褐色の、印籠《いんろう》ほどの大きさの塊である。

この大きさのものを、三次は一度に五つ盗んできた。いつも三つだけを幽影にやり、二つは薬草に混ぜて調合したり、ほかの医師に回したりしていた。

「これだけあれば」

呟《つぶや》くように、川田が言う。死ぬまで間に合う、という意味なのか。

「少しだけ、分けてくれ」

「それはできないよ、川田さん。あんたがその仕組みを教えてくれたら、半分渡す。確かめて、教えてくれたことが間違いでなかったら、残りの半分も渡す」

川田が、また遠くを見た。森之助は、まだ銀杏の幹を打っている。

「まあいいか。小柄《こづか》を貸してください。ほんのひとかけなら、あげましょう」

川田が差し出してきた小柄で、端をちょっとだけ欠いて懐紙に載せ、縁に置いた。

「いいんだよ、川田さん。これで五回分ぐらいにはなるだろう。ただし、癖になる。幽影さんが夜しか与えようとしないのは、持っている量が少ないこともあるが、癖になってしまうからだ。あんたがこれを受け取れば、もうこれなしでは済まなくなる。結局、残りを手に入れるために喋るのさ」

「わかっている。教えてくれるだけ、あんたは親切な男だとも思う」

川田は、すぐに手を出そうとはしなかった。

「喋れば、藩の存亡に関わる」

「私は、公儀の人間じゃない。ちょっとばかり掠《かす》めて、薬に混ぜたりするだけさ。それに藩だなんだと言っても、あんた上意討ちされようとしているのだろう?」

「違う。上意をかたって襲ってきているだけだ」

言って、川田は懐紙を掌で丸め、懐に突っこんだ。

「貰っておく。ほんとうに耐えられない時だけ、遣うことにする。自分で遣うものを持っているというだけで、耐えられるかもしれない」

「まあ、無理だ」

森之助が、銀杏を打つのをやめ、本堂に駈《か》けこんでいった。小関が戻ってきて、そうしろと合図をしたようだ。

「杉屋、五両では安すぎたぞ」

小関が言い終る前に、山門から三名の武士が駈けこんできた。川田も、大刀を執った。

二対三の対峙《たいじ》になった。五人とも、大刀は抜いている。睨《にら》み合いが続いた。清六の背後で、森之助の息遣いが聞えた。

銀杏の葉が、風で舞い落ちてくる。ほかに、動きはなにもなかった。張りつめた気配だけが強くなり、張り裂けそうな気がする。

最初に動いたのは、相手方のひとりだった。小関が、斬撃《ざんげき》をかわしながら、下から上へ刀を擦りあげた。もうひとりが、川田に斬《き》りこんだ。川田の刀がどう動いたのか、清六にははっきりと捉《とら》えられなかった。着物の二カ所から、血のしみが拡《ひろ》がるのが、ようやくわかっただけである。小関は、二の太刀で相手の胴を払い、三の太刀で袈裟《けさ》に斬った。

倒れたのは、小関が斬った相手の方が先だった。川田が斬った相手は、表情を失ったまま、しばらく刀を構えていた。そして、構えたまま倒れた。

川田が、荒い息を吐き、膝《ひざ》をついた。小関も、やはり呼吸を乱している。

「ひとり、逃げた」

清六は叫んだが、小関には追うこともできないようだった。

「ひとり五両でも、安過ぎた。こいつら、確かにただの浅黄裏《あさぎうら》じゃねえな」

倒れている二人は、すでに死んでいた。二人とも、まだ若い。

「杉屋、川田を看《み》てやれ。傷は癒えたといっても、体力はなくなっているのだ」

「大丈夫ですよ」

川田が、立ちあがった。まだ息は荒れている。全身に汗もかいているようだ。

「道庵先生の腕は、大したものです。あれだけ動かしても、傷口は開いていない」

動いたと言われても、清六にはよく見えなかった。小関の動きの方が、むしろ見やすかったと思う。川田は、刀を鞘《さや》に収めると、本堂に入っていった。

「とんでもねえ腕じゃねえか、あいつ。斬り口を見ただけでも、それがわかる。だけど杉屋よう、五両で俺に死ねとは、ひでえ男だよな、おまえ」

「また、来ますか？」

「来るさ。もう、気配が近づいてる」

清六は、山門の方に眼をやった。誰の姿も見えはしなかった。

「今度は、半端《はんぱ》じゃねえな。俺は膾《なます》にされる。おまえ、逃げた方がいいぞ」

それから、しばらく待った。

誰かが入ってきたとも思えなかったのに、境内に二人、三人と人の姿が浮かびあがってきた。地から湧《わ》き出したような気がする。さらに人数は増え、八人までを清六は数えた。

境内には、気が満ちている。逃げようと思っても、その気が清六の全身を縛っていた。

「死ぬしかないか」

小関が呟いた。

八人が、一斉に動きはじめた。小関は、地面に突き立てるようにして、刀を構えていた。見る間に、小関の額に汗が噴き出してきた。勝負は見えている。そうとしか思えなかった。

最初の斬撃を小関はかわしたが、その時はもう膝をついていた。

斬られる。そう思った時、八人が散った。

景一郎が、山門を潜《くぐ》り、こちらへ歩いてくるところだった。来国行《らいくにゆき》を佩《は》いている。ゆっくり近づいてくるようにしか見えなかったが、いつの間にか小関のそばに立っていた。

「年寄りの冷水《ひやみず》というやつですよ、伯父上」

たしなめるような口調で、景一郎は言った。

散った八人が、また徐々に距離を詰めてきた。景一郎は、三歩前へ出ただけだ。気のようなものは、あまり感じられない。

ひとりが斬りこんできた。擦れ違った時、景一郎は刀を抜いていた。なにかが全身の肌を打ってきたような気分に、清六は襲われた。それは一瞬で、景一郎の背に刀をむけていた男が、ゆっくりと倒れた。もうひとりが、斬りこむ。その男も、景一郎と擦れ違って、しばらくして崩れるように倒れた。

六人が、少しずつ近づき、ひとかたまりになりそうに見えた。

不意に、言い様のない気配が、境内を覆《おお》った。六人の頭上に、景一郎が跳んでいた。地に降り立った時、二人が倒れた。残っているのは四人。清六は唾《つば》を呑《の》もうとしたが、どうしてものどが動かなかった。口の中に、唾だけが溜《たま》っていく。

右端のひとりに、景一郎が歩み寄った。なにもしないまま、二つに割れていた。三人が、怯《ひる》む気配を見せた。またひとりが、斬り倒された。二人が、同時に駈けはじめた。追うという気配もなく、景一郎はその脊《せ》に近づいた。二人とも、声もなく倒れた。

清六は、地面に座りこんだ。口から涎《よだれ》が垂れているのに気づいた。

「もっと早く来い、景一郎。俺が死んだらどうする気だ」

「いずれ死にますよ、伯父上。こんなことをして、面白いのですか？」

「面白がってやっていたのではない。杉屋が困り果てていたから、俺は」

小関の言葉が、途中で切れた。清六は、本堂の方をふり返った。川田が、刀を抜いて出てくるところだった。

独得の眼をしていた。清六が渡した阿芙蓉を、全部呑んでしまったに違いない。それなら、斬られても斬られても、痛みなど感じはしないだろう。そしていまは、斬り合うこと以外、なにも頭にないはずだ。

縁を跳び降りて地面に立つと、川田はゆっくりと上段に構えた。景一郎は、ただ立っている。上段のまま、川田がじりじりと間合を詰めていった。川田が放つ気は、ほかの誰のものとも違っている。

「斬るな、景一郎」

小関が呟くように言った。

「取り押さえろ。この男は、俺が守っていたのだ」

清六も、頷《うなず》いていた。声は出ない。

川田が、踏みこんだ。かわしたと見えたが、景一郎の刀がかすかに動いた。それはかすかと感じただけで、ほんとうは大きく動いたのかもしれない。川田の首が、清六のすぐそばまで転がってきて、顔をむけた。その眼が閉じているのを、清六は見た。

「なぜ斬った、景一郎。生かしておけば、杉屋からもっと金を取れたものを」

首のない川田の躰《からだ》が、まだ立ったままであることに気づいて、清六ははじめて叫び声をあげた。その声に押されたように、躰は斜め横に倒れた。

「斬ればいいというものではないのだぞ。おまえは、昔の癖が抜けておらんな」

「なにを言われます、伯父上」

景一郎が、野袴《のばかま》の裾《すそ》で刀の血を拭《ぬぐ》った。ゆっくりと鞘に収めるまで、清六が感じられる気はなにもなかった。

「その人は、すでに死んでいましたよ。死人の眼以外のなにものでもありませんでした。私は、それをかたちにしただけです」

小関が舌打ちをした。

「境内を、血で汚してしまったな」

景一郎が呟いた。

「森之助。出て来い。この間のように、屍体《したい》を並べるのだ。それから、和尚《おしよう》様を呼んでこい」

景一郎は、屍体を二つ軽々と抱えると、並べて寝かせた。森之助も手伝いはじめる。

「武士同士が、境内で斬り合って、多数の死者が出た。代官所には、そんなふうに届ければいいと思います。供養《くよう》のために、和尚様に経をあげていただいたとも」

森之助が、屍体をひとつ引き摺ってきた。

十一の屍体が、きれいに並べられた。ひとつの屍体にだけ、首がなかった。

「首を、お願いします」

景一郎に言われるまま、清六は無意識に手をのばし、川田の首を抱えあげた。思ったより、ずっと重い。

阿芙蓉は当分手に入らないだろう、と清六は考えていた。

「いい気晴しになりましたよ、杉屋さん」

言って、景一郎が笑った。

森之助が、庫裡《くり》の方へ駈けていった。

第三章　茸《きのこ》

1

擦れ違った娘を、新兵衛《しんべえ》は尾行《つけ》はじめた。気になると、声をかける。もっと気になると、尾行る。同心の習性のようなものだった。

身なりは粗末で、どこかの奉公人という感じだが、姿勢がよく、躾《しつ》けられたという動きをしている。武家の娘だ。

「十内《じゅうない》、もういいぞ」

新兵衛は、付いていた目明しに言った。女房に料理屋をはじめさせたところで、夕刻になるとそちらが気になるようだった。

「そうですかい。あと三日で、十日になります。十日経《た》ちゃ、店も落ち着くと思うんです」

「つまらねえことを言ってねえで、早いとこ行ってやんな。十内親分の店だってことがわかったら、やくざ者《もん》も嫌がらせにゃ来ねえだろう」

十内が、頭を下げて踵《きびす》を返した。

新兵衛が連れ歩く目明しは大抵十内ひとりで、探索の腕はそこそこだが、鉤縄《かぎなわ》がうまい。三人いる十内の子分も、親分仕込みの鉤縄を遣う。

目明しに、給金などほとんどなかった。だから、大抵は別に商売をやっている。同心から手札を貰《もら》った者が、ひとり前の目明しと呼ばれるのだが、北町奉行所だけでも、どれぐらいの数がいるかはわからなかった。三人四人の目明しに手札だけは新兵衛も渡している。

十内の女房は、古着屋をやっていたが、金が溜《たま》ったのか料理屋を開いた。新兵衛は、その祝いに十両出してやった。臨時廻りになってから、四年である。その前は、目明しなど必要なかった。十両の祝金は、四年付いていた者に対して、ほぼ相場の額と言っていい。

腕利《うでき》きの目明しを求める同心もいるが、新兵衛は十内で満足していた。大店《おおだな》へ出入りはしているが、金をせびるような真似《まね》はしていない。渡されたものを、黙って受け取るだけのようだ。そして、弱い者を狙って金を集めるようなこともしない。

娘の歩き方は、明らかに目的を持っていた。急いでもいるようだ。左手には、風呂敷包みを抱えている。行き違う人間がいる時、風呂敷を抱いた手に力が入るのも、新兵衛は見逃さなかった。

娘は、吾妻橋《あづまばし》を渡ると、大川沿いに花川戸《はなかわど》の方へ行った。戸を叩《たた》いたのは、町医者道庵《どうあん》の家だった。腕はいいと言われているが、酒に溺《おぼ》れている。

娘は、すぐに道庵の家から出てきた。速足で、蔵前の方へ大通りを歩いて行く。尾行《つけ》ている自分が、さもしいような気分に新兵衛は襲われていた。匂《にお》ったものを、尾行る。自分が得をしようと思っているのではなく、犯罪があるかもしれないと思っているのだが、新兵衛の勘が当たることは滅多にないのだった。いたずらに、他人の営みを覗《のぞ》き見たという、苦い気分だけが残る。ここ一年ほど、しばしばそういう状態になった。

それでも、新兵衛は尾行るのを途中でやめたことはない。いつの間にか、同心としての自分のやり方になってしまっていた。

廻り方の同心として、可もなく不可もないというところだった。手柄を奉行にほめられたことが、この四年で三度。そんなところだろう、と自分でも思っている。どれだけ手柄を立てたところで、同心は同心だった。

池之端《いけのはた》から、湯島の方へ娘はむかった。

湯島天神下に、薬種《やくしゅ》問屋が並んでいる。娘は歩調を緩め、並んだ建看板を眺めはじめた。風呂敷包みは、胸に抱いている。

入っていったのが杉屋《すぎや》だったので、新兵衛はにやりと笑った。尾行たのが、あながち無駄とばかりは言いきれない。娘は手代と話をし、しばらく待たされ、それから奥へ案内された。薬を求めにきた、ただの客ではないということだ。

四半刻《しはんとき》経つと、杉屋清六《せいろく》が自分で送って出てきた。小僧をひとり付けている。

杉屋は、通りのむかい側に立っている新兵衛の姿に、すぐに気づいた。新兵衛は、笑いながら杉屋の方へ歩み寄っていった。

「これは保田《やすだ》様、奥でお茶なりと」

「いいね。涼しくなったと言っても、歩き回ればのども渇く」

店の中には、薬草の匂いがたちこめている。これも、薬種屋の売り物のひとつだった。

「ところで、杉屋。あの娘は、どこから来たんだ？」

「見ておられたのですか」

新兵衛は、出された茶に手をのばした。眼は、杉屋からそらさなかった。

「保田様に見られたのなら、仕方がありませんね。酒田《さかた》から出てきたのですよ」

「酒田って、庄内《しょうない》の酒田か。それで、なにをしに来たのだ？」

「兄を、捜しているようです。川田総二郎《かわだそうじろう》という庄内藩士です」

「なるほど、人捜しか。それで、道庵のところからこっちへ回ったってわけか」

「道庵先生のところも、摑《つか》んでおられましたか。じゃ、行先をお訊《き》きになるんでしょうね。向島《むこうじま》の寮でございますよ」

「なぜ？」

「川田総二郎というお侍は、恵芳寺《けいほうじ》で死にましたのでね」

「幽影《ゆうえい》のところか。流行《はや》り病にでも罹《かか》ったのか？」

「さあ。死んだということだけで、あの娘にもなにも教えてやれませんでした。一応、小僧をひとり付けてやりましたが」

武家の娘だという見当も、違ってはいなかった。なぜ、下働きの女のような恰好《かっこう》をしているのか。杉屋は、もうちょっと知っていそうだった。しかし、これ以上は喋《しゃべ》らない、という気配が表情に出ている。

「道庵のところから、幽影のところへ行ったということはだ、ただの怪我《けが》だけじゃねえな」

「まあ、そうなんでしょうね」

「それを知らせることもできずに死んだ、ということになるが」

道庵のところに行ったことは、知っていた。しかし、恵芳寺に行ったとは思っていない。道庵も、それを教えるかどうかは、杉屋の判断に任せたというところだろう。

「まあ、道庵に訊いた方がいいかな」

「保田様。あの娘は、なにもしていないんでございますよ。お上は、それだけ無法なことはおやりになるはずはありませんよね」

「よせ、と言うのかい？」

「保田様は、関り合いになられない方がよろしいかと思います」

また、阿芙蓉《あふよう》絡みなのかもしれない、と新兵衛は思った。御禁制といってもいくらかは出回っていて、値の張る薬にはそれが混ぜられていることもあるらしい。実際に薬効もあるのだと、奉行所に出入りしている医者に聞いたこともある。愉《たの》しみのために使う者がいるので、御禁制になっているのだ。

「おまえにとっちゃいやなことだろうが、なんとなくあの娘が気になる。だから、俺も寮に行ってみることにするよ」

「さようでございますか」

杉屋は、ちょっと考える表情をしていた。新兵衛は、出された茶を飲み干した。

二十数軒の大店を、ほぼ月に一度の割合いで回る。挨拶《あいさつ》が必ず紙に包んで渡される。大抵は一分か二分だが、厄介事を片付けてやると、一両か二両包んでくる。それで特別に贅沢《ぜいたく》をしているとも思わなかった。入ってくる金は、また別のかたちで出ていくのだ。

「これから急がれれば、追いつきはしますが」

「明日にするよ。手下《てか》の目明しが女房に料理屋を持たせたばかりでね。しばらくは、俺ひとりで動くことが多くなりそうだ。夜まで、駈《か》け回っちゃいられねえ」

「そうですか。いつでも構いませんが、寮には小関鉄馬《おぜきてつま》という片手のない御浪人と、日向景一郎《ひなたけいいちろう》という人がいます。この二人には」

「わかってるよ」

新兵衛は、杉屋が差し出した挨拶を袂《たもと》に落としこんだ。

「おそろしく腕が立つ。特に、日向景一郎の方だ。俺など、片手であっさり斬《き》られちまうだろうな。一緒にいる森之助《もりのすけ》って餓鬼《がき》だって、ちょっと恐ろしい気がする。なんなんだ、あの三人は?」

「はじめは焼物に魅《ひ》かれただけだったんですが、少しずつ私にとっても大事な人たちになってきましてね」

「頭に入れておくよ、それは」

新兵衛も、あの三人には関心があった。関心というより、もうちょっと別の心の動きかもしれない。娘が杉屋に入るのを見た時も、なんとなくあの三人の姿を思い浮かべたのだ。

往来に出ると、杉屋から渡された挨拶を、新兵衛は指さきで探った。四分あった。きっかり一両なのに、小判で渡さないところが、いかにも杉屋らしい。場合によっては、寮での挨拶料、場合によっては二月分ということだろう。

奉行所に戻り、なにもなかったと与力に報告すると、新兵衛は八丁堀組屋敷の中にある家に戻った。両隣もやはり同心の家だが、独身の新兵衛にはそれほどの付き合いもない。

与平《よへい》が、刀を受け取った。親父《おやじ》の代から家にいる小者で、もう六十を過ぎている。昔は鉤縄の名手だったというが、実際に遣ったところを新兵衛は見たことがない。

「今日の捕物はいかがでした、旦那様《だんなさま》？」

「捕物は、なかった」

「そりゃまた、どこかで油を売ってたってことですかい？」

「いやなことを言うなよ、爺《じい》や。江戸はいま、平和なのさ」

「いいや、亡《な》くなられた大旦那様は、人がいるかぎりどこかでなにかが起きている、とよく申されておりました。それを見つけられないのは、同心の怠慢であると」

「一日歩き回って、そんなことを言われなきゃならんのか」

親父は、定廻《じょうまわ》りの同心を二十年近くやって、名も売れていた。腕がよかったのかどうかは、よくわからない。二十年もやっていれば、大きな手柄のひとつやふたつは、誰でもあげると新兵衛は思っていた。

新兵衛が十八歳の時、親父は朝起きてそのまま倒れ、二日間鼾《いびき》をかいて眠り続け、死んだ。倒れてから死ぬまで、言葉を交わすこともできなかった。

「十内親分が、このところ料理屋の方に精を出して、探索がおろそかになってるんじゃありますまいね」

「いまは、仕方がないだろう」

「こんな時、大旦那様には、別の目明しが手札をくれと言って近づいてきたもんですが、旦那様にはそれもありませんか」

与平の言葉は、最後はいつも嘆きになる。歳《とし》をとったからだと、新兵衛は大抵聞き流していた。本気で相手にすると、腹が立ってくるのだ。

嫁を貰えという話を与平がはじめる前に、新兵衛は風呂に飛びこんだ。三十一になった。二、三年前まではなんとなく勧めるという感じだったが、最近の与平の言葉には切実さがある。

馴染《なじ》んだ女が、いないわけではなかった。鎌倉河岸《かまくらがし》で惣菜《そうざい》屋を営んでいる、お甲《こう》という女だ。二十九で、三年前に亭主をなくし、すぐに新兵衛と懇《ねんご》ろになった。夫婦になろうと思ったことはない。下働きの女を何人か使って商売をやり、生活に不安がないので、お甲の方にもその気はなさそうだった。

与平は、どこかの旗本の娘でも、と考えている。町方同心という稼業《かぎょう》は曖昧《あいまい》なところがあって、武士でありながら町人を相手にする。自分が町人の方に近いと思うことも、しばしばあった。

母親についての記憶は、わずかしかなかった。病床に新兵衛を引きこもうとして、親父が厳しく叱《しか》りつけたこと。時々血を喀《は》いて、その色が鮮やかな赤だったこと。死ぬ前に、透けるような白い肌になっていったこと。みんな、他人に対する思い出のようなものだ。母が、という意識は、ほとんどない。

与平が外で薪を燃やしていた。風呂の湯は、三日使う。三日目には、白く濁ったような色になるが、毎日風呂に入ることが贅沢だと与平は思っているようだ。江戸の中なら、どこへ行っても風呂屋はある。

「阿芙蓉ってのは、癖になるとひどいというが、爺やは見たことがあるか？」

風呂を出て夕餉《ゆうげ》の膳《ぜん》にむかい、新兵衛は言った。晩酌は銚子《ちょうし》が一本で、それは与平と同じである。意外に、与平は料理がうまく、凝ったものをよく作った。お甲の家のめしも悪くないが、大抵は売物の惣菜である。大した手間はかかっていない。

「阿芙蓉は、人の心を駄目にしていくそうです。癖になるというのは、そういうことでしょうね。阿芙蓉を買うために、人殺しを重ねた男をひとり捕えたことがありましたが、これでやっと脱《ぬ》け出せると言っておりました」

「薬にもなるが、使い過ぎると毒か」

「扱っていいのは、医者だけでございましょうね。それも、きちんとした医者です。金を儲《もう》けようという医者は駄目でしょう。良薬は口に苦いと言いますが、ありゃ使うと気持がよくなる。心地よい夢を見ているようになるそうですから。悪薬ですな」

「幽影という医者の話は、したことがあったよな」

「あんな医者が、江戸に十人もいりゃ、世の中、少しはましになるんでしょうがね。評判をとりゃ、すぐ金を儲けたがる」

「どうも、また幽影の名がちらついてきた」

与平には、考えていることをよく喋った。十内に喋るのは、捕物になる時だけである。与平は動かないが、十内は動くのだ。

与平に喋ることで、考えをまとめているところが新兵衛にはあった。難しい事件のことなど、だからよく喋る。与平も、聞いているだけではなく、口を挟む。それで、新兵衛の考えていることが進展したりもするのだ。

「杉屋と、組んじまったらどうです、旦那様。阿芙蓉で儲けようという薬屋ではなさそうですし、全部ではなくどこかで組む。それがいいような気もいたしますが」

「杉屋と組むか」

「お上や法が、すべて正しいというのは間違いでございますよ。生類憐《あわれ》みの令などというものも、昔あったようですし」

「しかし、大抵はお上は正しいぞ」

「阿芙蓉は、もともと薬だと思えばいいのです。それを愉しみに使う輩《やから》がいるから、御法度《ごはっと》になっている。そういうことじゃございませんか」

与平の言うことは、間違っていない。しかし正しくもない。白か黒か、はっきりできないのが人間だと、新兵衛も思っている。

「まあ、考えてみるよ、爺や」

酒がなくなっていた。与平の銚子にはまだ残っているが、決して新兵衛の盃《さかずき》に注ごうとはしない。

2

土が、ひどく狎々《なれなれ》しかった。

どうにでも、言うことを聞くという感じだ。

それは、いいことではなかった。ほんとうは、もまれることを嫌がっているのだ。早くやめさせようとして、狎々しくしてくる。

騙《だま》し合いなんて、俺はしたくないな。景一郎は、土にそう語りかけた。いま、この土でかたちを作っても、乾かしている間に毀《こわ》れる。それで毀れなかったとしても、焼けば必ず毀れる。

景一郎は、土をしばらく休ませることにした。そうすることで、土は声を発しはじめるかもしれない。こういう時は、その声を聞いてやることだった。

二刻《とき》ほど、もみ続けていた。つらいから、土も狎々しくしてくるのだ。

板の上の土を、景一郎はじっと見つめていた。あるかなきかの動きを、土は景一郎に見せた。それはまだ、土の意志と言うほどのものではなかった。

いつまでも、土は声を出さなかった。ほんとうは、強情なのかもしれない。

「よう、油を売ってるね」

土の声ではない。人間の声だった。

ふり返ると、保田新兵衛という同心が立っていた。背後まで近づいてきて、土をじっと覗《のぞ》きこむ。土は動かなかった。

「こいつを陶車《ろくろ》に載せて、かたちを作っていくわけか」

「まだ、かたちにはできません」

「ほう。やらなきゃならないことが、まだあるのかね。俺には、すぐにかたちにすればいいと思えるがね」

できないものは、できない。かたちになることを、土が拒んでいる。

「ところで、きのう杉屋の小僧が、娘をひとり案内してきたろう?」

「さあ」

「杉屋は、そう言ってる。恵芳寺で死んだ、川田総二郎という武士の妹だそうだ」

ひと月ほど前に、恵芳寺で人を斬った。もともとは鉄馬の斬り合いだったが、放っておくと鉄馬が斬られた。

「妹の方は、どうも川田が生きていると信じて探しているようなんだな。死んじまったと、もう教えてやったのか？」

土は、相変らず声も発しなかった。何種類もの土を混ぜてある。相性が悪いと、土はなかなかお互いに馴染まない。もみあげるだけでは駄目なこともあるのだ。

「俺は、なにかあると睨《にら》んでるんだがな。幽影のところで死んだなら、流行《はや》り病だったんだろうが、それにしちゃ妹に知らせてもいなかった。もともと、俺は杉屋や幽影がなにかいかがわしいと思ってるんだ」

どの土の相性が悪かったのか。それを見きわめることで、もみ続けた方がいいのか、それとも水をやった方がいいのか、わかってくる。相性が悪ければ悪いなりに、馴染んだ時はまた別の気を放ちはじめるのだ。

「伯父、甥《おい》のおまえらも、俺にはうさん臭く見えるな」

肩を摑《つか》まれるのを、景一郎は感じた。

「おまえ、俺の話を聞いてるのかよ」

「放してくれませんか」

「なんだと。よく言ってくれるじゃねえか。十手を馬鹿《ばか》にしちゃいけねえよ」

「私は、土を見ているのです」

「後にしな、そんなの」

景一郎は、全身に力を入れた。肩にあった保田の手が、弾《はじ》かれたように飛んだ。

「なんだあ、いまのは」

保田が声をあげた。景一郎は、土の塊に鼻を近づけた。匂《にお》い。土の匂いにもいろいろとある。匂いに相性の悪さは出ていなかった。もっと深いところで、土同士の相性が合っていない。

「おい、日向。いまのはなんだよ。おまえがとんでもねえ馬鹿力だってことは知ってるが、いまのは力じゃねえな」

「土を見ていたいんですよ、私は」

「お上の御用だぜ。そっちを先にするもんだろうが」

いまにも、土の声が聞えそうな気がする。しかし土と景一郎を、十手の白い光が遮《さえぎ》った。

「やめた方がいいぜ、保田」

鉄馬の声だった。

「いま、そいつにちょっかいを出すと、ひねり殺されるぞ。訊《き》きたいことがあったら、俺に訊け」

「おまえに訊きたけりゃ、はじめから訊いてる。黙ってろ」

「それなら、黙ってるがね。おまえをひねり殺して、役人に追われるのも困る。おまえがいま手を弾かれたのは、景一郎が肩に力を籠《こ》めたからだ。信じられんだろうが、こいつは腕に巻きついた蛇を、一瞬のうちに殺すよ。腕に力を籠めた時、蛇の背骨が紐《ひも》でも切るように何カ所も切れちまうのさ」

「なにを、馬鹿なことを言ってる」

「教えてやってるだけだ。おまえがいま相手にしているのは、人間じゃなくけものだ。けものが人間になろうとして、土をいじってるのさ」

そうだ、けものだ、と景一郎は思った。何人もの人間を、それほどの意味もなく斬った。いまも、斬っている。ただ、人間に戻りたいなどとは思っていなかった。虫が良すぎる話だ。けもののまま土をいじり、けもののまま死んでもいい。

「じゃ、おまえに訊くがな、小関」

「その前に、俺の方から訊いておこう。一体、なにが起きたんだね?」

「なにも」

「役人ってのは、そんなもんか」

「どう思われようと、俺は自分の鼻を信じているんだよ。そうでなけりゃ、廻り方の同心なんてやってられないんでね」

景一郎は、土から眼をはなした。ひと晩、ゆっくりと休ませた方がよさそうだ、と思った。どちらかが根負けをする、という勝負になっている。

「なんだよ、日向？」

景一郎が躰《からだ》を保田の方にむけると、そういう声を浴びせてきた。

「俺のやり方が気に入らねえってのかい？」

「私に、訊きたいことは？」

「川田総二郎って武士が、なぜ死んだかだ。なんとなく、おまえが知ってるような気がしてな」

「多分、私が斬《き》ったのでしょう」

「冗談だよ、冗談。景一郎は、土をいじるのがうまくいかなくて、冗談でも言ってみたい気分なんだろうさ」

「伯父上、私が恵芳寺で斬った武士の中に、川田という人がいたのではありませんか？」

鉄馬は、景一郎の方を見て、呆《あき》れたように笑っていた。

「おまえは、誰も斬ってはおらん」

「聞き捨てならねえな。何人も斬ったように聞えたぜ」

「うるせえな。冗談だと言ってるだろう。第一、寺の中のことで、おまえのような町方がつべこべ言う筋合いなのか」

「町方の職掌に関係あれば、寺社奉行の許可を貰《もら》う。特にあの恵芳寺は、百姓の養生所になっていることだしな」

景一郎は、二人の会話に関心を失った。この間の境内の斬り合いの中に川田という武士がいたら、多分自分が斬った。だからといって、縄を受ける気はない。自分から人を斬ろうとしたことなど、この五年間一度もなかった。

「おい、待て、日向。川田の妹のことを、おまえ知ってるのだろう？」

薬草園の方へ歩きかけた景一郎に、保田が言った。

「知りませんよ。会っていません」

「じゃ、どこにいる？」

「だから、知らないと言っているでしょう」

「どういうふうに、知らねえってんだ」

景一郎は、もう保田を相手にせずに、薬草園にむかって歩きはじめた。小屋の裏側がすぐに薬草園だが、広大である。片方に小高い土盛りがあり、北側の斜面になるところには、あまり陽の光に当てない方がいいものが植えてある。

「また、土が言うことを聞いてくれないのかね、景一郎さん」

その北側の斜面から、菱田多三郎《ひしだたさぶろう》が顔を出して言った。ふだんは旅が多く、戻ってくる時は薬草の苗や種を大量に運びこんでくる。秋は、薬草園にいることが多かった。

「秋に採ることができる薬草は、結構多いのですね。多三郎さん」

「そういうことだ。林の中には、茸《きのこ》なども出はじめている。ほとんどが毒茸だからね。間違ってもそのまま食べちゃいけない」

「わかってます」

「一緒に見にいかないか、茸を?」

頷《うなず》き、景一郎は多三郎の方へ歩いていった。多三郎は、林の中の小径《こみち》を歩いていく。薬草園の中には、小径が張りめぐらされていて、歩くのはそこと決まっていた。

「茸は、朽木《くちき》に出ることが多くてね。腐りかかって水を吸った朽木がいい」

茸を見つけるたびに、多三郎は摘んでは籠《かご》に入れていった。朽木だけではなく、枯葉にも生えている。色の鮮やかなものは毒だ、と祖父と旅をしている時に、景一郎は教えられていた。しかし、茸を採って食うことなど、ほとんどなかった。

「どの茸にどういう毒があるか、ほぼわかっている。それを薬にできないものか、というのが私の考えていることでね。犬を使って試してみるのだが、人間ではなかなか試すことができない」

毒は薬でもある、というのはやはりほんとうらしい。

「わずかな毒なら、自分で試す。二日、顔が笑ったようになったまま、ということがあった。笑いたくないのに、笑っている」

「私も、半日、女を抱き続けていられるような茸を、食ったことがありました」

「半日ねえ。普通の男なら、腎虚《じんきょ》になるな」

「茸を薬にするというのは、どこか茸と勝負をするという感じがありますね」

「煮こんでみたり、粉にしてみたり、陽に干したり、いろいろやってみてはいるのだが」

「杉屋さんの金竜丸《きんりゅうがん》には、茸がいくらか入っているという話でしたが」

「金竜丸か。あれは海藻がほとんどだね。茸は入っていない」

薬草の調合も、どこか土の調合と似ている、と景一郎は思っていた。さまざまな土を混ぜ合わせることによって、まったく違った土ができあがる。焼きあがった時に、その違いははっきりわかるのだ。土をもんでいる時は、掌で感じているに過ぎない。

「多三郎さん、どういう病の時に、茸の薬が効くのですか？」

「それが、よくわからない。病人で試してみるのが一番いいのだが」

「私で、試してみませんか？」

「景一郎さん、どこか悪いのかね？」

摘んだ茸から、視線を景一郎の方へ移して、多三郎が言った。

「どこも」

「それでは、意味がない。しかし、なぜそんなつもりになったんだね？」

「なんとなくです」

多三郎は、それ以上なにも言わなかった。茸の生えた朽木を見つけ、いくつか選んで摘み、また歩きはじめた。林も、結構な広さがある。朽木にするためか、切り倒した木がところどころに放置されている。

景一郎が、木の根方にある、赤いまがまがしい色の大きな茸を見つけた。傘を重ねたような生え方をしている。

「やはり、らしいものを見つけるね。これは、少量でも食えば死ぬよ。塗り薬にしたらどうだろうと思っているのだが、それでも犬は死んだ」

「薬になりようのない毒、というのもあるのですね」

多三郎が、かすかに頷く。

半刻ほど薬草園の林を回り、景一郎は小屋へ戻ってきた。多三郎は、籠一杯の茸を母《おも》屋《や》の別棟の方へ運んでいった。

「景一郎、川田というのは、この間おまえが斬った最後の男で、妹の美千《みち》という女も母屋に来ているそうだ」

鉄馬が待っていて言った。

「そうですか」

「仇《あだ》を討とうと考えるかもしれん。もっとも、おまえが斬ったと知ったらの話だが」

最後に斬った男のことは、よく憶《おぼ》えていた。死んだ眼をしていた。しかし、その気になにかが活力を与えていた。それが阿芙蓉《あふよう》によるものだと教えてくれたのは、幽影である。阿芙蓉がなければ、痛みに耐えられない病を抱えていたという。

腕は立った。鉄馬は斬るなと言ったが、すでに死んだ人間を斬るように、景一郎は斬った。

「保田が、いま美千という娘と話している。余計なことを言わなければいいが」

「伯父上、私は斬ったのですよ。私に訊きに来たら、そう答えます」

「むこうから、斬りかかってきたのだ。川田の敵を、おまえがすべて倒したのにだ。恨まれる筋合いではないぞ」

「私が斬った。それだけのことです。その娘がなんと思おうと、私に関係はありません」

「まったく、おまえはそんなに頑《かたくな》な男だったかな。避けられるものは避けて通る、という知恵も湧《わ》かんのか」

景一郎は、ただほほえみ返した。

人は、生きるためになにかをやろうとするものなのか。たまたま生きているだけだ、としか景一郎には思えない。父を捜す旅。それで、なにかを失い続けた。ようやく会った父を斬り倒した時、最後に残っていたわずかなものも失った、と思う。それからは、生きるためにはなにもしてこなかった。

森之助が死ぬ。鉄馬が死ぬ。そういう時は、助けてやればいい。森之助は、これからさまざまなことに出会うはずだし、鉄馬は生きることを愉《たの》しいと思いはじめている。だから、二人とも生きた方がいいのだ。

景一郎は、焼物さえ作れればよかった。その時だけ、自分が自分であることすら忘れる。心地よい時だった。

「保田のやつ、おかしなところに眼をつけける。盗《ぬす》っ人《と》でも追っていればいいものを」

砂かな、と景一郎は考えていた。土の中に少量の砂を混ぜれば、土同士は親しみ合うかもしれない。砂は、壺《つぼ》に入れたものが九つある。白いものから黒いものまで、ひと粒ずつ選り分けたのだ。黒い砂は、焼くと鉄錆《てつさび》のような色を発する。

森之助が、竹刀《しない》を持って縁から降りてくるのが見えた。書見が終り、剣の稽古《けいこ》をはじめようというのだろう。稽古をつけるのはいつも鉄馬で、景一郎が教えたことはない。

「保田がまた来ると思うが、なにも言うなよ、景一郎」

それだけ言い、鉄馬は森之助の方へ歩いていった。

寮では、なにも起きていなかった。

保田が姿を見せたが、景一郎や川田の妹とちょっと喋《しゃべ》っただけで、帰ったという。

付けてやった小僧の報告だが、信用してもよさそうだった。

清六は、あの娘が大事そうに抱えていた、風呂敷《ふろしき》包みが気になりはじめていた。最初に訪ねたのが、道庵のところだというのも、気になった。

美千という娘には、しばらく寮で暮すように言ってある。幽影は、川田総二郎という武士が、景一郎に斬られて死んだとは言ったりしないだろう。

保田は、同心の鼻を利《き》かせたと言ったが、清六も薬種屋の鼻を利かせていた。

清六が寮へ出かけたのは、美千が店へ来た翌々日だった。

美千は、さわが貸したらしいこざっぱりした着物を着て、髪型も変えていた。いかにも武家の娘という感じが漂っている。

「兄が、恵芳寺で死んだということは、確かでございました。幽影先生も、腹の中で大きく育ったでき物が、兄の命を食い尽したと申されておられました」

「腹の中のでき物ね」

「痛みが、ひどかったのではないか、と思います。そういうでき物でのたうち回る人を、私は何人も見て参りました。酒田の養生所におりましたので。でも、兄は苦しみもしなかったそうです」

「ここは薬草園で、痛み止めの薬はいくらでもあるんだよ」

「どんな薬草も効かぬ痛みだ、ということを兄は知っていました。兄は船手《ふなて》奉行でありましたが、養生所にも関心を持っておりましたから」

美千が、兄の死に得心がいかないでいるのか、痛みもなく死んだということを喜んでいるのか、清六にはよくわからなかった。

「兄さんは、斬り合いをしておいでだった」

「道庵先生からうかがいました。兄の傷は、きちんと縫い合わせたと」

道庵はそれから、清六のことと幽影のことを喋ったのだ。それは、きのう道庵を訪ねて聞いていた。道庵の、医者の鼻も動いたようだった。

「それで、あんたは兄さんの看病のためだけに、酒田からやってきたのかね？」

「そうです」

「どうやって、看病するつもりだった。兄さんの腹の中のでき物は、どうしようもないものだったのだよ」

「そばにいるだけでも、兄の気持は和《なご》んだだろうと思います」

なにかを、持ってきたのではないのか。痛みを止める、なにかを。清六はそう口に出しそうになって、かろうじて言葉を呑《の》みこんだ。美千は、酒田に阿芙蓉が入ってくる仕組みまで、知っているのかもしれない。もしそうなら、美千が持ってきた阿芙蓉を手に入れるよりは、その仕組みを喋らせた方がいい。

「とにかく、ここでゆっくりしているといい。もし仕事が欲しいなら、なにか考えてあげよう」

「そんな御恩を受けるわけには」

「なに、人手は必要なのだ。おさわのほかに、しっかりした女の人がもうひとり欲しいと思っていた。畠《はたけ》の手入れの時季には、別棟に十数人からの人間が寝泊りしているし、離れにはおかしな三人組が住みついているし。それに、幽影さんが養生所を手伝ってくれる人を捜している」

美千は、かすかに頷いた。

「離れの三人には、会ったかね？」

「いいえ、まだ」

保田は、なにも喋らなかったようだ。誰も、喋ってはいない。

「森之助という童《わらべ》がいる。いい子だが、男二人に育てられていてね。遊んでやっておくれ。母親を知らない子だそうだ」

また、美千が頷いた。

時をかければ、阿芙蓉が入ってくる仕組みを美千から訊《き》き出すことができるだろう、と清六は思った。幽影や自分が、金儲《かねもう》けのためにそれを使おうとしているのではないことも、やがてわかるはずだ。

多三郎が戻ってきているので、清六は母屋を出て薬草倉の方へ行った。

多三郎は、倉の裏で死んだ犬の腑分《ふわ》けをしているところだった。また、毒で犬を死なせたのだろう。犬小屋には、たえず十数頭の犬が飼われている。

「なんの毒だね、多三郎？」

「こりゃ、旦那《だんな》。全然気づきませんでした」

多三郎が腰をあげた。死んで腑分けをした犬は、薬草園に埋められる。

「茸の毒でしてね。ほんのちょっとだったんですが、狂ったように駈《か》け回って、死んでしまいました。臓物にはなんの変りもありませんので、どうやら頭に回る毒らしくて」

「茸だからな」

茸の毒は、内臓や肉に回ることは少なく、腑分けをしても見えないものに回ることが多いようだ。毒が薬になるという考えは、清六も多三郎も同じだが、茸にだけはかなりてこずっていた。

「景一郎さんが、毒を人間で試す時は、自分を使ってくれと言ってましたよ」

「なぜ？」

「ただ、試されたいんでしょう。あの人の場合、そう思うしかなさそうだって気がします」

「ただ試されたいか」

清六は、多三郎が時々毒を自分で試していることを知っていた。それで死なないとなると、次には幽影に頼んで病人で試す。死ぬとわかっている病人の場合、幽影は躊躇《ちゅうちょ》しなかった。

死にかけていた病人が、束《つか》の間《ま》だが元気を取り戻したことがある。多三郎が山で採ってきた茸を、煎《せん》じて飲ませた時である。丸薬にしたらまったく効かなかったので、いまだに同じ症状の者には薬湯として与える。五人にひとりは効くことがある、と幽影から報告が来ていた。

「景一郎さんが、試されたいと言ったのか。死ぬかもしれない毒でも、あの人は平然と飲むだろうという気はするな」

「私も、そう思いました。ちょっと薄気味が悪かったですよ」

「私たちが、そんなことを感じてはいかんのさ。私たちは多分、世の中の毒にも薬にもなる。その中間のところにいるような気がするね。気持の持ちようひとつ、感じ方ひとつで、どちらにもなるね。その点、幽影さんなどは薬の部分が多いのだろう」

「景一郎さんは？」

「毒だね、間違いなく。小関さんなどより、ずっと強い毒だ。強過ぎると、毒も毒でなくなることがあるような気がする。たとえば、あの人の焼物さ」

「なるほど。私も、景一郎さんの焼物には、なにか惹《ひ》かれるところがあります」

清六は頷き、犬の屍体《したい》に眼をやった。眼を指で押し開いてみる。口の中を覗《のぞ》いてみる。どこにも異常はなかった。

「景一郎さん、あの若さで」

「年齢ではないのだな、多分。はじめて会った時から、あの人は変らない。むしろ小関さんが、無邪気になってきた」

「薄気味悪いなどと言いましたが、私は嫌いではないんですよ、景一郎さんを」

「私もさ」

多三郎が、下働きの男を呼んで、犬の屍体の始末を命じた。薬草園には、犬の屍体だけでなく、人間の屍体も埋まっている。景一郎が、森之助に手伝わせて埋めたものだ。

大人でもこわがる屍体を、森之助はこわがる気配がまったくなかった。

「この秋は、茸《きのこ》か」

「まあ、ほかの薬草は例年通りですから」

葉や茎だけでなく、根が薬種になることも多い。そういうものは昔から伝えられたやり方で乾燥させられ、薬草倉に大量に蓄えられている。昔ながらの薬草ばかり売るということは、薬種屋としてはもの足りない思いがあった。

丸薬に、阿芙蓉をわずかに混ぜてあることは、多三郎も知っている。珍根丹《ちんこんたん》という頭痛や風邪の薬で、店で売っているものの中では一番高かった。清六自身がひと月飲み続け、癖にはならないことを確かめている。

阿芙蓉に代るものがあれば、見つけ出したい。阿芙蓉も、手に入れたい。幽影に回す阿芙蓉が、少なくなってきている。やがて尽きる。珍根丹に混ぜるものぐらいなら、なんとか手に入れることはできるが、ひどく値が張った。

多三郎が集めてきた茸を、清六はひとつひとつ見つめていった。すでに乾燥させてあったり、水に漬けてあったりしているものもある。ありとあらゆる方法を試みて、それでも駄目ならば諦《あきら》める。多三郎の茸の帳面は、すでに二寸ほどの厚さになっていた。

一刻《とき》ほど、薬草倉にいた。外で、女の声がした。森之助の声も入り混じっている。

美千だった。森之助が柿《かき》の木に登り、色づいた実を捥《も》いでは投げ落としている。渋柿で、いまごろから縄につけて干しはじめるのだ。美千と森之助は、もう馴染《なじ》んだようだった。

「日向景一郎さんにも、さきほどお目にかかりました。土を前にして考えこんでおられましたが」

「そうかね。なかなかいい焼物を作る人なのだよ」

「母屋に、壺とお茶碗《ちゃわん》がありましたわ」

さわの姿はなかった。

母屋へ行くと、さわは縁にひとりで座っていた。

「柿を運ぶのを、手伝わないのかい、おまえは。柿の木は三本ある。ふたりでは運びきれない量だよ」

「美千さんが、ひとりでやるとおっしゃっています」

女同士というのは、かえってうまくいかないのかもしれない、と清六は思った。十五年前に、女房を死なせた。それからは、二、三年おきに、深川の芸者などを妾《めかけ》にしている。妾はいつもひとりで、別れる時には小さな店などを持たせてやった。女同士の確執などとは、無縁のところで暮してきたのだ。

小関が、出かけていくのが見えた。このところ、浅草田原町《たわらまち》の美保《みほ》という女の家に、泊ってくることがよくあるようだ。

美千の声はまだ聞えていたが、さわは動こうとしなかった。

夕刻まで、清六は薬草園をまわって過した。霖雨《りんう》の時季を過ぎ、色づきはじめている葉もあった。人手をかけているだけあって、薬草園には雑草一本なかった。

景一郎の小屋の前を通った。黙々と土をもむ景一郎を、美千が見つめている。

「いつもと、もみ方が違うね、景一郎さん」

「わかりますか。砂を混ぜてあるのです。それを馴染ませている間に、私は土と仲よくなれたようですよ」

手を動かしながら、景一郎が言った。ちょっと離れたところで、森之助が刀を振っている。脇差《わきざし》を与えられているのだ。森之助の躰《からだ》には、それが大刀として釣り合っていた。

「砂か」

「頑固な土でした」

「じゃ、陶車《ろくろ》は使えないね」

「あと二日は、もみあげなければ。それから、壺のかたちにしようと思います。陶車は、やっぱり使えませんね」

景一郎は、焼物のことになると、よく喋るような気がする。言葉の数というより、言葉のひとつひとつが愉しげなのだ。

清六が歩きはじめると、美千も付いてきた。森之助は、まだ刀を振り続けている。

「おさわを立てるようにするのだよ、美千さん。それが、うまくやっていくこつだ」

「わかっておりますわ」

美千が笑った。美人というわけではない。眼差《まなざ》しの、しっかりした娘だった。

4

保田が駈けこんできたのは、清六が朝餉《あさげ》を終えた時だった。

昨夜は、久しぶりに多三郎と飲んだので、つい朝寝をした。陽は、もう高くなっている。

「まずいぞ、杉屋。こっちへ来る」

「誰がです、保田さん？」

「安井官兵衛《やすいかんべえ》という浪人と、田野村俊松《たのむらとしまつ》という賞金首だ。道庵のところから、真直《まっす》ぐこっちへむかってる。俺は、田野村を見つけて、尾行《つけ》はじめたところだった」

「腕が立つのですか、二人とも？」

「半端《はんぱ》じゃねえよ。安井の方は道場荒しで鳴らしているし、田野村は侍ばかりを六人も斬《き》ってる」

「それが、こちらへむかってるということは」

「あの娘しかいねえな。道庵のところからだぞ」

「おさわ、美千さんは？」

「離れの朝餉のお給仕に。あたしは、そんなことしなくてもいいと言ったんですが」

景一郎のところにいれば、まず危険はないだろう。景一郎より腕が立つ人間がいるとは、清六には考えられなかった。

「杉屋、お茶などを飲んでいる場合ではないぞ」

よほど急いで来たのか、保田はまだ息を弾ませていた。

「大丈夫ですよ。それより、その二人は誰かに雇われたということになりますね」

「そりゃそうだろう。もともと、同じ道場で汗を流し合った仲らしいしな」

「賞金首なら、保田さんが捕えれば、お手柄ということになるではありませんか」

言って、清六は腰をあげた。

「とんでもねえことを言うなよ。俺が十人いたって、あの二人のどちらにもかなわねえよ。行先を突きとめて、人数をくり出すしかねえと思いながら尾行《つけ》てたんだが、まさかここへむかうとはな」

「まだ、来ると決まったわけじゃありますまい」

縁から外に出て、清六は離れの方へ歩きはじめた。

「道庵のところから、ほかのどこへ行くってんだ。俺は、教えてやったぞ。おまえを見殺しにしちゃいねえからな」

「逃げるんですか？」

「なんだと？」

「日向景一郎のほんとうの腕を、見てみたいとは思いませんか？」

「日向でも、二人を相手には」

「いや、それほど手間はかからない、と私は思いますよ」

離れが見えてきた。

異様な気配が、清六の全身を打った。景一郎が、縁から転がり落ちた恰好《かっこう》で、もがいている。短刀を逆手に持った美千が、鳥のように飛んだ。上から突き降ろされてくる短刀を、景一郎は地面を転がってかわした。

清六は走りはじめた。美千は、また景一郎に突きかかっている。かわすだけで、精一杯のように見えた。

不意に、小さな影が飛び出してきた。同時に、美千が跳躍した。裾《すそ》が割れ、白い尻《しり》まで朝の光の中に剝《む》き出しになった。

美千がむきを変える。刀を構えた森之助とむき合った。よせ、と清六が叫んだ時、二人は動いていた。倒れたのは、美千だった。森之助の刀は、見事に抜き胴のかたちだったが、それは胴には届かず、美千の膝の上を斬っていた。

「どういうことだ、これは？」

叫びながら、清六は美千と森之助の間に飛びこんだ。森之助は、不敵に上段の構えをとっていた。美千は、立ちあがろうとして前のめりに倒れた。

「やめろ」

景一郎の声。斬りこもうとしていた森之助の動きが止まった。とっさに清六は美千を抱き起こそうとした。清六の鬢《びん》を、美千の短刀が掠《かす》めた。

「川田総二郎さんの、許嫁《いいなずけ》だそうです。私を斬って、仇を討とうとされたのです」

「馬鹿《ばか》な」

清六は美千の手首を摑《つか》み、短刀を叩《たた》き落とした。美千は、それで力尽きたように、うつぶせに倒れた。腿《もも》の傷は、浅くはなかった。清六は、美千の帯締めを解き、裾をまくりあげて、傷の上を縛った。盛りあがった尻の肉の間から、黒々とした陰阜《いんぷ》が覗いていた。

美千の腿に、別の手がのびてきた。

「血止めの薬です」

多三郎だった。着物の裾で血を拭《ぬぐ》い、薬を塗りつけた。それでも、血は止まらなかった。

「景一郎さん、痺《しび》れ薬ですね？」

「そのようです。お茶に入っていました。すぐに、躰が動かなくなった」

「痺れ薬だと」

清六は腰をあげた。こちらへむかっているという、二人の浪人のことを考えた。

「まずいな。遣手《つかいて》が二人、こちらへむかっているらしいのだ。景一郎さんが動けないとなると」

見回したが、保田の姿はなかった。

「血は、止まりましたか、美千さんの？」

「なにを言っているのだ、景一郎さん。私たちみんな、斬られるかもしれないのだぞ」

「災難ですね」

かすかに、景一郎が笑ったようだった。

「あんた、川田総二郎を斬ったと、自分で喋《しゃべ》ったね」

「事実ですから」

「しかしね」

なにを言っても、はじまらなかった。訊かれれば、景一郎なら答えそうだ。

どうすればいいのか、なにも思い浮かばなかった。美千は、動かさない方がいいだろう。景一郎の解毒《げどく》をと考えたが、どういう痺れ薬なのかわからない。

「森之助、逃げなさい」

それだけを言った。森之助が、離れの中へ駈けこんでいった。景一郎の躰は、小刻みに痙攣《けいれん》している。意識も、時々薄れているように見えた。

森之助が、景一郎の来国行《らいくにゆき》を抱えて飛び出してきた。

「なにをしている。逃げるのだ、森之助」

清六が叫んでも、森之助は、景一郎のそばにしゃがみこんで動かなかった。

小関がいれば、と思ったが、やはり女の家に泊ったようだ。こうなれば、自分で斬り合うしかない、と清六は思った。

景一郎の、躰の痙攣が止まった。はっとしたが、眼も見開いている。刀を持ったので、痙攣が止まったようだった。

「闘えるだけ、私が闘ってみます」

「しかし」

刀も抜けはしないだろう、と清六は思った。周囲を見回したが、保田はやはりいない。

「これ、茸の毒だがね、景一郎さん」

多三郎が、景一郎の上体を抱き起こした。

「これを飲んだ犬は、狂ったように駈《か》け回って死んだ。犬に飲ませた分量の半分だが、飲んでみるかね？」

「なにを言っている、多三郎」

「茸の毒を試してみてくれと、景一郎さんは自分で言ったのです」

「だからってな、おまえ」

頭が混乱して、なにを言っていいのかわからなくなった。

「多三郎さん、試してください」

「いいんですね？」

「毒には、毒ですよ」

「わかった」

多三郎が、景一郎の口に紙に包んだ粉を流しこんだ。粉で、景一郎の唇が白くなった。それを、景一郎の舌がゆっくりと舐《な》めた。

景一郎が、見開いていた眼を閉じた。清六は唾《つば》をのみこんだ。ひどく長い時が過ぎたような気がした。二人の浪人が姿を現わし、こちらへむかって歩いてくる。

全身に鳥肌が立った。

「ほう、痴話喧嘩《げんか》か」

ひとりが言った。もうひとりは、にやりと笑みを浮かべた。

「死んでいないだろうな、女は。阿芙蓉《あふよう》を取り戻すのが、第一だぞ」

「生きている。死んだところで、この女の荷物は、この家のどこかにあるはずだ」

「捜すのは面倒だ。女に、吐かせた方がいいと思う」

もうひとりが頷《うなず》いた。景一郎は、多三郎に抱き起こされた恰好のまま、眼を閉じて動かなかった。森之助も、動かない。

「ここを、どこだと思っている。私の寮だぞ。すぐに出ていけ」

叫んだが、二人は清六の方を見ようともしなかった。躰の芯《しん》が、かっと熱くなった。

「動くなよ」

踏み出そうとした清六に、ひとりが眼をむけて言った。それで、清六は動けなくなった。しゃがみこもうとしたもうひとりが、不意に後ろへ跳び退《すさ》った。もうひとりも、刀の柄《つか》に手をかけている。

「おかしいぞ、こいつ。気をつけろ、官兵衛。尋常な気ではない」

「けだものか、これは」

清六も、景一郎が気を放ちはじめていることに、はじめて気づいた。膝がふるえた。へたりこみそうだったが、それすらもできなかった。

いきなり、森之助と多三郎の躰が、吹き飛び、地面に転がった。景一郎が立っている。二人は、すでに大刀の鞘《さや》を払っていた。正眼《せいがん》に構えた二人が、気圧《けお》されたように数歩退《さ》がった。

ゆっくりと来国行の鞘を払いながら、閉じていた景一郎の眼も開いていった。

次に起きたことを、清六はすぐには信じられなかった。清六の頭上より高く、景一郎は跳び、地に降り立った時は、二人は血煙をあげていた。気合もなにもなかった。ずしっという重い響きが、空気をふるわせただけだ。刀がどう動いたのかも、清六には見えなかった。

清六が息を吐きかけた時、景一郎はまた跳んだ。いや、そう見えただけで、すさまじい速さで林の中に駈けこんだだけだった。

枝の裂ける音が、耳を衝《つ》いた。木が倒れてきている。地響きが伝わってきた時は、二本目、三本目が倒れかけていた。清六は、倒れる木の数を数えていた。それで、自分を取り戻そうとしたのかもしれない。十四本まで清六が数えた時、景一郎は林を飛び出してきた。二度、三度と、畠《はたけ》の中を跳躍している。一声も発しなかった。来国行が空気を裂く音だけが、清六の耳に届いた。

それから景一郎は土に刀を突き立て、座りこみ、大の字に倒れた。

多三郎が駈け、森之助が駈け、清六もようやく足を動かした。

景一郎は、眼を閉じていた。

「まだ、痺れは、残っています」

景一郎の胸板が、激しく上下している。

「しかし、だいぶ遠くなりました。このまま、しばらくじっとしていたら、元に戻ると思います」

景一郎の口からは、泡のようなものが吹き出している。何度も、景一郎はそれを舌で舐めた。

「毒で、毒を制したようです、多三郎さん」

「そんな気がしていたよ。あんたの躰でなら、それができるって」

景一郎は、もう心配なさそうだった。

清六は、美千のところへ駈け戻った。夥《おびただ》しい出血だが、すでに止まっているようだった。白い腿が、いっそう白くなっている。

「道庵先生を呼んで来い」

遠くで見ていたさわに、清六は大声をあげた。聞えたのか、さわが駈け出して行く。

二人の屍体《したい》は、寄り添うように転がっていた。首に斬り傷があるだけで、きれいな屍体だった。頭蓋《ずがい》から二つに断ち割るのが景一郎の剣法だと思っていたが、三寸にも満たない浅い傷で、見事に二人を即死させていた。

「血が匂《にお》うと思ったら、また景一郎が人を斬ったのか」

小関が歩いてくるところだった。

「ふむ、首筋の急所か。景一郎らしくない斬り方をしたものだ」

小関が、傷口を覗《のぞ》きこんでいる。

「しかし、神技だな、これは。二人とも、自分が斬られたともわからず、死んで行ったに違いない」

「神と言うより、魔神。いや、狂ったけだものと言った方がいいな」

いつの間にか、保田が出てきていた。十手で、肩を叩いている。

「保田さん、あんた、どこにいたんです？」

「すぐそばにいたよ。おまえらの誰かひとりが斬られたら、これは罪を犯したことになる。その時、鉤縄《かぎなわ》を投げようと思っていた」

「いい加減なことを」

「ほんとさ、杉屋。それより、こっちのやつにゃ十両の賞金がかかってる。俺が斬ったんじゃや、賞金はなしだ。杉屋、おまえが斬ったことにして、奉行所に届けないか」

「俺がやるよ、保田の旦那《だんな》」

小関が、顔をあげて言った。

「十両を山分けにしてくれるなら、俺が斬ったと奉行所に届けよう」

「決った」

清六は、なにか言おうとした。それから、保田が美千の荷物を忘れていることに気づいた。

あの風呂敷《ふろしき》包みが阿芙蓉なら、かなりの量を手に入れたことになる。幽影も、惜しまずに遣うことができるようになる。

「ありゃ」

小関が声をあげた。

「また、木をたくさん倒したもんだな。多三郎のやつ、茸《きのこ》を生やすための朽木を、どれだけ作れば気が済むのだ」
小関の眼は、林をむいている。
清六は、畠の景一郎の方を見た。

第四章　罅《ひび》

1

腕は落ちた。

いやになるほど、はっきりしたことだった。左手を失ったからではない。右手だけで剣を遣う習練を積み、一時は両手があった時より冴《さ》えた技を身につけた、と思えたほどだった。まだ赤子だった森之助《もりのすけ》を連れて、景一郎《けいいちろう》と旅をしている間、腕が落ちたと思ったことはない。落ちたなと思ったのはこの二、三年で、ほんとうは杉屋《すぎや》の寮でのんびり暮すようになった時から、少しずつ落ちはじめたのだろう。最近では、息も切れる。

鉄馬《てつま》は、四十八になっていた。五十になるのも、すぐである。

いい歳《とし》をして、女のために斬《き》り合いをするのか、とふと思った。自嘲《じちょう》的な気分があるわけではない。三十代には信じられなかったことが、四十代も終りに近づいて信じられることになっている。それが奇妙に思えるだけだった。

美保《みほ》と馴染《なじ》んで、もう一年半になる。

得体の知れない女だったが、鉄馬は小柄で色黒の躰《からだ》に溺《おぼ》れただけで、それ以上のことを訊《き》き出そうともしなかった。通いの下女がいるだけのひとり暮しで、金に困っている様子もなく、鉄馬にとっては都合のいい女だったのだ。それでも、月々にいくらか金を渡すようにはなった。景一郎の焼物が売れて、以前のように金に不自由はしなくなっていた。用心棒の仕事なども、時々見つかる。

一両渡そうが、三両渡そうが、五両渡そうが、美保はありがたそうにおし戴《いただ》いて、きちんと礼を言う。いくらかということより、金を貰《もら》うという事実を美保は喜んでいるように思えた。

その美保が、杉屋の寮に使いを寄越した。殺されるかもしれないというのである。鉄馬は、すぐに浅草田原町《たわらまち》の美保の家まで走った。美保は、怯《おび》えていた。

二日前のことだ。

いま、美保は家にいない。事が片づくまで、寛永寺そばの旅籠《はたご》にいさせることにしたのだ。昼間は下女が通ってくるが、夜は鉄馬ひとりだった。

押しかけてきた与太者ふうの男二人を、棒で打ち据えて追い返した。次にやってくるのは武士で、斬り合いをせざるを得ないだろう、と鉄馬は思っていた。

美保は、深川木場の材木問屋、大津屋《おおつや》清兵衛の後妻に入るはずだった。しかし大津屋は、ある両替商の出戻りの娘と縁談がまとまり、美保を妾《めかけ》にして囲おうとしたのだと いう。約束が違うと言って、美保は大津屋を寄せつけなくなったし、両替商の娘との話を進めるのなら、二百両の詫金《わびきん》を出してくれとも言ったという。

美保の、一方的な話である。鉄馬にとっては、どうでもいいことだった。場合によっては大津屋から、二百両どころか五百両も取ってやろうか、と思ったりしている。材木問屋の用心棒をやる食いつめ浪人に負けるほど、まだ腕は落ちていない。

美保の家にいるのに、美保がいない。それがなんとなくもの足りなかった。通いの下女は、左手のない鉄馬と一緒にいるのを気味悪がって、夕餉《ゆうげ》の仕度をすると早々に帰ってしまう。鉄馬は仕方なく、ちびちびと酒を飲みながら夜を過した。

三人の武士がやってきたのは、三日目の夜だった。

美保の家には生垣がめぐらせてあり、二人はそこから狭い庭の方を見張るように立っていて、玄関から入ってきたのはひとりだけだった。この場所でどうこうというより、どこかへ誘い出すつもりのようだ。近所に騒ぎの声を聞かれたくないと思ったのか、あるいは屍体《したい》の始末がたやすい場所と考えたのか。外に出るぶんには、鉄馬にも異存はなかった。家を血で汚すのは、美保もいやがるだろう。

「いまなら、まだ話はつけられるぞ、おい。俺たちを、前に来た二人のようにたやすく追い返せるとは、まさか思ってはいまい」

「追い返そうなんて、はなから思ってねえさ」

「じゃ、手間をかけさせずに消えちまえ。大津屋は、女にかけた金を躰で取り戻そうとしているだけさ。武士同士で斬り合いをするようなことじゃない」

「武士同士か」

犬同士なら、咬《か》み合《あ》いもする。思ったが、言わなかった。いろいろな犬がいるのだ。連れていかれたのは、伝法院《でんぽういん》の本堂の裏手にある、小高い丘だった。

「消えようって気には、ならないのか？」

「ひとつだけ訊きたい。大津屋は、金を持っているのか？」

「ああ、うんざりするほどな。火事のたびに材木の値はあがる。当然、蔵の千両箱は増える。ただ、庄内藩御用の材木の金子《きんす》が、払って貰えないらしい。それで困っているという噂《うわさ》もあるが、俺たちを遊ばせておくぐらいの金ならあるさ」

「それじゃ、あるのかないのかわからんな」

蔵の中は、借用の証文だけということも考えられる。それで、両替商の出戻り娘との縁談を進めているのだと考えれば、美保の話の辻褄《つじつま》も合った。

「おぬしら、月に一両もあてがわれているのか？」

「働けば、二両にも三両にもなる」

「安い犬だな」

「なんだと」

鉄馬が、このまま消える気などないことを、ようやく悟ったようだった。ひとりの放つ殺気に誘われるように、残りの二人も抜刀した。

こんなやつらを相手にするのか、と構えを見て鉄馬は思った。刀を持っている、というだけのことだ。その上、三人という数を恃《たの》み、左手のない鉄馬を見くびってもいる。

鉄馬は、左手首を鍔《つば》にあてがい、鯉口《こいぐち》を切った。笑ったが、三人には見えなかったようだ。なんの気も放たず、鉄馬は跳躍した。頭蓋《ずがい》を両断する剣。日向流《ひなたりゅう》の奥義《おうぎ》に、これはある。景一郎は実戦の中で工夫を重ね、跳躍しながら下から斬りあげる剣も身につけている。それだと、跳躍の隙《すき》すらもない。鉄馬は、いつも感心して見るだけだった。

地に降り立った時、ひとりの片腕を斬り落としていた。束《つか》の間《ま》の静寂のあと、男は絶叫をあげて地を転げ回った。残りの二人は、なにが起きたのか、すぐにはわからないようだった。地を這《は》うように鉄馬が走った時、二人の片脚は飛んでいた。絶叫と呻《うめ》きが重なり合った。

自分で血止めをする性根《しょうね》があれば、三人とも死にはしない。鉄馬は、刀の血を切り、鞘《さや》に収めた。こういうことだけは、両手があった時よりもうまくなっている。

伝法院を出ると、鉄馬はそのまま木場にむかった。

大津屋は、そこそこの店構えだった。構えの大小で、材木問屋の力がわかるわけではない。木置場にどれだけの材木を蓄えているか。その気になれば、どれだけの材木を集められるか。材木問屋の力は、多分それだろう。店に材木を並べているわけではない。

裏口へ回り、庭の方から忍びこんだ。およその見当はついた。美保の話によると、清兵衛に子はいないという。

月の光があった。よくはわからないが、凝《こ》った庭なのだろう。かたちのいい丸い敷石を伝って雨戸の前に立ち、鉄馬は小柄《こづか》を出した。はずした雨戸を支えるぐらいは、手首から先のない左腕でもできる。

音はたてなかった。障子《しょうじ》を開け、部屋に入る。軽い鼾《いびき》が聞えた。襖《ふすま》のむこう側である。開けると、月の光が夜具の模様を浮かびあがらせた。

跳ね起きた男の顎《あご》を、鉄馬は蹴《け》りつけた。刀を抜く。

「大津屋清兵衛だな。命を貰いに来た」

鉄馬が殺気を放つと、清兵衛の躰はふるえはじめたようだった。

「金は、ございません」

「与太者や浪人を飼っておくぐらいの金は、あるじゃないか。だが、俺は金を欲しいなどとは言っていない。おまえの命が欲しいだけだ」

命と言って、金と返ってくるところなど、命も金で買えると思っている男のようだ。脅かすのは難しくない。

「五十両、ほどなら」

「ほう、自分で命の値をつけるか。それにしても、安いものだ」

「百両」

「一寸刻みにしようと思っている。まず、のどのあたりを斬って、声が出せないようにしておくか」

「百五十両なら、そこにございます。どうかそれで」

鉄馬はもう喋《しやべ》らず、ゆっくりと刀を抜いた。白刃を見て、清兵衛の躰のふるえはさらに大きくなった。口にする金の額が、またたく間に増えていった。

「どこにある?」

清兵衛が五百両と言った時、鉄馬は口を開いた。

「床の間の手文庫に」

「よし、出してここに並べろ。声は出すなよ。死ぬぞ」

清兵衛の首筋に、大刀の刃を当てた。清兵衛は床の間まで這い、床柱の小さな穴に手を入れて鍵《かぎ》を出し、開けた。手文庫と言っても、二、三千両は入りそうな大きさである。

美保のために、五百両ほど取ってやろうかと思った。だから、五百両で、それ以上は持ち帰るには重すぎる。床に、切餅《きりもち》が並べられていく。きっちり二十個を数えたところで、清兵衛の手は止まった。まだ、中には十個ほどあるようだ。

「包め、清兵衛。おまえの寝巻でいい」

五百両で済んだと思ったのか、清兵衛は素速く寝巻を脱ぎ、しっかりと包むと帯で巻いた。褌《ふんどし》ひとつの清兵衛は、小肥《こぶと》りで女のような肌をしていた。四十前後というところか。

「さて、命を貰うか」

「そんな。五百両は、差しあげました」

「五百両くれたら、命を助けるなどとは言ってねえよ。おまえが勝手に出してくれただけさ」

「そんな」

清兵衛が言った瞬間、鉄馬は刀を振った。口を開けた清兵衛ののどもとに、切先《きっさき》を突きつける。清兵衛が小便を洩《も》らし、湯気と匂《にお》いがたちこめた。

「だいぶ、血が出ているな。しかしすぐには死なんぞ。こういう傷が三つもできたところで、血を失うまでは時がかかる」

「お待ちください」

清兵衛が、かすれた声をあげた。

「千両、千両差しあげますので」

「くれるなら貰ってやってもいいが、命は助けんぞ」

「そんな」

鉄馬は、もう一度刀を振った。清兵衛が、白眼を剝《む》いた。腹を蹴りつけると、すぐに眼を開く。傷は二カ所になり、小肥りの上体が赤く染っていく。

「自分の血を、よく見てみろ、大津屋。このまま放っておけば、一刻《とき》で死ぬかな。血止めをすれば別だが」

清兵衛が、かすかに口を動かした。血止めをしてくれ、と言っているようだ。さらに一度、鉄馬は刀を振った。

「これで、まあ半刻だな。この世にいられる間に、別れを惜しむものはないか?」

「お願いでございます」

消え入るような声で、清兵衛は血止めをしてくれと言い続けている。

「血止めを、してやらんでもない。俺が欲しいものをくれたらな。庄内藩が出した、借用証文があるはずだ。それをくれ」

「それは。千五百両、差しあげます」

「じゃ、死ね。血がもうかなり失われている。まあ、痛みはない死だ」

月の光に照らされて、清兵衛の上体は血にまみれている。しかし、これ以上の出血はないはずだった。皮膚一枚を斬っただけである。月明りの中で、ひどい出血に見えるだけだ。

「手文庫の、底に」

「ほう、この中か」

「からくりが」

「そうか。なら、おまえが開けろ。時はないぞ。手早くやれ。出血で、眼がかすんでくるはずだ。それを貫ったら、血止めはしてやる」

清兵衛が、這うように床の間に近づき、手文庫の中の木を何度か動かした。底がはずれる。証文は五枚だった。二千両から五千両まである。庄内藩が、城代家老の名で出したものだった。鉄馬は、それを懐《ふところ》に押しこんだ。

「血止めを」

「もう、血は止まっている。傷は浅いものだ。皮一枚を斬っただけだからな。行灯《あんどん》をつけてよく見てみろ」

言って、鉄馬は外に出ていった。

寝巻に包んだ五百両をぶらさげ、そのまま美保の家に戻った。徳利に口をつけて、ゆっくりと酒を呷《あお》った。美保と馴染むようになってから、わりと金にこだわるようになっていたが、それは三両、五両の金で、五百両ともなると、不思議にどうでもいいというような気分で、包みを解くことさえしなかった。

翌朝、やってきた下女を走らせて、美保を迎えに行かせた。

美保は、買った魚と大根を下女に持たせて戻ってきた。どこかにまだ不安の色があるが、それだけではない窺《うかが》うような視線を鉄馬に投げかけてきた。

「これは、大津屋からの挨拶料《あいさつりよう》だ。取り戻しに来ることはないと思うが、もし誰か来たら俺が持っていると言ってやれ」

美保が、寝巻の包みを解き、両手をついて鉄馬に礼を言った。金を見た瞬間の美保の表情は、一両渡した時とどこも変っていなかった。

「俺はいらんぞ。金などどうでもいい。庄内藩が出した借用証文があった。それを貰っているのでな」

なんとなくもの足りない気分で、鉄馬が言った。五百両分の笑顔を見せろとは言わないが、もう少し別な礼の言い方があってもよさそうなものだ。

「旦那《だんな》様、その証文もわたくしにいただけませんか?」

「なぜ?」

「その証文を両替商に引き取って貰うことで、大津屋は出戻りの娘を後妻に入れることにしたのです。わたくしにとっては、ただの証文とは思えませんわ」

「なるほど」

鉄馬は、下女が運んできた燗酒《かんざけ》に手をのばした。冬に冷や酒は、おかしな酔い方をする。

「庄内藩は、なぜ大津屋に払ってやろうとしないのかな。藩の体面もあるだろうに」

「大津屋には、強く請求できない事情があるようでございます。詳しいことは存じませんが、幕府の御老中様だか若年寄様だかが間に入って、両替商に肩代りさせることができるようになったのです。ほかに、出戻りの娘が付いておりましたが」

庄内藩の重役と幕閣も絡《から》んでいる証文を、美保はどう使おうというのか。

鉄馬は、庄内藩が絡んでいると知ったから、証文を奪ってきたのだった。このところ、周囲で起きている事件には、庄内藩の姿が見え隠れしている。

「おまえは大津屋に落籍《ひか》されたようだが、一年以上も前から俺にも抱かれていた。おまえの手で大津屋を地獄の底まで落とすというのは、ちょっとばかり深すぎる恨みじゃねえのかな」

「あの男が、寝床の中でわたくしをどんなふうに扱ったか聞かれたら、旦那様は即座に斬《き》ってしまわれます」

「そんなにか」

言ったが、鉄馬の頭の中には、ひどく淫《みだ》らな連想があるだけだった。

「女が持つもんじゃねえよ、美保。閨《ねや》でいたぶられるぐらいじゃ済まねえぞ。持ってるとわかりゃ、まあ確実に斬られるな。俺はおまえを失いたくない。だから、この証文も渡さねえ」

美保の表情が、わずかに動いた。心の底に魔物を持っている女か、と鉄馬は思った。それはそれでいい。地獄を見たということでは、美保など思いも及ばない地獄を自分は見ている。いま生きているのは、余生のようなものなのだ。

「森之助を連れて、ここでお暮しになりませんか、旦那様？」

美保が話題を変え、下女が運んできた膳《ぜん》を受け取った。刺身が載っている。

「三人で暮しても、それほど狭い家ではございませんわ」

森之助が息子だと、鉄馬は美保に嘘《うそ》をつき続けていた。

この女の心の中の魔物に触れてみたい、と鉄馬はふと思った。躰《からだ》には溺《おぼ》れているが、心まで溺れてはいない。心まで溺れることができれば、その先にある滅《ほろ》びも見えてくるような気がする。甘美な滅びだろう。そういう甘美さの中で早く滅びてしまいたいという思いが、鉄馬のどこかにあった。

2

浪人が斬られたらしい、という噂が耳に入ってきた。どこで斬られたのかもわからないし、斬ったのが誰かもわからない。武士同士の斬り合いなら、町方が眼の色を変えなければならないようなことではなかった。

それでも、新兵衛《しんべえ》はなんとなくそれが気になった。このところ、武士の斬り合いに関ることが多かった。日向景一郎という男を知ってからだ。斬られた浪人は、腕や脚を斬り落とされているという。そういう斬り方も、日向景一郎ならできるだろう。

「ここ何日か、ちょっとおかしな雲行でございましてね、保田《やすだ》様。どうも庄内藩の方々が私を窺っておられるようですし、寮の方にもそれらしい人の姿があったようで」

杉屋の店の奥だった。なんとかしろ、と杉屋清六《せいろく》は言っているようだった。庄内藩と言えば、阿芙蓉《あふよう》絡みだろう。そんなところにまともに首を突っこんだら、命がいくつあっても足りない。

「相変らず、薬臭いな、ここは」

「なぜ庄内藩が動いているのか、それぐらいは調べてくださってもいいのではありませんか、保田様。そのために、私もすることはさせていただいているのですから」

杉屋から受け取っている挨拶料は、月に二両というところである。それは、ほかの大《おお》店《だな》から受け取るものの三、四倍だった。杉屋には阿芙蓉が絡んでいて、それに眼をつぶる金だと新兵衛は勝手に考えていたが、改まって言われると断りにくいところもあった。

「俺の十手は、武士や坊主《ぼうず》にゃ通じねえところがあってな」

「それは寺の境内や武家屋敷の中ではそうでございましょうがね。私は町人で、場所は私の店や寮でございますよ」

「わかってるさ。杉屋になにか及んでくるようなら、俺もなんとかする」

阿芙蓉を使っていることを、杉屋は悪いとは思っていない。薬としてしか使っていないからだ。そのあたりは、新兵衛にもよくわかっていた。御禁制の品でも、使い方によっては人の役に立つ。

「十手も人に害をなすことがある、か」

「なんでございます?」

半人前だったころ、かわいがってくれた同心に言われたことだった。大した手柄も立てず、隠居して二年後に死んだ。

「まあ、寮の方には日向がいるだろう」

「ところが、景一郎さんは土を集めに山に入ったままでしてね」

ひとつでも新兵衛には持ちあげられない土の俵を、日向景一郎は乾物の俵でもあるように軽々と担《かつ》いで歩く。

「じゃ、小関《おぜき》だけか」

「恵芳寺《けいほうじ》には美千《みち》さんがいますのでね。庄内藩と聞くとやはり気持はよくありません」

「寮へも行ってみる」

新兵衛は腰をあげた。杉屋は、新兵衛の腕を当てにしているわけではない。町方が出入りしていることで、相手にいくらかためらう気持が出てくるだろうと期待しているだけだ。それなら、姿ぐらいは見せてやってもいい。

杉屋を出ても、新兵衛はすぐには寮の方へむかわなかった。浪人が斬られたらしいというのは、浅草界隈《かいわい》から出た噂《うわさ》だったので、そっちを先に回った。

斬り落とされた手をくわえていた犬を見た、という職人が三人いた。嘘だとは思えなかったが、その犬がどこへ行ったかもわからない。斬られたのは浪人だというが、それを見た者はいなかった。

花川戸《はなかわど》の、道庵《どうあん》の家に顔を出した。

「浪人が、手や脚を斬り落とされたという噂があるんだがな、道庵先生」

「知らんな」

まだ午《ひる》まえで道庵は酔っておらず、ひどく不機嫌な顔をしていた。

「それぐらいの傷なら、血止めをするのも大変なはずだ。あんたのところへ駈《か》けこんできそうなもんだが」

「脚を斬り落とされて、どうやって駈けるんだ？」

「酒を飲んで治療をする。こりゃ、お咎《とが》めを受けかねねえことだぜ、道庵」

「見逃してやってる、と言ってるのかね？」

「まあ、そこんところは、魚心あればなんとかと言うじゃねえか」

「けっ、不浄役人が」

道庵の悪態は、めずらしいものではなかった。酒が飲めない時は、それを紛らわすように人に喧嘩《けんか》を売ったりする。

「手や脚を斬り落とされて、自分で血止めができるかね？」

「小関を見りゃわかるだろう」

「ありゃ、医者の手が入っちゃいねえのか？」

「きつく縛って、傷口を焼く。気絶しないでいられる気力があれば、できる。小関の場合、傷口が見事なぐらいきれいで、その方法で血は止まったろうよ」

「つまり、そばにいるやつがやってやってもいいってわけだな？」

「あんたの時は、わしが縫ってやろう。いつまでも、じくじくと血が出続ける縫い方をしてやる。いいもんだろうよ、そんなのも。不浄役人の末路にゃぴったりだ」

「斬り合いは苦手でね。しかし、小関にゃそれぐらいの気力はあるってことか」

「あんた、あいつと気が合いはじめたね。牙《きば》の抜けた狼《おおかみ》と、欲ぼけの犬がくっついたってとこか。悪くないな、こりゃ」

「それぐらいでやめとけ、道庵。とにかく、あんたは治療してねえんだな？」

「そんな傷なら、一両や二両は取れたろうにな。わしは、一朱の金にも不自由している」

「そうかい。そうだろうな。酔ってねえもんな。俺は、これから知り合いのところへ行って、しこたま飲もうと思ってるとこでね。邪魔したな、道庵先生」

「待ちなよ。その知り合いってのは？」

「あんたには、関係ねえさ」

くやしそうな顔をする道庵に笑みを投げ、新兵衛は外へ出た。

杉屋の寮へ行った。ほかに行くところが思いつかなくなったからだ。

母屋《おもや》の縁に、日向景一郎の焼物が並べられていて、それを菱田多三郎《ひしだたさぶろう》とさわが見入っていた。菱田は杉屋の薬草師で、昔は医師だったという話も聞いた。

「茶を一杯振舞ってくんなよ。渡しで、ひどく冷えた」

新兵衛も、日向の焼物に見入った。こういうものは、もともとわからない。皿や茶碗《ちゃわん》や壺《つぼ》だ、とただ思うだけだ。

「いいのか、これは？」

茶碗を手に持っている多三郎に、皿を指さして訊《き》いた。この男は、毒も扱っている。毒が薬になるということが、新兵衛にはなんとなく理解できたが、一度見せられた死んだ犬の腑分《ふわ》けだけは、どうしても馴染《なじ》めなかった。

「私は、いいと思います。景一郎さんの人間が感じられる。つまり、ちょっとばかり暖かいものがあると思うのですよ」

「この間、窯《かま》に火を入れたと言っていたのが、これか?」

「そうですよ。焼きあがると、景一郎さんは山に行ってしまいましたが」

「森之助は?」

「離れで、ひとりでしょう。小関さんが、このところ外出が多いので」

「森之助は、小関さんがいない方がいいのです。とてもいい子でいますわ」

さわが、茶を差し出しながら言った。小関は、田原町の女のところだろう。芸者あがりの、ちょっといい女で、前は誰かの囲い者だったはずだと新兵衛は見当をつけていた。女を囲うほどの金が、小関にあるはずがない。

「この茶碗を見てくださいよ、保田様。素焼をしたものに藁《わら》を抱かせて焼き、釉《うわぐすり》をかけてさらに焼いたのです。藁は、燃えず、灰にもならず、溶けて素焼の地にしみこんで、鉄のようなものに見えるのです。だけど、触れると焼物の暖かさが伝わってきます」

茶碗はただ茶碗だというふうにしか、新兵衛には見えなかった。それでも多三郎がこれだけほめると、ちょっと触ってみたくなる。掌で包んだ。不意に、切なさに似た感覚が、全身に拡《ひろ》がってきた。すぐに、多三郎に返した。こんなもので、心をかき回されるのはごめんだ、と思った。

「高く売れそうだな」

「それが、私が素晴しいと言ったら、景一郎さんはくれると言うのです。どうしたものか、旦那に相談しようと思います」

「くれると言うものは、貰《もら》っておけばいいだろう。日向も、そういう人間に持っていて欲しかったんだ。杉屋に任せると、高く売ることしか考えないし、その金もほとんどを小関が懐《ふところ》に入れるんだろうが」

「けものから人間に戻るために、焼物を焼いていると小関さんはおっしゃいますがね。私の見るところ、景一郎さんは人に戻っていますよ。昔は、けものみたいだったってことはわかりますがね。一年前ぐらいから、人に戻りましたね。私とも、話をするようになりましたし、薬のことにも関心を持っている」

それにしては、相変らず薄気味悪い男だ。土を揉《も》んでいる姿など、なにかに憑《つ》かれているとしか思えない。

「ところで、変ったことはないか？」

この寮にも、時々見回りに来る。挨拶料を貰っている義理だ。それにここでは、賞金首を日向が斬って、小関が斬ったことにして賞金を山分けにした。金を儲《もう》けられる場所でもあるのだ。

「別にありませんね。母屋の方のことは、おさわさんに訊いて貰うしかありませんが」

「小関さんの留守が多くなったぐらいかしら。景一郎さんが土探しに山に入るのは窯に火を入れたあとの恒例ですしね」

「日向は、ただ土を求めて山に行っているのか?」

新兵衛には、日向景一郎という男が、いまだによくわからなかった。小関は、わかりすぎるほどわかる。森之助という子供も、よくわからないところがある。

「山で、ほかになにをするんですの?」

「さあな。けものになるとかな」

「そんなこと」

「冗談さ。おさわ、おまえ、日向に惚《ほ》れてるのに、相手にして貰えないんだな」

「それも、冗談ですよね、保田様。冗談じゃなかったら、あたし本気で怒りますから。景一郎さんに惚れているのは、美千さんですよ」

「ほう。男を斬られたってのに」

「それが川田総二郎《かわだそうじろう》ってお侍を一番楽にすることだったと、幽影《ゆうえい》先生に教えられたんです。殺そうと思ったぐらいだから、逆に好きになってしまうと半端《はんぱ》じゃないんです。あたしなんか、まだ子供です」

「ほう。大人になるだけなら、俺がしてやってもいいぜ」

さわが、怒ったように横をむき、立ちあがった。

「恵芳寺も、変りはないんだな、多三郎？」

「はい。このところ、死人が二人ばかり続けて出ました。風邪をこじらせた年寄でしてね。美千さんが、熱心に幽影先生の手伝いをしていますよ。幽影先生は、見あげたものです。患者が死ぬまで、決して諦《あきら》めませんし、死んでも不思議じゃない人間が、何人も助かっていますからね」

多三郎は、江戸で一、二と言われる、腕のいい薬草師だという。幽影の養生所には、多三郎が直接薬草を入れているようだ。

「日向も小関も、留守か」

新兵衛は腰をあげた。寮にも姿は出してやった。杉屋に対する義理は、これで果したと思った。森之助という子供には、会おうという気は起きてこない。

小関が行っているのは、田原町の女の家だろう。そこで、酒でも振舞われるのも悪くない、と新兵衛は思った。

3

前の浪人より、ずっと腕が立った。

庄内藩の武士なのか、大津屋に雇われた浪人なのかは、わからない。ふらりと訪《おとな》いを入れてきて、美保が応対した。旧《ふる》い知り合いだと美保は言いに来たが、心当たりはなく、出てみてすぐに違う用件だと鉄馬にはわかった。それで、土手までやってきたのだ。

「返すものが、あるだろう、小関鉄馬」

「さあな。あったとしても、おまえに返す理由はねえよ」

「大津屋の使いだ。返すものを返してくれれば、あとはすべて諦めるそうだ」

「諦めるったって、そりゃ筋合いじゃねえ。あれとこれは別だ、と大津屋に言っておけ」

「それでは、俺の仕事にはならん。おまえを斬《き》り、女も斬ることになるぞ」

「斬れればの話だろう」

昔なら、ひと太刀で倒せる相手だ。片手であることが、決定的に不利になるだけの腕を持っている。いや、落ちた自分の腕が、痛いほどわかってしまう相手ということか。片手であろうと、それなりの生き方をしていれば勝てたに違いない。

「おまえ、まともな剣を遣うな。そんなやつがなんで大津屋の使い走りなどをする。やっぱり、金かね？」

「名は、控えさせて貰おう」

男が言い、刀の鞘《さや》を払った。

三十前後だろうか。こめかみの面ずれを見ただけでも、道場の剣法で腕を磨いてきたことがよくわかる。それだけでなく、真剣の場数も踏んでいる。

鉄馬は、左手首で鯉口《こいぐち》を切っただけで、じっと立ち尽していた。居合《いあい》を遣う、と男は思っているだろう。鉄馬は気を発して、男を誘った。居合は鞘内の勝負。定石《じょうせき》通りだ。気が満ちた時、男も斬りこんでくるはずだった。

男の眉《まゆ》が、ぴくりと動いた。気を発しながら、鉄馬は男の動きを待っていた。来るぞ、と二度思ったが、男は耐えていた。三度目。鉄馬は誘うように左足を一歩退《ひ》いた。男が踏みこんでくる。居合に対する備えはあった。鉄馬は、跳んでいた。男の頭上で刀を抜き、斬り降ろした。男の刀は、鉄馬の残像を袈裟《けさ》に斬っただけだ。肩から胸。男が眼を見開き、仰むけにゆっくりと倒れた。

鉄馬は、大きく息をついた。跳躍は、男にとっては意外だったのだろう。やれば、やれるものだ。跳躍してから刀を抜く。昔はできたそれを、いまやれる自信はなかったのだ。

ようやく、息が収ってきた。男の躰《からだ》は、一度痙攣《けいれん》しただけで、それきり動かない。

「日向流だな」

背後から、不意に声をかけられた。
二十六、七に見える、着流しの男が立っていた。
「俺は、日向将監《しょうげん》が遣うその剣を、十五のころに一度見た。跳躍してから鞘を払うのは知らなかったが、太刀筋は間違いなく日向流だ」

「誰だ、おまえ？」

「そこで死んだ男は、愛宕下《あたごした》にある砧《きぬた》道場の師範代でね。剣の修業だけを積んできた、実直な御家人さ。それが、人を斬りそうな顔をしていたので、面白いと思って尾行《つけ》てきた」

「誰なのかと訊いてるんだ」

「その男が、俺にはじめて真剣の稽古《けいこ》をつけてくれた。やはり十五の時だったが。いまじゃ、俺は道場じゃ負けてやるだけだ」

「つまり、弟子か？」

「どうでもいい。知らぬ仲ではないというだけのことだ。いくら熱心に稽古をしても、天稟《てんびん》がある者を凌《しの》ぐことはできん。しかし、日向流とは意外だった。将監の弟子か？」

「将監先生は、すでに他界された。何年も前のことになる」

「しかし、日向流はこうやって残っていたか。嬉《うれ》しい話だ」

鉄馬には、男の腕が読めなかった。たやすく斬れそうな気がするし、とんでもない腕を持っているようにも思える。瀬踏みは、危険だった。意表を衝《つ》く跳躍も見られている。

「日向流を多少学びはしたが」

鉄馬は、二、三歩退《さ》がった。それでも、男は気を発しもしない。

「将監先生の直伝は、別の人間が受けている。孫の景一郎という男だ。ただ、剣法談義などをしたがる男ではないな」

「談義など、どうでもいい。俺は、立合ってみたいだけだ」

「なぜ?」

「日向流だからだ。日向将監の剣が忘れられないからだ」

「日向景一郎と、勝手に立合え」

「そうはいかん。せっかく日向流の遣い手に出会ったのに、黙って行かせてなるか。まずは、おぬしから立合って貰おうか」

「断る」

「大津屋というのは、材木問屋の大津屋清兵衛のことだな。大津屋に訊けば、女のことか、いろいろわかりそうだ。おぬしがなにを持っているかもな。つまりは、結局俺と立合うことになる」

「らしいな」

「片手で、あれだけの技を遣う。両手があった時は、ぞっとするほどの手練《てだ》れだったのだろう。俺はいま、強いやつを捜していてね」

男が笑った。

鉄馬は、小さく舌打ちをした。どうやら、腕は立ちそうだった。それに、鉄馬の手の内も見ている。一度鞘に収めた刀を、抜いた。男の方が、居合の構えのように、ただ立っている。

「日向景一郎の腕は、俺とは較《くら》べものにならんぞ。俺を斬っても、景一郎には斬られる。やめねえか。おまえが日向流とやりたいと言うんなら、景一郎と会わせてやる」

「自分で捜すさ。おぬしのまわりを探れば、すぐに出てきそうな男だ」

喋《しやべ》ることで、鉄馬は男の気持を乱そうとしていた。だから、気を内に籠《こ》めた。男も相変らず気を発していない。

「俺は、小関鉄馬という。片手のない俺じゃ、おまえを斬るのは無理だ。斬り合いはやめにする。俺は、刀を捨てるぜ」

男がなにか言うのを待たず、鉄馬は大刀を草の上に放り出した。脇差《わきざし》。抜いた。間合を充分に詰めていた。男の躰が、消えた。肩を、斬られた。男は跳躍し、斬り降ろしてきたのだ。日向流だった。さっきとは逆ではないか、と鉄馬は思った。ただ、倒れてはいない。脇差も握っている。

「日向将監の剣を見て、俺も十年跳躍を続けたのだよ、小関殿。一応、日向流になっていたかな。もともとは、小野派一刀流を遣う。榊原征四郎《さかきばらせいしろう》という、旗本の三男坊だ。そういう男がいると、日向景一郎という男に伝えておいてくれ。おぬしが、生きていればだが」

「俺が、死ぬだと」

言った瞬間、鉄馬は視界が暗くなるのを感じた。踏み出そうとした。

「白昼の斬り合いとは、なんの真似《まね》だ？」

ふるえ声が聞えた。保田新兵衛の声だ、と鉄馬は思った。束の間《つかま》、視界が戻った。草がすぐそばに見えた。倒れているようだ。

「事と次第によっては、武士でも見過せん。姓名は？」

「榊原征四郎。武士同士の決闘だ。町方は町方らしく、屍体《したい》の始末でもしてくれ」

声だけは、はっきり聞えた。視界は、また暗くなっている。血を失っているからだ。

このままでは死ぬ、と鉄馬は思った。

次に聞えたのは、別の声だった。

「大丈夫だろう。あんたの血止めが役に立った。もうちょっと血を失ったら、死んでいたね」

「酔ってるからどうなるかと思ったが、礼を言うよ、道庵」

「助け甲斐《がい》のない男だがな」

「その悪態をなんとかすりゃ、もっと患者も増えようってもんだぜ」

「まあ、治療代は一両でいい」

「杉屋から貰え、酔っ払い」

「そういうことなら、傷の糸を抜いちまうぞ。わしは幽影じゃない。医は仁術だなどとは思っておらんよ。わしの商売だ」

「じゃ、受け取ったと書きつけを寄越せ。あとで、小関から取り立てる」

道庵のところへ運ばれ、手当てを受けたのだということが、鉄馬にはようやくわかった。するとあれから、ずいぶんと時が経《た》ったのだろうか。

「看病する者がいるな」

「それは、俺が呼んでくる。もっとも、その女が来てくれりゃだがな」

美保が来る。そう思った。来るはずだ。

声が遠くなった。自分が眠ろうとしているのだということが、鉄馬にはわかった。わかったのは、それだけだ。

眼を開けた。また人の声が聞えたからだ。視界は、暗くなかった。

美保が、覗《のぞ》きこんでいた。

「やっと眼を醒《さま》しやがったか。このまま眠り続けてたら、道庵の野郎をふん縛ってやろうかと思ってたぜ。だけど、道庵の言った通りだったな、美保さん」

保田がそばにいるらしい。美保の顔だけが、鉄馬に見えていた。

「どれぐらい、俺は眠っていた？」

「一日と半分。もう夜ですよ」

「そうか」

「お水を、よくお飲みになりました。それから、滋養のある薬湯も。眠ったまま、貪《むさぼ》るように飲んでおられましたわ」

やはり生きたがっていたのか、と鉄馬は思った。四十五を越えたころから、生きたいという思いがはっきりしたものでなくなり、死んでもいいという気分になることもしばしばあったのだ。そうであっても、心の底では生きることを望んでいたのだろう。

「保田」

「なんだ、小関？」

「俺を助けようとしていたな」

「通りかかった大八車で、道庵のところまで運んだだけよ」

保田は、榊原征四郎が立ち去る前に、出てきたのだ。十手を突きつけるぐらいのことは、多分やっただろう。ふだんの保田では、考えられないことだった。

「とにかく、礼を言っておく」

「俺は、おまえが斬られるのを見てたんだ。その前に、ひとり斬ったのもな。美保さんの家を訪ねようとしたら、おまえが出てくるのが見えたんでな。それで尾行《つけ》た。つまりはそういうことで、なにもやっちゃいねえ」

自分がやったことを、保田は照れているのかもしれない、と鉄馬は思った。

のどが渇いている。水、と言ったが、飲まされたのは薬湯だった。獣肉の臭《にお》いも入り混じっているような気がした。

それから、眠った。

次に眼醒めたのは、痛みのためだった。右手で、左腕を押さえようとした。左腕がなくなっている。肩から、切り落とされているようだ。そのくせ、左腕が痛む。手首から先を失った時も、そうだった。なくなったはずの手が痛い、と感じてしまうのだ。

「痛いのは、生きているという証拠だぞ、小関」

道庵の声だった。

「むごいことを言うなよ、道庵。おまえ、痛みを止める奥の手があるだろう」

「まあな、しかし、金がかかる」

「美保から貰《もら》ってくれ」

「わしも、そう言ってみたさ。五両出せば、のたうつような痛みから逃がれられるとな。

あの女は、治療代として保田がたて替えていた一両を、渋々払っただけだ」

「そうか」

美保が自分に惚《ほ》れているわけではない。そういうことだろう。役に立つと思ったから、尽すような素ぶりをしていた。

惚れるわけがないな、と鉄馬は自嘲《じちょう》的な気分で思った。自分も、惚れているわけではない。躰に溺《おぼ》れているだけだ。これからも溺れ続けながら、決して惚れはしないだろう。

「まあ、耐えてみるか」

「いいのか、小関。杉屋に言えば、いくらかは出すはずだ」

「いや、いい」

眼を閉じた。痛みは左腕に集まり、全身を駈《か》け回り、また左腕に戻ってくる。躰の中に、別の動物がいるようだった。

自然に、呻《うめ》きが出ていた。転げ回りたいとも思ったが、それだけの躰の力はなさそうだった。痛みには馴《な》れることだ。手首から先を失った時も、馴れることからはじめ、やがて忘れた。

美保の顔が、そばにあった。

「楽になりますわよ、旦那《だんな》様。道庵先生から、お薬を買って差しあげます。その前に、大津屋から奪った借用証文を、わたくしにお預けくださいな」

同じことを二度、美保は耳もとで囁《ささや》いた。鉄馬は、呻くのをやめた。美保と眼を合わせ、にやりと笑ってみせる。美保は、ちょっと驚いた表情をした。

「なんのことだ、証文とは。俺は、とにかくもう決めたのだ。この痛みに、耐えてみようとな」

「なぜ？」

「そうしたいからさ。それぐらいできなけりゃ」

おまえとの食い合いには勝てない。そう続けかかった言葉を、呑《の》みこんだ。お互いに惚れているという恰好《かっこう》だけは、崩さない方がいい。

「もともと、手首から先はなかった。それが肩までなくなったとしても、同じことよ」

「尋常な痛みではない、と道庵先生は言われましたよ。狂い死にするほどの、地獄の痛みだと。それが、嘘《うそ》のように楽になるのですよ」

「心配するな、美保。おまえが俺の女でいるかぎり、俺が守ってやる」

「わたくしが申しあげているのは」

「俺のことも、心配しなくていい。痛いというのは、死なぬということさ。死ぬ時は、痛みも感じなくなるもんだ」

「そんな」

「俺は、こうすると決めたのだ」

治療代が一両。自分に見合った額だ、と鉄馬は思った。それきり、喋らなかった。呻きも、洩《も》らさないと決めた。

景一郎がやってきたのは、数刻後だった。

「おう、山から戻ったのか」

「伯父上を、寮に連れていこうと思いましてね。保田さんが来て、そうした方がいいだろうと言われました」

「保田か」

「それにしても、見事に斬《き》られたものです。大変な手練れですね」

景一郎の顔は、髭《ひげ》で覆《おお》われていた。山に入った時も、髭だけは剃《そ》っていた。着るものなど構わないのに、不思議な気がしたものだ。髭があると、いままでの景一郎とはちょっと違う感じがする。

「日向流を遣った」

「そうですか」

「将監先生の跳躍を見たことがあるらしい。それから十年、跳躍の稽古は怠らなかったそうだ。もともとは、小野派一刀流だそうだが、俺は日向流の太刀筋で斬られた」

「少し変られましたね、伯父上は。ちょっとだけ昔に戻ったような」

「おまえもだ、景一郎。どことは言えんが、変ったような気がする。なんなのだろうな。一年ほど前から、時々そう感じていたようだ。気づいたのは、いまだが」

「変れませんよ。人は、たやすく変れはしません。なにかをなくさないとね」

「俺は、手をなくし、次には腕をなくしたってことか」

「森之助は、驚くでしょう。腕一本なくしたぐらいでは死にはしない、というのもわかると思います」

「血を失えば、死ぬぞ」

「そうですね」

美保が、どこかにいるはずだった。景一郎を止める気はないようだ。景一郎の手が、躰《からだ》の下に入ってきた。持ちあげられている。そのまま、外の大八車に運ばれた。美保の手が、丹前を躰にかけてくる。

大八車が動きはじめた。

「景一郎、あの女になんと言ったんだ？」

「伯父上を、連れて帰るとだけ」

「それで、あいつは？」

「別に、なにも」

雪になりそうな空だった。大八車が揺れるたびに、痛みが躰を駈け回る。

「なにかをなくさなければ、人は変れんと言ったな、景一郎」

景一郎は、黙って大八車を曳《ひ》いていた。

「腕をなくしても惜しいとは思わんが、俺はあの女をなくしたくない。惚れているわけでもないのにな。ただ、なくしたくない」

景一郎は、なにも言わなかった。

大八車は渡し場までで、それから鉄馬は景一郎の腕に抱かれていた。

4

三日で、鉄馬は躰を起こすようになった。

一度、恵芳寺から美千が傷の具合を見に来たが、治療の手際《てぎわ》よさに感嘆しただけだった。その間も景一郎は土を揉《も》んでいて、美千が小屋に来るまであまり気にもとめずにいた。

「幽影先生は、阿芙蓉《あふよう》を使った方がよかろうとおっしゃいましたが、わたくしが見たかぎりでは、もういらぬと思いました」

景一郎は、土を揉む手を止めた。土を選び抜く。それは今度で終りにしようと思っていた。どんな土でも、焼物はできる。足もとの土で焼くのが、ほんとうの焼物ではないかと思えてきたのだ。素焼を藁《わら》で抱いて、また焼くということもやってみた。本物から遠ざかっている、という気しかしなかった。

俵に二十ばかりの土はある。いまは、その土を混ぜて使っていた。

「わたくしは、阿芙蓉を持っているのです。幽影先生にだけ、そのことを申しあげました」

「なぜ、私に？」

「なぜでしょう。なんとなく、景一郎様には話しておくべきだと思ったのです。どう扱えばいいか、考えていただけませんか？」

「杉屋さんに、あるいは幽影先生に、考えて貰えばいいことです」

「川田総二郎のために、持ち出してきた阿芙蓉です。斬った景一郎様が、決めてくださるべきではありませんか？」

「それなら、川に流されることです」

「なぜ？」

「死んだ人のものでしょう」

「でも、お役には立つものです。幽影先生のように、きちんとお使いになれば」

「私は、訊《き》かれたから、思ったことを喋ったまでです」

「では、川に流すことにいたします」

景一郎は、また土を採みはじめた。土と言葉を交わせる。そう思っていたのは、錯覚なのではないか、と考えていた。ほんとうは、自分と言葉を交わしていただけではないのか。土の中に、もうひとりの自分がいたのではないのか。

「ほんとうに、川に流しますわよ」

「別に、止めてはいません」

「杉屋さんも幽影先生も、いずれわたくしが阿芙蓉を出すと思っておられます」

阿芙蓉など、もともとなかったと思えばいいのだ。あると思うから、人はそれを求める。土も、同じではないのか。自分の足の下にある土だけだ、と思うことはできないのか。

「いいのですね、流しても？」

「それは、あなたが決めることです」

景一郎は、土を採み続けていた。美千が遠ざかっていく気配を、背中に感じた。しばらくすると、今度はさわがやってきた。

「美千さんと、喧嘩《けんか》したの、景一郎さん？」

「別に」

「こわい顔をして帰っていった。きっとなにかで怒らせたのね。あなた、鈍い人だから」

「かもしれないな」

「あの人、自分は男を知ってる躰だって、あたしに自慢したのよ。そんなの、自慢になるものじゃないと思うんだけど」

景一郎は、土を揉み続けた。土に語りかけることはしなかった。土の声を聞こうともしなかった。土を、ただ土と思うことはできないのか。

「そのうち、あの人、景一郎さんを誘うよ。きっと誘う」

森之助が、小屋のそばに来ていた。美千の膝《ひざ》の上を斬った。それで、美千がいる時はあまり姿を見せないが、さわだと甘えようと思って出てくるのだ。

「森之助、剣術のお稽古《けいこ》は？」

「終ったよ、もう」

「それなら、あたしと母屋《おもや》へ行こうか。こんなとこにいたって、つまんないだけよ」

景一郎は森之助の方を見なかったが、嬉しそうな顔は思い浮かんだ。

ひとりになっても、しばらく土を揉み続けた。つい、土に語りかけそうになる。そのたびに、苦笑した。独り言の癖を直そうとしているようなものだろう、と思った。

陽が傾きかけたころ、景一郎は井戸で手を洗い、来国行《らいくにゆき》を佩《は》くと、縁にいた鉄馬の前に立った。

「出かけてきます」

「どこへ?」

「榊原征四郎という武士を斬りに」

「なぜだ。おまえの方から出かけていくとは、めずらしいじゃないか?」

鉄馬の眼が、じっと景一郎を見つめてくる。

「私は、日向流をこの世から消してしまいたいのですよ。父を斬った私が、それをするべきだろうと思うのです」

「しかし、榊原は」

「いまどこにいるか、およそわかっています。保田さんが、毎日やってきて教えてくれますから」

「保田のやつが」

鉄馬が呟《つぶや》く。

景一郎は、一礼して木戸の方へ歩いていった。

むかったのは、浅草田原町である。美保という女の家に、榊原征四郎は転がりこんでいるという。失いたくない、と鉄馬が言った女だった。

美保がなにを考えているか、わかりはしなかった。自分はただ、日向流をこの世から消してしまいたいだけだ。自分に、そう言い聞かせた。昔のように、勝負という気負いはない。肌がひりつくような、緊迫もない。

斬りたいから、斬る。それだけのことだ。

渡しは使わず、吾妻橋《あづまばし》へ回った。景一郎の歩き方は、小走りの町人より速い。祖父が、そうだった。祖父との旅では、景一郎はいつも小走りだったのだ。いつの間にか、祖父と同じ歩き方を身につけていた。

吾妻橋を渡ると、通りに人の姿は多くなった。田原町まで、歩いてすぐだ。

女の家に、訪《おとな》いを入れる必要などなかった。景一郎が前に立つと、榊原征四郎は紺の袷《あわせ》の着流しで出てきた。

「遠くからでもすごい気を放つ男だな。日向景一郎か?」

「榊原征四郎だな」

美保という女が、榊原の肩越しに景一郎の方を見ていた。表情がまったく変らない女だった。この女のどこに、鉄馬が魅《ひ》かれているのかわからない。

「来るのは、わかっていた。小関鉄馬の朋輩《ほうばい》らしい町方同心が、毎日この家を窺《うかが》っていたからな。小関は、死ななかったか」

「行こうか」

促すと同時に、榊原は出てきた。

「伝法院の境内でよかろう」

榊原が言う。鉄馬が斬り合いをした河原までは、かなりの距離があった。景一郎は、軽く頷《うなず》いて歩きはじめた。

「あの女に、小関が魅かれる理由が、抱いてみてよくわかったね。吸いついてくるような不思議な肌をしているし、男の喜ばせ方を知り尽している」

「どうでもいいのだ、俺には」

「女は、小関鉄馬が持っている、庄内藩の証文を欲しがっている。だが、俺にもどうでもいいことだな。大津屋は千両出してもいいと言った。実際に証文を前にすれば、二千両でも三千両でも出すだろう。庄内藩に持ちこめば、もっと高値がつく。それも、どうでもいい。拗《す》ね者でね、俺は。そういう俺のことが、女にはよくわからなかったようだ」

景一郎は、黙って歩いた。広小路《ひろこうじ》にはまだ人が多かったが、伝法院の境内に入ると人の姿はなくなった。もうすぐ、陽が落ちる。

「大津屋は、庄内藩とはなにか別の取引もあるようで、訴え出ることはできないらしい。まともな取引ではないのさ。あの証文だけが、大津屋を救うのだろうな」

「よく喋《しゃべ》るな、榊原」

足を止め、景一郎は言った。

榊原が、口の端をちょっと吊《つ》りあげて笑った。端正な顔立ちが、その時だけ崩れ、いくらか下卑《げび》たものになった。

「この刀は、来国行。祖父の将監が佩いていたものだ」

「ほう」

「この刀で、俺はこの世から、日向流を消し去るつもりだ」

「面白いな。こんなことだけを、俺は面白いと感じるような男になった」

ほとんど同時に、鞘《さや》を払った。

榊原は正眼《せいがん》で、景一郎は下段に構えた。そのまま、固着した。鉄馬があっさり斬られたということが、むかい合ってみてわかった。こんな男もいるのか、という思いがこみあげてくる。それもすぐに消えた。頭の中が空白になってくる。

闇《やみ》を、斬ろうとしていた。祖父と旅をしていたころのことだ。闇を斬り裂いた先に、なにがあるのかと、いつも考えていた。臆病《おくびよう》だった。それを、祖父に知られまいとしてきた。気づくと、祖父は死に、自分の手はおびただしい血で濡《ぬ》れていた。

榊原が、先に口を開けた。景一郎の全身も、汗にまみれていた。闇の中で、白刃《はくじん》が放つ光だけが冷たく鮮やかだった。

ようやく、潮合《しおあい》が満ちてきた。ぶつかり合っている気は大きい。それでも、榊原も景一郎も、その潮合を凌《しの》ぎきった。景一郎も、口を開けずに息をすることはできなくなった。汗が、顎《あご》の先から滴《したた》り落ちていく。

景一郎は、渾身《こんしん》の気を放った。榊原の気が、押し返してくる。来国行が、動きたがっている。まるで意志を持ったけもののようになっている。かろうじて、景一郎はそれを抑えていた。もはや、潮合などはない。瞬間、瞬間が潮合だった。

ぶつかり合い、張りつめていた気の、どこかが崩れた。そう感じた時、景一郎は跳んでいた。榊原も跳んだ。刃風が、全身を打った。位置が入れ替っている。どこも斬っていないし、斬られてもいなかった。

不意に、呼子《よぶこ》が鳴った。景一郎も榊原も、とっさに跳び退《すさ》り、間合を取った。

「町方だけではないな。庄内藩の武士も来た。勝負は預けたぞ、日向」

景一郎は頷いた。塀を越えて、十人ばかりの武士が境内に乱入してくるのが見えたのだ。

お互いに、反対の方向へ走った。景一郎が走ったのは、浅草寺の方だった。

「こっちだ、日向」

庫裡《くり》のかげから出てきたのは、保田だった。保田が導くままに走った。大川とは反対の方向で、塀をいくつか乗り越えた。

雑木林の中に駈《か》けこんだ時、保田は走るのをやめた。保田の方が、呼吸を乱している。景一郎は、榊原との対峙《たいじ》で乱れた息を、走ることで逆に整え直していた。

「呼子を吹いたのは、俺でな」

木の幹に手をかけ、保田が言った。

「庄内藩の武士だろう。美保の家に見張りがついていたのだな、多分」

「助かりましたよ」

「思ってもいないことを言うなよ、日向。それにしても、すごい立合だった。恥しい話だが、俺の褌《ふんどし》は濡れている」

「江戸には、ああいう遣い手がいるのですね。捨てたものじゃない」

「暢気《のんき》なことを、言ってくれるじゃねえか。俺は、榊原を、斬ってやりたいね」

闇の中で、保田の歯が白く光った。月明りはある。

「行けよ。勝手に帰れ。俺の濡れた褌が、やけに冷たくなってきやがった。俺は、女のところへ行く」

「保田さん」

歩きはじめた保田の背中に、景一郎は声をかけた。

「榊原には、もう近づかないことです」

「わかってる」

保田の背中が、闇の中に消えていった。

景一郎は、足の下の土を手で摑《つか》み、指でしばらく揉んだ。癖のようなものだった。それから土を捨て、雑木林を出て歩きはじめた。

第五章　淵《ふち》

1

雪が舞っていた。

景色が白く変っていくのを、鉄馬《てつま》はぼんやりと見つめていた。土の色が消え、樹木も白くなりつつある。

左腕を肩から斬《き》り落とされて、ひと月ちょっとが過ぎた。失った血はもう取り戻していて、刀を振ることもできた。

手首から先がない左腕だったが、それでも役には立っていたのだということが、なくなってみるとよくわかる。刀を振る時も、左腕を動かして安定をとっていたのだ。

景一郎《けいいちろう》は、毎日小屋で土を揉《も》んでいた。時々覗《のぞ》いてみるが、あまり気負いの感じられない揉み方になっていた。力が抜けているというのではない。むしろ力はいままで以上にこめられている。そのくせ、穏やかな気しか発していないのだ。

景一郎が、榊原征四郎《さかきばらせいしろう》を斬れなかったというのが、鉄馬には不思議だった。景一郎が、それをくやしがっている様子もない。対峙《たいじ》し、動いたのは一度だけだったという。保田《やすだ》が見ていたのだ。勝負が決する前に、庄内藩の者らしい武士が十名ほど現われたので、思わず呼子《よぶこ》を吹いたと保田は言った。二人が交錯した時の刀の動きを、保田には見てとれなかっただろう。

次の勝負がいつになるのかは、わからなかった。その前に、鉄馬は榊原と立合いたいと思っていた。

一度は負けたが、立合うしかなかった。榊原が、鉄馬を斬ってから美保《みほ》の家にいた、と保田が口を滑らせたのだ。つまりは、女を寝取られた。景一郎が斬ってくれるのを待つのは、男ではない。榊原に勝てるかどうかも、問題ではなかった。

庄内藩の動きがあったのかどうか、鉄馬にはわからなかった。少なくとも、この杉屋《すぎや》の寮ではなにも起きていない。榊原が、まだ美保の家にいるのかどうかも、わからない。

榊原を斬る前に、美保に会おうとは思っていなかった。ということは、もう美保には会えないということなのか。心の底にある微妙な感情を、鉄馬は押し殺した。

雪の中を、母屋《おもや》の方から森之助《もりのすけ》が駈《か》けてきて、欅《けやき》の大木の下で刀を振りはじめた。稽古《けいこ》を命じてあった時刻なのだろう。二刻《とき》の稽古と、一刻の書見。森之助が一日でやらなければならないことが、それだった。あとは子供らしいことをしたりしているが、遊び相手はいなかった。

鉄馬は、部屋へ入り、障子《しょうじ》を閉めた。

森之助の放つ気は、部屋の中まで伝わってくる。あえて、見る必要はなかった。いまは、見たくないという思いもある。

眼を閉じると、榊原征四郎の構えが浮かんできた。あれは日向流《ひなたりゅう》で、しかし立合の流れで別のものに変っていく気配もあった。

どうすれば、あれを破ることができるのか。自分自身の剣を破る、ということを考えているのと同じだった。欠点はない。つけ入るべき隙《すき》はない。それは自分の力量で考えていることで、自分より強い者から見れば、隙はいくらでもあるのかもしれない。

刀を抜いた。右腕一本で、どうにでも扱うことはできる。そのための、修練は積んだのだ。それでも、両手が揃《そろ》っていた時より、明らかに腕は落ちている。両手で遣う技を、片手でこなそうとするからなのか。

刀身に見入った。

無銘だが、悪いものではない。手に馴染《なじ》んでいるというより、自分の心に馴染んでいる。そうなるまでに、どれほどの人を斬ったのか。生き抜いてきたからこそ、そうなったのだ。勝てないだろうと思う相手にも、勝ってきた。触れれば、斬れる。触れることができない相手など、いるわけがないのだ。

刀身が、嗤《わら》っている。ふと、そう思った。いまのおまえになにができる。そう言っているような気がした。

鉄馬は、ゆっくりと刀身を鞘《さや》に収めた。

いまの自分の腕は、この刀が一番よく知っている。

それでも、榊原征四郎とは立合うしかないのだ、と鉄馬は自分に言い聞かせた。

森之助が刀を振る時の気が、まだ部屋にまで伝わってきていた。毎日のことで馴《な》れてはいるが、子供とは思えないような強さがあった。

景一郎は、ひどく臆病《おくびょう》だったという話を聞いたことがある。青梅《おうめ》にある青林寺《せいりんじ》の住職からで、はじめての真剣の立合では、小便を洩《も》らしていたという。その臆病さを、日向将監《しょうげん》は剣の天稟《てんぴん》だと言っていたらしい。

ならば、森之助には天稟が備わっているというわけではないのか。少なくとも、鉄馬が稽古をつけている時、臆病さなど見せたこともなかった。

鉄馬は、眼を閉じた。榊原征四郎と立合う時を、早く決めるべきなのではないかと思った。自分の心の底に、いずれ景一郎が榊原を斬ってくれるだろうと、待つような気持があるのではないのか。それは、やはり怯懦《きょうだ》ではないのか。

不意に、森之助の気が乱れた。走っていく気配がある。

鉄馬は立ちあがり、障子を開けた。景一郎も走っている。犬が哮《ほ》えはじめた。多三郎《たさぶろう》が大声を出していた。犬を叱《しか》っているのではなさそうだ。

鉄馬も、下駄《げた》を履いて雪の中に出た。犬の檻《おり》の裏にある、木戸のところだった。かすかに、血が匂《にお》うような気がした。

倒れた幽影《ゆうえい》を、多三郎が抱き起こしている。景一郎が、傷を調べていた。

「道庵《どうあん》を呼んでこい、多三郎。一刻を争うぞ。酔っていたら、大八車に縛りつけてくるのだ」

鉄馬が言うと、多三郎は幽影を寝かせて駈け出していった。

背中を、斬られている。そのまま、恵芳寺《けいほうじ》から半里の道を走ってきたらしい。かなりの出血だった。

血を止めろ、と鉄馬が言う前に、景一郎の指さきが背中の数カ所を押さえていた。

「景一郎さん、美千《みち》さんが攫《さら》われた」

「喋《しゃべ》ってはいけません」

「助けに行ってくれ」

「わかりました。躰《からだ》に力を入れてはいけません。じっとして、気持を落ち着けてください、幽影先生」

「大津屋《おおつや》だ」

景一郎の両手の指は、支えるようにして幽影の背中を押している。それだけで、出血はかなり止まったようだ。

さわが、晒《さらし》を持って走ってきた。森之助が呼びに行っていたのだ。

「おさわさん、そっと母屋に運びます。私が抱いていきますから、床の仕度を。それから、血止めの塗り薬も」

さわが、また母屋に駈け戻っていく。慎重に、毀《こわ》れものでも扱うように、景一郎が幽影の躰を抱きあげた。それはわかっていたが、幽影の躰が自然に宙に浮いたように、鉄馬には見えた。

幽影は、眼を閉じてじっとしている。

母屋の一室の床に、幽影は腹這《はらば》いに寝かされた。景一郎は、幽影の背中を指で押し続けている。出血は、だいぶ止まったように見えた。それでも、さわが晒を当てると、すぐに赤いしみが拡《ひろ》がっていく。

「景一郎、焼け火箸《ひばし》でも当ててみてはどうかな」

「傷はかなり深く、長さは一尺以上あります。道庵先生を待ちましょう」

「そうか」

鉄馬にできることは、なにもなかった。さわが、晒を替えていく。はじめの晒は、血が搾《しぼ》れるほどになっていた。

「伯父上、幽影先生は、これ以上どうしようもありません。森之助と二人で、恵芳寺の養生所を見てきていただけませんか。ほかに怪我人《けがにん》がいるかもしれません」

和尚《おしょう》の清光《せいこう》のことも、心配だった。病人も何人かいるはずだ。

森之助に声をかけ、鉄馬は外に出た。

まだ、犬が哮え続けていた。血の匂いに怯《おび》えているのかもしれない。雪は降っていたが、点々と落ちた幽影の血は消えていなかった。森之助は、鉄馬にぴったりとついて歩いてくる。

「おまえ、血は怖《こわ》くないのか？」

「怖くありません」

「さっき、犬が鳴いていたろう。犬でさえ、血を怖がる。怖いのが、当たり前なのだぞ。怖くないというのは、ただ強がっているだけだ」

「怖くありません」

「流れているのが、自分の血だと考えてみろ、森之助」

「それでも、怖くありません」

森之助は、真直《まっす》ぐ前方に視線を据えていた。子供のものとは思えない、強い光がある。

「斬られた人間を、おまえは何人も見てきたからな。人が一生で見る屍体《したい》の数以上のものを、わずかな時の間で見ちまった」

「死ねば、薬草の肥《こや》しだ、と兄上が申されました」

景一郎は、斬った屍体を薬草園に埋めるのを、何度か森之助に手伝わせている。そういう話をしながら、穴を掘ったということか。

「肥しか」

「死んだら、そうなるだけなのです。だから怕がらなくてもいいのです」

景一郎が、どういう理屈を言ったのか、森之助の言葉だけではよくわからなかった。森之助が死を怕がっていない、ということがわかるだけだ。

雪が、ひとしきり激しくなった。前方の雑木林は、すっかり白くなってしまっている。音も雪が吸いこんでしまうようで、ひどく静かだった。

恵芳寺も、雪に包まれていた。

墨染姿の清光が、庫裡《くり》の縁に座っている。ただ雪を眺めている、としか思えない姿だった。境内にも雪が積もり、人が踏み荒らした形跡は消えてしまっている。

「幽影以外に、怪我人はいませんか、和尚」

「おらん」

清光の眼は鉄馬を見ず、境内の雪にむいたままだった。

「美千さんが、攫われたそうですね」

「幽影は、死なずに済んだのか？」

「まだ、わかりません。道庵が治療することになってますが、あの酔っ払いになにができるのかな。とにかく、ほかに治療できる人間がいませんのでね」

「おまえなどより、ずっとましな男だ。それより、せっかく来たのだから、幽影の部屋を片付けていけ。捜しものでもしたようで、散らかっている」

襲ってきた連中が捜しものをしたのなら、散らかっているというような状態ではないのだろう。すべてが、ぶちまけられているはずだ。

森之助を促して、幽影の部屋へ行った。思った通りだった。薬草や書物が散乱し、寝床もひっくり返されていた。

「薬草がこんなじゃ、片付けようがないな」

「できます、伯父上。幽影さんのお手伝いをして、薬草を抽出《ひきだし》に分けて入れたことがあります」

森之助が、鉄馬を見あげて言う。

「なら、おまえがやれ。俺は、和尚と一緒にいるからな。片付けが終ったら、呼びに来い」

頷《うなず》き、森之助が散らばった薬草を集めはじめる。鉄馬は、薬草の匂いが好きではなかった。気分が悪くなってくるのだ。乾燥しているものは、なおさらだった。

縁に放り出された薬研《やげん》を、鉄馬は足で部屋に戻した。

清光は、同じ恰好《かっこう》のまま境内を見ていた。

「思い悩んでいるのか、鉄馬?」

「なにを悩んでいると?」

「知るものか。ただ、おまえは思い悩んで、夜の眠りも浅いという感じだ。つまらんぞ。悩んでどうにかなるなら、おまえはとうにどうにかなっている」

この和尚を、鉄馬は好きではなかった。思い悩んでいるなどと言われると、ますます嫌いになってくる。

「気になりませんか、幽影の容体が?」

「死ぬ時が来れば、人は死ぬ。死ななかったら、それは仏が生かしたということだな」

「死ぬ時は死ぬですか」

「頭でわかっていても、躰でわからぬ。だから思い悩むのだ。以前のおまえは、そうではなかっただろう。景一郎を見ろ。あれは、思い悩むこともあるまい。わかっているのだよ。躰でわかってしまっている」

「俺も、景一郎と同じ修羅場をくぐり抜けてきたつもりですがね」

「ひとりきりでかな。おまえの修羅場には、いつも誰かがともにいたのではないのか？」

景一郎の父。確かに、あの男の修羅場に付き合ったようなところがある。較《くら》べて、景一郎は孤独だったはずだ。祖父の将監と一緒に旅をしていた時すら、孤独だっただろう。将監は孤高の人だった。

そんなことのすべてがわかっていても、清光の前で頷こうという気持になれない。白い髭《ひげ》を、引っ張ってやりたくなるぐらいだ。

「おまえは、もっと駄目になっていくだろうな。わかっていながら、駄目になっていく。若いころのわしを見ているようだ」

清光の眼は、相変らず境内にむいていた。

それきり、清光はなにも喋ろうとしない。自分が駄目だと、鉄馬は思っていなかった。榊原征四郎と、立合おうと決めている自分の、どこが駄目だというのだ。立合う以上、勝ちたいと思う。しかし、勝敗は別のところにある、ということもわかっている。

風が出てきたのか、雪が舞うという感じではなくなっていた。同じ方向に流されている。縁に腰を降ろし、清光と並んで、鉄馬は雪を見続けていた。

森之助がやってきた時は、吹雪になっていた。

幽影の部屋を片付け、庫裡の病人の状態を見て回ってから、森之助はやってきたらしい。子供らしくもない、と鉄馬はいくらか不機嫌になった。

吹雪の中を、鉄馬は森之助と一緒に杉屋の寮へ戻った。

道庵と杉屋と保田が、火鉢を囲んで酒を飲んでいた。幽影は、別室に寝かされているらしい。鉄馬は保田と道庵の間に割りこみ、火鉢に右手を翳《かざ》した。さわは、森之助の濡《ぬ》れた着物の世話をしていて、酒を運んできたのは下女だった。

「幽影さんは、しばらくうつぶせで寝ていなくちゃならないようですが、傷は道庵先生がしっかり縫ってくださいましたよ。保田様と来てみたらこんな状態だったので、びっくりしましたね」

杉屋が言った。知らせを聞いて来たわけではないらしい。保田が、火箸で新しい炭を足した。

「美千さんのことは、保田様が調べてくださるそうです。十内《じゅうない》親分が、もう動いていますよ」

「同心なら、たとえ吹雪の中でも、自分で動けよ。それが仕事だろう」

鉄馬が言っても、保田は黙ったまま炭をいじっているだけだった。

2

日向景一郎が出てきた。追うようにして、鉄馬も出てくる。途中で鉄馬は景一郎に追いつき、二人並んで歩きはじめた。二人ともひどく脚が速く、保田新兵衛《しんべえ》は小走りでなければついていけなかった。

美千がどこへ連れていかれたのか、調べるのは難しくなかった。幽影の話によると、恵芳寺を襲ったのは、浪人が三人と、町人ふうの男が二人だったという。庄内藩ではなく、大津屋の方だろうと見当をつけて、十内にはそちらを調べさせた。子分が三人いる目明しで、腕はそこそこだったが、二日で見つけ出してきた。

もっとも、美千の姿を確認したわけではない。大津屋におかしな動きがあることを、調べてきただけだ。それでも十内にしては、上出来と言えた。

榊原征四郎は、美保の家から姿を消していた。それは、鉄馬には伝えた。榊原が美保の家にいると口を滑らせたのは自分で、だから新兵衛は多少の後ろめたさを感じていた。

榊原が、庄内藩に雇われたかどうかは、わからなかった。三男とはいえ、榊原家といえば千二百石の旗本だった。養子の口など、いくらでも見つかるはずだ。そういう男が、庄内藩に雇われたとは、すぐには信じ難い。

榊原は勿論《もちろん》、大津屋にも自分で手を出す気が新兵衛にはなかった。杉屋に知らせてやっただけである。杉屋は、景一郎に頼んだのだろう。いくらか金を貰《もら》って、鉄馬もそれに乗ったのかもしれない。

二日前の雪はあがっていたが、まだ解けきってはいなくて、方々がぬかるんでいた。

舌打ちしたくなるほど、二人の脚は速い。新兵衛の草履《ぞうり》は、泥まみれになっていた。

二人が、話をしている気配はなかった。早く舟にでも乗らないか、と新兵衛は思った。舟よりも、歩く方が早いと考えているのかもしれない。景一郎はともかく、鉄馬の歩調も落ちなかった。新兵衛は、意地になって付いていった。行先はわかっている。十内が、舟を持ってきてもいる。別に尾行《つけ》る必要などないのだ。

二人が小舟に乗ったのは、永代橋《えいたいばし》を過ぎたところでだった。景一郎が、櫓《ろ》を遣っている。

同じ場所で、新兵衛はしばらく待ち、ようやく追いついてきた十内の舟に乗った。子分は置いてきて、十内だけである。

「おそろしく、脚の速いやつらですね。汗をかいちまいましたぜ」

「まったくだ。おかしなやつらだよ」

「捕物になりますか、旦那《だんな》?」

櫓を遣いながら、十内が言う。二人の舟は、ほとんど見えないほど遠くにいた。

捕物になれば、侍の刀にむかわなければならない。それを、十内は心配しているのだろう。捕物に命を張っても、なんの意味もない。新兵衛が考えていることでもあった。罪人を捕える時は、捕方《とりかた》を何人も揃《そろ》える。

「見届けるだけだ。あの二人は、化け物みてえなもんだからな。本気で関わってちゃ、命がいくつあっても足りねえよ」

「じゃ、死ぬんですね、あの二人」

十内の報告によると、浪人が十人以上はいるというのだ。二人ではどうしようもない、と思っているのだろう。

佃島《つくだじま》が見えてきた。北側は石川島《いしかわじま》といって、御用地がある。いまは草が生えているだけだが、朽ちかけた小屋がいくつかあった。

十内が、器用に石垣に舟をつけた。川と違い、かなり波があるので、舟の脇腹《わきばら》が石垣に擦《こす》れて音をたてている。景一郎たちが乗った舟は、北から東に回ったところにつけられているようだった。

雪は、白いまま残っていた。このあたりは、誰も踏み荒らしていないということだ。陽は射《さ》していたが風は冷たく、眩《まぶ》しさに眼を細めながら新兵衛は歩いた。島の中は静かである。鳥一羽、飛び立ちもしなかった。

「あれです、旦那」

しばらく歩くと、小屋が三つ並んでいるのが見えてきて、十内はそれを指さした。

「しばらく、ここで待とうか。あまり近づくと、どう巻きこまれるか知れたもんじゃないからな」

「そう願いたいです。侍が十人以上もいるってのは、ぞっとしませんや」

小屋には、大津屋も出入りしているという。四人ばかりの武士に守られた大津屋が、舟でこの島に渡るのを見て、十内は小屋を突きとめたのだ。対岸の渡し場からなら、なんとか舟は見てとれる。

美千を攫ってくるためにだけ、大津屋が小屋を使っているとは思えなかった。大津屋にも、阿芙蓉《あふよう》絡《がら》みがいろいろとあるようだ。材木屋は、大きな船を使う。運びこむのは難しくないだろう。

阿芙蓉に町人が関わっているとしたら、町奉行所の職掌になる。しかし、町人だけとはかぎらない。現に、大津屋は庄内藩と絡んでいるのだ。うかつに手を出すと、命がいくつあっても足りないということになる。

「来ましたぜ、旦那。あの二人、隠れる気もねえようです」

小屋にむかって歩いてくる二人の姿を、新兵衛もとらえていた。十内は二人が死ぬと思っているようだが、たとえ十人以上いたとしても、景一郎ならたやすく斬《き》ってしまうかもしれない。ただし、榊原征四郎がいなければである。

小屋から出てきた武士のひとりが、近づいてくる二人に気づいて声をあげた。

小屋から飛び出してくる武士の数を、新兵衛は数えた。十二人。すぐに二人を取り囲んだ。鉄馬がなにか言っている。話合うつもりなのか。杉屋が、美千の身代金《みのしろきん》でも出したのか。ひとしきり、話合いが続いた。景一郎は、口を動かさず、じっと立っているだけだ。

不意に、十二人が抜刀した。

「くそっ、なぶり殺しかよ」

景一郎も鉄馬も、まだ刀を抜いていない。抜けば、その瞬間に何人か倒れるだろう、と新兵衛は思った。榊原征四郎と対峙《たいじ》していた時の、張りつめたものさえ景一郎の姿からは感じられなかった。

景一郎が、ゆっくりと前へ出た。ゆっくりというふうに見えたが、近寄られた武士は後退することすらできなかった。景一郎の腰から、白い光が迸《ほとばし》った。その時、景一郎はもう別の動きをしていた。舞っているようにさえ、新兵衛には見えた。四人が、倒れていた。残った八人は、斬りこむことも忘れてただ突っ立っている。ようやく、ひとりが斬りこみ、さらにもうひとりが続いた。絶叫に似た気合が、途中で切れた。血が噴きあがったのは、しばらくしてからだった。

二人が、小屋の方へ走った。残りも続こうとする。いつの間にか離れていた鉄馬が、二人斬り倒した。

十内が、腰を抜かして雪の中にへたりこんだ。

小屋から出てきた武士が、美千を連れていた。刀を、首筋に押し当てている。

「その女は、大事なのだ」

小屋から叫び声が聞え、大津屋が飛び出してきた。

「殺すな。連れて逃げろ」

景一郎の躰《からだ》が、五、六尺跳ねあがった。再び地に立った時、美千を押さえていた二人は倒れていた。現実ではないことのように、新兵衛には見えた。最後の二人も、鉄馬に斬り倒されている。二人とも、汗すらかいていないだろう、と新兵衛は思った。

大津屋が、こちらへむかって走ってくる。見開いた眼は、すぐには新兵衛と十内の姿を捉《とら》えなかったようだ。すぐそばまで来て、ようやく気づいた。

「お役人様」

大津屋が叫ぶ。

「人殺しでございます。お縄をかけてくださいませ」

新兵衛は、へたりこんでいる十内を立たせた。

「おい、十内。なにか見えるか?」

「は?」

「ここには、誰もいない。なにも起きていない。そうだろう?」

「へえ、なにも見えません」

大津屋の背後に、鉄馬が近づいていた。

「お役人様」

叫んでふり返った大津屋の首が、宙に跳ねあがった。立ったまま、十内は小便を洩《も》らしたようだ。首のない大津屋の躰に、一度だけ痙攣《けいれん》が走り、動かなくなった。

「どうしたってんだ、鉄馬。生かしときゃ、金になったぜ」

「意地がある」

「どんな?」

「榊原が、ここにいると思った。だから、景一郎についてきた」

「やつがいれば、おまえが斬ったってか?」

「立合うつもりでいた。気が抜けたぜ」

鉄馬が、刀を鞘《さや》に収めた。

美千と景一郎の姿がなかった。新兵衛は、小屋にむかって歩きはじめた。血が匂《にお》っている。冬だというのに、烏《からす》が集まりはじめていた。十内が、ひとりでそれを追いはじめた。

美千は、死んだ男の脇差を抜き、それで死のうとしたようだった。押さえこんだ景一郎のそばに、脇差が落ちている。小屋の中には火があり、むっとする熱さが新兵衛の肌を包んでいた。

「死なせてやる気はないのか、景一郎?」

「ありませんね」

「多分、誰かに犯されたのだぞ。大津屋だと俺は思うがな」

「そんなことが、死ぬ理由になるのですか?」

「人によってはな」

景一郎の片手で押さえつけられた美千は、唇を噛《か》んで横をむいていた。

「幽影は死なずに済んだ。養生所での、あんたの仕事はあるんだがな」

新兵衛は、しゃがみこんで、美千の耳もとで言った。美千の表情は変らなかった。こんな女の表情を、どこかで見たことがある。束《つか》の間《ま》、記憶を探り、小伝馬町《こでんまちょう》の牢屋《ろう》敷の拷問《ごうもん》蔵で見た、亭主殺しの女の表情を思い出した。なぜ亭主を殺したのか、最後まで口を割らなかった。責める方も意地になっていて、いくらかやりすぎた。死ぬ前に拷問を止める役の同心もいるのだが、その男も意地になっていた。

景一郎が、美千の脇腹に軽く当身《あてみ》を入れた。美千は、意識を失った。犯されたというのは、やはり間違いないことだろう。大津屋がいたと思われるこの小屋には、蒲団《ふとん》があり、行灯《あんどん》もあった。敷いてある畳も、新しい。全体に寝屋という感じで造ってあり、美千は自分の着物ではなく、寝巻を着せられていた。

「景一郎、どうする気だ?」

鉄馬が、つまらなさそうな表情で言った。

「息を吹き返すと、美千はまた死のうとするぞ。いつもそばで眼を光らせている、というわけにもいくまいが」

「そうですね」

景一郎は、大して気にしたふうもなく言い、美千の躰を担《かつ》ぎあげた。自分たちが乗ってきた舟に運ぶ気のようだ。

新兵衛も、外へ出た。十内が、立ち尽していた。

「十三もの仏です。どうしたらいいんですかい、旦那？」

「なにも見えないだろう、十内。ここで、なにも起きはしなかった。俺たちも、こんなところには来なかった」

「そうですね。そう思った方がいいみてえですね」

新兵衛が歩きはじめると、十内もついてきた。舟を繋《つな》いだところまで歩き、乗り移った。まだ陽は高い。人の姿がなくなると、鳥が不意に元気を出したようだった。

景一郎が漕《こ》ぐ舟は、大川を遡《さかのぼ》っていった。十内も懸命に漕いでいるようだが、流れに逆らっているので、あまり進まない。

「なんだってんだ」

十内が呟《つぶや》く。景一郎は、軽々と漕いでいるようにしか見えない。少しずつ離れていった。

「慌《あわ》てなくてもいい、十内」

向島《むこうじま》まで、舟で戻るつもりだろう、と新兵衛は思った。無理をして追いつかなければならない理由は、なにもない。それでも、十内は顎《あご》の先から汗を滴《したた》らせながら、漕ぎ続けた。目の当《ま》たりにした凄惨《せいさん》な情景を、忘れようとでもしているようだった。ひどく凄惨なものを見た、という気が新兵衛はしていなかった。景一郎も、巻藁《まきわら》を斬るように、人を斬っていた。鉄馬ひとりがそれをやっていたとしたら、陰惨さに眼をそむけたくなったかもしれない。

駒形堂《こまがたどう》のそばに舫《もや》ってある屋根船のところで、鉄馬がぼんやりしていた。十内は荒い息をつきながら、そこへ漕ぎ寄せた。

「中さ」

屋根船を指して、鉄馬が言う。

「美千が、眼を醒《さま》しちまってな。暴れるので、景一郎がそこへ連れこんだ。生きる気にさせようというんだろう。俺は無駄だと思うがね。とにかく、こんなところにいたくない。片腕じゃ櫓も遣えなくて、困ってたところだ。乗せていってくれ」

「十内、向島までだ。俺は、ここへ残る」

まだ漕ぎ足りないのか、十内は不平も洩らさなかった。新兵衛が屋根船に乗り移ると、すぐに離れていく。

屋根船の中からは、呻《うめ》きや罵《ののし》りが聞えてきていた。障子を開け、覗《のぞ》きこんだ。仰むけに寝た景一郎に、裸の美千が跨《また》がっている。美千は罵りながら、景一郎の顔に手を打ち降ろしていた。腰は、上下している。それは美千の意志ではないようだ。美千の腰骨のところにかかった景一郎の手が、規則正しく美千の躰を持ちあげているのだ。

景一郎の顔は、血にまみれていた。美千が振り降ろす拳《こぶし》には、半端《はんぱ》ではない力がこめられている。それでも、景一郎の息遣いひとつ聞えなかった。美千の罵声《ばせい》と呻きが、間断なく続いているだけだ。

新兵衛は障子を閉め、舫《もや》いがとってある舳先《へさき》の方に腰を降ろした。

近づいてくる人間は、十手で追っ払った。屋根船が誰の持ち物かは知らないが、町奉行所の同心に、どいてくれと言いに来る者はいない。

それにしても、いつまで続ける気だ、と新兵衛は寒さに肩を竦《すく》めながら呟いた。

一刻《とき》近くは、美千の罵声を聞いている。肉を打つ音もする。その罵声が、一刻を過ぎたころから途絶えがちになった。呻きの方が多くなっている。それでもけものの唸《うな》り声のようで、肉を打つ音は相変らず聞えた。

新兵衛は、ちょっと腰を動かし、障子の隙間《すきま》から覗いた。はじめに見た時と、恰好《かっこう》は変っていなかった。景一郎の顔は、血で赤い。跨がり、髪を振り乱した美千の白い躰にも、点々と血が飛んでいる。

川面《かわも》に眼をやった。そうやったまま、どれほどの時がまた過ぎただろうか。呻きの中に、微妙な響きが入り混じってきた。はじめはしのびやかだったが、やがてはっきりと歓喜の色が滲《にじ》み出したものになった。長く続いた。全身に鳥肌が立ってくるのを、新兵衛は感じた。股間《こかん》の一物は極端なほど縮こまっているが、なにかきっかけがあるといきなり怒張しそうな気配だ。

大きな、叫び声があがった。思わず、新兵衛が周囲を見回してしまうほどの叫び声だ。長く尾を曳《ひ》き、三度、四度とくり返された。新兵衛の股間が、怒張しはじめた。痛いほど、堅く熱くなった。

障子が開いた。全身を痙攣させている、美千の姿が見えた。白い肌が、顔から胸、腹にかけて、朱に染っている。

景一郎は、舳先に出てくると、船縁《ふなべり》から手をのばし、水を掬《すく》って顔を洗った。いくらか腫《は》れているようだが、血を洗い流してしまうと、冷静な表情をしていた。

「あの女、これで生きる気になるか？」

「少なくとも、死のうという気にはなりません。あとは、美千さんがどう考えるかでしょう」

「それにしても、おまえ」

それ以上の言葉は、出なかった。

いつの間にか、股間も鎮《しず》まっている。

3

美保は、以前と同じように鉄馬を迎えた。

なにもなかった。思わず、そういう気になってしまいそうな表情だ。

手首から先がなかった腕が、肩から斬り落とされている。つまり、なくなったものは間違いなくある、ということだ。

「榊原征四郎を捜しに、石川島まで行ったが、大津屋しかいなかった」

榊原と立合うしかない。そう思いつめていたのに、その前に美保のところへ来てしまった。大津屋を斬ってから、三日経《た》っている。

「おまえ、榊原に抱かれたのだろう」

美保は、なにも言わなかった。

「そのくせ、平然とまた俺に抱かれることができるのか?」

美保の表情は動かない。かすかに、笑みさえ浮かべているように見えた。

「場合によっては、斬り捨てるぞ。ほんとうのことを言ってみろ」

「抱かれましたわ」

かっとこみあげてくるものを、鉄馬はなんとか抑えこんだ。若造ではないのだ。

「強い男が、あたしを抱こうとしたんです。拒むことはできませんわ」

「強ければ、身を許すのか、おまえ」

「旦那《だんな》様は、証文を渡してくださいませんでした。だからあたしは、榊原というお侍に、証文を奪って欲しいと頼みましたわ」

「なぜ？」

「旦那様には、あれはどうでもいいもので、あたしは欲しいものです。それを渡していただけないのは、裏切りですもの」

「そんなもんか」

今度ははっきりと、美保は口もとに笑みを浮かべた。

「五百両、大津屋から取ってきてやったろう。あれで不足なのか？」

「不足かどうかではなく、旦那様のお気持の問題ですわ。あれを、渡そうとはなされなかった。旦那様にとっては、ただの紙きれにすぎないのに」

「俺は、怒ってるんだぜ」

「ならば、存分になさりませ。高が、女の躰ひとつではございませんか」

「そうだな。俺の好きなように、おまえの躰を斬《き》り刻ませて貰《もら》おう」

美保の口もとから、笑みは消えていなかった。鉄馬は、かっとするものを今度は抑えなかった。刀を鞘ごと摑《つか》み、美保の鼻さきに突きつけた。

「立て。着ているものを、脱いでみろ」

美保の表情は動かない。静かに立ちあがると、帯を解きはじめた。行灯の明りが、かすかに揺れる。美保の躰も、揺れているように見えた。

ためらいも恥じらいも、美保は見せなかった。全裸で立ったままの美保を、鉄馬は舐《な》めるように見回した。浅黒い肌だ。それ以外に、これという特徴もない。

「こんな躰に、俺は溺《おぼ》れていたのか」

呟いた。不思議な気分だった。暗闇《くらやみ》から、不意に陽射《ひざ》しの強い場所に出た時に似ている、と鉄馬は思った。

「なんなのだ、これは。俺は、おまえのどこに惹《ひ》かれていたんだ」

鉄馬は、立ちあがった。脱ぎ捨てられた着物の中から、腰紐《こしひも》を一本だけ摑むと、素速く美保の首に回し、背中の方へ垂らした。両手首に紐をかけ、引き絞る。片方の紐の端は、口にくわえていた。

奇妙な恰好に、縛りあげていた。手を降ろそうとすると、首に紐が食いこむ。美保が小さな声をあげた。さらに残酷な気分に、鉄馬は駆り立てられた。

美保の躰を、畳に押し倒す。両脚を開かせようとすると、さすがに美保は抗《あらが》った。座りこみ、片方の膝《ひざ》を足で押さえ、もう片方を右手で摑んで、力をこめた。徐々に、美保の両脚が開いてくる。おかしな暴れ方をすると、首が締ってしまうのだ。

これ以上開きようがないほど、美保の脚は開いていた。行灯の明りが、すべてを照らし出している。

「こんなものに、俺は溺れていたのか」

鉄馬は、また呟いた。そう思いながらも、鉄馬の眼は両脚の付け根に引きつけられたままだった。長い間、鉄馬はそうしていた。

低い、消え入りそうな声を、美保があげはじめた。抱いている時にあげる声とはどこか違い、澄んだ声のような気がした。微細な水滴が、美保の肌に浮かんできている。汗に決まっているが、違うもののような気もした。水滴は、腹から胸だけでなく、摑んでいる脚にも、顔にも浮いてきている。

「おまえ、もしかするとこうされるのが嬉《うれ》しいのか？」

言うと、美保の声が大きくなった。やはり澄んだ声だ。不意に、めまいに似たものが鉄馬を襲った。

「こんなふうにされると、喜ぶ躰か」

さらに、美保の声が高くなった。下腹に食らいつき、鉄馬は歯を立てた。美保が叫ぶ。苦痛だけの声ではなかった。全身をふるわせ、のけ反りかかった。

「夜毎《よごと》、大津屋にはこんなことをされていたのだな。こんなことで喜ぶ自分の浅ましさが我慢できなくて、憎むことで忘れようとでもしたのか」

美保が躰《からだ》をのけ反らせる。下肢が痙攣《けいれん》していた。

「浅ましいものだ。けだものだな」

「いや、やめて」

「こんな浅ましいけだものに、俺は溺れていたのか」

美保が、また躰をのけ反らせた。浅ましいと言葉に出しながら、鉄馬は奇妙な感覚にとらわれはじめていた。袷《あわせ》を脱ぎ捨てながら、自分はなにをしているのだ、と自問した。自分を包んでいる感覚が、欲情そのものだということに、鉄馬は気づいた。

最後に、一度だけ犯してやる。そう思った。思った時は手を放し、美保に抱きついていた。全身が濡《ぬ》れた。海ではなく、川でもない、深い沼のようなものにはまりこんだような気分が、鉄馬を襲った。

すぐに果てた。

腰紐を解いてやり、鉄馬は仰むけに寝た。天井でも、行灯の影が動いていた。

最後に一度だけ。そう思ったが、気づくとまた抱いていた。抱く前に、縛られることを美保が望んだ。あらかじめ決められていたことのように、鉄馬は美保の耳もとで卑猥《ひわい》な言葉を囁《ささや》いた。そのたびに、美保が激しく反応する。そして、鉄馬を深い沼に誘った。

美保の家を出たのは、三日目だった。

疲れきっていた。杉屋の寮の離れに戻ると、仰むけに倒れ、眠りこんだ。眼醒めて、最初に思い浮かべたのは、美保の姿態だった。欲情してくる。

堕《お》ちるところまで、堕ちてやる。鉄馬はそう思った。もともと、堕ちていたのだ。これ以上、どこに堕ちようもない。

森之助が、剣を振っていた。縁に出て、鉄馬はそれにぼんやりと眼をむけた。

「お帰りなさいませ」

気づくと、汗をかいた森之助がそばに立っていた。長い間、ぼんやりしていたらしい。

「そこで待て、森之助」

鉄馬は、離れの奥の部屋に入った。森之助に書見をさせる部屋で、書物が積みあげられている。その書物の一番下から、書きつけを抜き出した。大津屋から奪った、庄内藩の証文である。

「これを、おまえに預けるぞ、森之助。俺が出せと言っても、出してはならん。どこかに、隠しておくのだ。俺が出せと言いはじめたら、景一郎に渡せ。俺に渡してはならん。わかったな。なぜ、とも訊《き》くな」

「はい」

「よし、母屋《おもや》へ行って、おさわに酒を貰ってきてくれ。それから、おまえは書見だ」

森之助は、証文を握ったまま、母屋の方へ駈《か》けていった。

酒を持って戻ってきた時、証文は持っていなかった。

森之助の書見の声を聞きながら、鉄馬はちびちびと酒を口に運んだ。

幽影が、離れの前を歩いていた。鉄馬の顔を見て、ちょっとほほえむ。

「道庵先生の腕は、大したものです。ゆっくりでも、もう歩けるようになりました。あと二、三日で、恵芳寺へ帰れそうです」

「そうかい」

「疲れていますね、小関《おぜき》さん」

「大したことはねえよ。俺だって、疲れもするさ」

「森之助は、書見ですか？」

「聞けば、わかるだろう」

「終ったら、恵芳寺まで使いに行って貰いたいのですが」

「いいさ。終ったら、なにもやることはない」

「しっかりした書見ですね」

「おい、幽影。時々、森之助の書見をみてやっちゃくれねえか？」

「私がですか。なぜ？」

「俺より、ずっと学がありそうだよ、おまえは。俺は、この通りの半端者《はんぱもの》でな」

「どうしたんですか、小関さん？」

幽影の顔色は、まだひどく悪かった。躰を動かすことで、血が増えてくる。歩いて、失った血を取り戻そうとしているのだろう、と鉄馬は思った。

「俺のような男が、森之助になにかを教えちゃならねえのさ。どこか、崩れている。いや、どこもかしこも崩れてる。そんな男だよ、俺は。男の金玉をなくしちまってるしな」

「やっぱり、疲れていますね」

幽影は、それだけ言って歩きはじめた。上体は動かさず、脚だけでそろそろ歩いているという感じだ。

鉄馬は、軽く舌打ちをした。みんな、生きようとしている。それが疎《うとま》しかった。

新兵衛が現われた時も、鉄馬はまだ酒を飲んでいた。

「三日も、女の家に入り浸りか」

目明しは連れていなかった。

「おまえ、大事なものを女に抜き取られたという顔をしているな」

「そう見えるか？」

頷《うなず》き、新兵衛は鉄馬の酒に手を出した。

「景一郎とは、だいぶ違うようだな。あいつは、化け物だ。女から抜き取られるものなど、なにもないな」

「昔から、そうだった」

日向将監が、そうだったのだ。むしろ、女の躰から、なにかを吸いあげているような感じさえした。その将監に育てられ、剣を仕込まれたのだ。

「美千は、いま幽影のいない養生所をやっている。死のうという気は、なくなったようだ。景一郎にあれだけ責《せ》め苛《さいな》まれて、自分の躰の浅ましさを知ったのだろうよ。それをちゃんと教えてやるところが、景一郎の冷たさだな。はじめて会った時は、化け物だと思ったが、それ以上に冷たい男だった。あれから美千は、しばしば景一郎のまわりをうろついているが、なにもなかったような顔で、平然と土を揉《も》んでいる」

それもやさしさなのかもしれない、と鉄馬は思った。新兵衛が言うように、冷たいだけではない。

「ところでおまえ、あの美保という女を、榊原征四郎とともに持つことを、肯《がえん》じたのか？」

「いずれ、榊原とは立合う」

「勝てるわけがあるまい、あの男に」

「それでも、立合う」

言葉では、そう言える。しかし、ほんとうに立合えるのか。それは、死を受け入れるということだった。

剣で死ぬ。それができなくなっているかもしれない、という思いが鉄馬にはあった。五年前は、自分が剣で死ぬことを疑ってさえみなかった。

「そのうち、気紛《きまぐ》れにあの女のところに榊原は現われるぜ。そして、当たり前のような顔をして、抱くだろうな」

「榊原は、いまどこだ？」

「それが、よくわからん。大津屋とは関係ないところで、あいつは動いてくると思うがな。いまのところ、行方もわからん。もっとも、調べていないこともあるが」

「わかったら、景一郎に教えろ。俺ではなく、景一郎にだ」

新兵衛が、徳利に口をつけて飲むと、大きく息を吐いた。

「なあ、鉄馬。榊原のことは忘れちまわねえか。あの美保っていう女のこともだ。女なんて、いくらでもいるじゃねえか。あんな魔性は、榊原に押しつけちまえ」

「魔性か」

「そうだよ。おまえが三日もあの女の家から出てこなかったので、魔性に溺れて死ぬのかと思った。しかし、出てきた」

疲れただけだ。鉄馬も疲れたが、美保も疲れた。お互いに、休むことが必要だと思ったのだ。

美保は、庄内藩の証文に、まだ執着し続けていた。いつかは渡してしまう。そう思ったから、森之助に預けた。森之助は、鉄馬の言いつけを守るだろう。

「おまえは石川島に、榊原がいると思って出かけて行ったのか、鉄馬？」

「俺は、大津屋には前も会っている。あんな男に雇われる玉か、榊原は」

行っても、榊原はいない。それがわかっていても、行った。一度は榊原を斬りに行った。自分に、そう思いこませたかったのかもしれない。榊原がいたら自分が立合う、と景一郎には言ったのだ。

「大津屋は、阿芙蓉《あふよう》に絡《から》んでいたのだな。材木を運ぶために、船を動かす。阿芙蓉も一緒に運んでいたとしても、不思議はない。阿芙蓉のかなりの部分が、なぜか庄内藩に入っていた。重役も、船手奉行も抱きこんでいたのだろうな」

「だから？」

「それから先の事情は、俺にもよく読めん。しかし、美保という女、大津屋の秘密をもっとよく知っていたのではないのか」

二万両分の証文。美保はそれにこだわり続けている。五百両では、満足すらしなかった。そしていまも、こだわり続けている。

庄内藩としては、あの証文を手に入れれば、二万両を払わなくて済む。しかし仲間である大津屋から、無理にそれを奪うことはできない。それで、両替商に肩代りさせようとしていた。

証文が鉄馬の手に渡っていると知ったら、露骨にここを襲ってくるだろう。

大津屋が、なぜ美千を攫《さら》ったのか、鉄馬は考えはじめた。

美千が持っている阿芙蓉を欲しがった、ということもあるだろう。さらに、庄内藩に阿芙蓉が入っていたということの、生き証人にもできる。

阿芙蓉を運ぶだけで、庄内藩からはなかなか金を払って貰えない。それで大津屋と庄内藩の関係がこじれはじめていたことは、充分に考えられた。

美保はどこまで知っているのか、と鉄馬は考えた。大津屋の囲われ者になっている間に、すべてのことを探り出しているのか。そして二万両を手に入れようとしているのか。

「なあ、鉄馬。庄内藩だとかなんだとか、ちょっと危なくねえか。阿芙蓉なんてもんには、手を出さねえのが一番さ。俺とおまえが組めば、大金とまでは言わなくても、そこその金は稼げる。たとえば、俺が賞金首を捜してきて、おまえが斬る。それで賞金は山分けってこともできる」

「俺は美保を囲っておきてえんだよ、新兵衛。完全に俺のものだけにしておきてえ」

「そこよ。おまえが魔性に溺れてるってのはな。あの女、榊原征四郎の前でも、同じ声をあげて悶《もだ》えて見せたんだろうよ」

あの澄んだ不思議な叫びを、榊原の前でもあげたとは思えなかった。榊原は、ただ抱いただけだ。大津屋は、考えつくかぎりの方法で、美保を責めた。こちらの躰が硬直してしまうような、あの叫び声を聞いたのは、大津屋だけだ。そして、大津屋はもう死んだ。

「どんなにいい女か知らねえが、諦《あきら》められねえのかよ？」

「わからん」

いろいろと考えてはみるが、結局は沼にはまりこんでいる、と鉄馬は思った。ただ、その沼が心地よい。心地よいどころか、身も心も溶けてしまいそうだ。そこで溺れ死ぬことなど、いっこうに構わない、と鉄馬は思った。

「鉄馬、俺の言ったことを、よく考えておけよ」

「賞金首を斬るぐらいのことは、いつでも引き受ける。ただし、美保の件とは話が別だ」

新兵衛が、かすかに首を横に振った。

4

景一郎が、土を揉んでいた。

以前とは、明らかに揉み方が違っている。闘っている、という感じがしなくなったのだ。二日三日と揉み続けていると、小屋におかしな気が満ちているのを感じたが、いまはそれもない。

美保の家へ、出かけようとしているところだった。このところ、二日に一度は行き、必ず泊ってくる。

「幽影の傷は、癒《い》えたようだな、景一郎」

「もう、養生所で、病人を診ておられますよ」

「美千は、時々こちらへ来ているようだが」

「そうですね」

あれ以来、景一郎が美千を抱いたという気配はない。美千は、景一郎に抱かれたくてやってきているに違いないのだが、まったく無視した恰好《かっこう》だった。

「土が違うな、景一郎」

「さすがに、伯父上にはわかりますか。私の足の下にある土です。つまり、この寮の中の土ということです」

「なぜ？」

「土は土、と思い定めました。土を選んで焼くことを、やめてみたのです」

「変ったな、おまえ」

「伯父上も、変られました」

鉄馬は、森之助に預けた証文のことを言い出せずにいた。美保に渡してやりたい。そんな気分になりはじめていたのだ。森之助に預けてしまったのは、いまとなっては悔まれる。

「美千を抱いてやったらどうだ、景一郎」

大津屋に犯された。多分、尋常なやり方ではなかっただろう。十数人の浪人が見ている前で犯すぐらいのことは、やったに違いない。

景一郎が、美千とどういう媾合《まぐわ》いをしたのか、新兵衛からは聞いていた。化け物だ、と新兵衛は言っていた。

「聞いているのか？」

「ええ」

鉄馬は舌打ちをし、小屋に背をむけた。まともに取り合おうとしない。若造のくせに、と鉄馬は思った。

美保の家にむかうと、どこかいそいそとした気分になった。美保が新しく仕立てた袷《あわせ》も、心地よい。鉄馬が来るのがわかっているように、手のかかった料理も用意してある。そして寝所には、腰紐《こしひも》の類《たぐ》いが何本も用意してあった。それに鉄馬はすでに輪を作っていて、手足を通して引けば締るようになっていた。

美保の躰《からだ》に、倦《う》むことはなかった。責めれば責めるほど、美保の声は澄んで耳に心地よいものになっていくのだ。そして、どれほど強く締めても、美保の躰には痕《あと》が残らない。いましめを解き、交わりはじめると、美保はそのたびに違う姿態を見せる。果てても、鉄馬を離そうとせず、美保の躰の中で鉄馬は何度も蘇《よみが》えるのだった。交合は、いつも明け方まで続く。

新兵衛が、鉄馬が寮にいる時を狙《ねら》ったように、時々やってくる。いろいろと調べているようだが、鉄馬にはどうでもよかった。

大津屋が、小さな廻船問屋を抱きこんでいて、秋田の材木を運ばせると同時に、大陸から来た船と洋上で会い、抜荷を受け取っていたのだということも、どこかで調べてきていた。その廻船問屋が、ある時からなぜか大津屋の荷を扱わなくなったのだという。代りに、庄内藩の米を扱うようになったようだ。

多分に、新兵衛の推量も入っているのだろう、と鉄馬は思っていた。

美保と別れろ、とはしつこく言っていた。鉄馬が痩《や》せ、眼の下に隈《くま》を貼《は》りつけている、と言ったのも新兵衛だった。新兵衛は、鉄馬が浸っている陶酔を知らない。どこまで堕《お》ちても底のない、沼の悦楽を知らない。死と引き換えてもいいものだ、と鉄馬は思っていた。

いつものように、夕刻に美保の家に入った。

美保はすぐに、通いの下女を帰らせる。このところ、証文のことはまったく口にしなくなった。それが、逆に鉄馬の気持にひっかかっている。

それほど欲しいものなら、やってもいい、と鉄馬は思いはじめていた。もともと、気紛れのように、大津屋から奪ったものだ。

「ほう、蕗《ふき》の薹《とう》のてんぷらか」

もうすぐ冬は終りだ、と鉄馬は思った。

これから明け方まで、どういうふうになるか、ほぼ見当はついている。

料理に箸《はし》をつけながら、酒を飲む。そのうち、美保に着物を一枚ずつ脱いでいくように命じる。全裸になると、寝所の腰紐を持ってこさせ、縛りあげる。縛り方にもいろいろあった。身動きひとつできないように縛って、ただ転がしておくこともあれば、卑猥《ひわい》なことを言ったり言わせたりすることもある。夏でもそれほど汗をかかない女なのに、水を浴びたように汗と涙で濡《ぬ》れる。

それに、鉄馬は倦むことがなかった。美保の家に入った時から、違う人間になっている自分がわかった。

そしてようやく、明け方に眠るのだ。

いつものように、鉄馬は酒を飲みはじめた。

気づくと明け方で、鉄馬は疲れ果て、裸のままままどろみはじめた。美保が、寄り添って鉄馬の肩の傷を、いとおしそうに撫《な》でている。

「杉屋の寮に使いをやれ、美保。森之助に預けたものをここへ持って来い、と伝えるのだ。大津屋の証文を持ってくる」

「ほんとうに？」

「おまえに渡すわけではない。ただ、見てみたいだろうと思ってな」

「見られるのですね。見せてくださるのですね」

「ああ」

頷《うなず》きながら、鉄馬は深い眠りの中に落ちていった。

景一郎の声で、鉄馬は眼醒《めざ》めた。しばらくして、美保の家であることに気づいた。

「お使いをいただきましたので、森之助の預かり物を私が持参いたしました」

眠る前に言ったことを、鉄馬はようやく思い出した。

「寄越せ」

「それはできません。なにがあろうと自分には渡すな、と伯父上は言われたそうで」

「いいのだ、見せてやるだけだからな」

「それなら、私が見せましょう」

景一郎が懐《ふところ》から証文を出し、三枚を美保に見せると、また懐に収《しま》った。

「せめて、手にとらせてやれ」

「できません」

「俺の言うことが、聞けんのか、景一郎」

「伯父上の言うことを聞いているのですよ」

かっとした。景一郎の方へ手をのばそうとした時、美保の躰が踊りあがっていた。畳に、短い剣が二本突き立っている。そこは、景一郎が座っていた場所だった。

いきなり、襖《ふすま》と障子が開いた。数人が、斬《き》りこんできた。五人いるということを、しばらくして鉄馬は見てとった。二尺ほどの刀だった。武士の剣法とは違う。景一郎の躰が、畳を転がった。二人が、血を噴いて倒れた。鉄馬は、とっさに顔を動かした。頬を、なにかが掠《かす》めていった。三方向から、続けざまに手裏剣《しゅりけん》が投げられている。景一郎は、それをかわすともなくかわしていた。

鉄馬は、ようやく自分を取り戻した。片膝《かたひざ》を立て、刀に手をのばした。そこに、刀はなかった。束《つか》の間《ま》、鉄馬はうろたえた。しかし、斬撃《ざんげき》は自分にむかってこない。すべて景一郎にむかっている。

景一郎が立った。ひとりが倒れた。景一郎は、刀を低く遣っている。はじめて見る太刀捌《さば》きだった。

両側から同時に来た斬撃を、景一郎は避けさえしなかった。ひとりを股間《こかん》から斬りあげ、もうひとりを刀ごと頭蓋《ずがい》から両断した。

終った、と鉄馬は思った。景一郎の躰が、もう一度回転した。

美保の躰が、右一文字に斬り裂かれていた。血の海の中に、美保の内臓がこぼれ落ちてきた。美保が倒れたのは、しばらくしてからだった。

「斬ったのか、美保を」

しばらくして、鉄馬は言った。

「忍びでしたね」

「美保まで、なぜ斬った？」

「だから忍びだったからですよ」

「美保が、くの一だとでも言うのか？」

「ほかの、なんだというのですか」

なにを探り、なにを摑《つか》もうとしていたのか。いや、ほんとうに忍びなのか。

「なかなかの手練《てだ》れでした。女は特に、意外な技を持っていました」

「忍びか」

「帰りましょうか、伯父上」

美保がいなくなった、という実感は湧《わ》いてこなかった。ただ、どこからか抜けた。抜けることはないだろうと思っていたところから、抜けていた。

自分の内臓の中に倒れている美保の姿に、鉄馬はぼんやりと眼をやった。

「帰りましょう。森之助が待っています」

「刀」

「多分、押入の中でしょう。手近に隠しただけのはずです」

押入の中に、確かに鉄馬の大小があった。

「おまえは、美保が忍びだと気づいていたのか、景一郎？」

「まさか。女が跳んだ時に、はじめてそうとわかりました」

きわどいところを擦り抜けた、と鉄馬は思った。

景一郎は、もう外へ出ている。

第六章　鬼

1

小さな壺《つぼ》に似た容器が、三百ほどできあがった。拳《こぶし》ほどの大きさで、壺よりはかなり口が大きく、蓋《ふた》が付いている。

入念に、土は揉《も》んだ。陶車《ろくろ》は使わず、台の上で素速くかたちを整える。そういうやり方でも、ほとんど全部同じかたちだった。素焼きの上に釉薬《うわぐすり》をかけ、また焼いた。土は、選び抜いたものではない。薬草園の土である。景一郎《けいいちろう》の小屋があるあたりは、ちょっと掘ると粘土だった。

多三郎《たさぶろう》が、大八車を曳《ひ》いてきた。三百個の壺は、湯島の杉屋《すぎや》の店へ運ぶのである。杉屋は、それに薬を入れて売るつもりらしい。どんな薬かも、景一郎は知らなかった。

「いいねえ。壺のかたちがなんとも言えない。陶車を使うと、こんな具合にはいかないのだろうな」

「茸《きのこ》から作った薬は、できたのですか、多三郎さん？」

「できたような気はするのだが、試したのが三人だけではね」

薬を作る時、多三郎はまず自分で試す。それから景一郎だが、三人目が誰なのかわからなかった。

「実は、保田《やすだ》の旦那《だんな》に飲ませてね。内緒だよ。なんとなく、ほかに役に立ちそうもないという気がしてね。私はともかく、景一郎さんじゃ、普通の人間が死ぬ量でもいっこうに平気なようだし」

言って、多三郎が笑った。

森之助《もりのすけ》が、真剣を振る稽古《けいこ》をしていた。離れの縁から、鉄馬《てつま》がそれをぼんやりと見ている。美保《みほ》という女を景一郎が斬《き》ってから、鉄馬はずっとそんなふうだった。

「明日は、この壺が店に並んでいるよ。一度、見に来るといい」

大八車に壺を積みこんでしまうと、多三郎は下男二人にそれを曳かせていった。

「兄上、稽古をお願いします」

森之助が、小屋のそばまで来て言った。

景一郎は黙って竹の棒を執《と》り、小屋の外へ出た。森之助が、真剣を構える。歩きはじめた時から、鉄馬が竹刀《しない》を握らせていたので、構えにはさすがに隙《すき》はない。人の躰《からだ》を、斬ったこともあるので、気迫の漂い方も違った。それでも、幼い剣だ。

森之助が、踏みこんでくる。景一郎は動かず、竹の棒を森之助の肩口に打ちこんだ。竹刀のように竹の板を束ねたものでもなければ、割れ竹でもない。打てば、骨にまで響くはずだ。

呻《うめ》いてうずくまった森之助が再び立ちあがるのを、景一郎は黙って待った。立ちあがった森之助の構えは、どこも崩れていない。

同じことを、五度くり返した。

「景一郎さん」

さわが、駈《か》け寄ってきた。

「森之助がいくつだか、考えたことはあるの？」

咎《とが》める口調を、景一郎は無視した。

「私は、真剣で兄上にむかっています」

喘《あえ》ぐような口調で、森之助が言った。

「竹で打たれるぐらい、なんでもありません」

森之助の躰に、覇気が満ちる。打ちこんでくる。景一郎は、二度、三度と打ちこませ、それから片手を突き出した。踏みこんでくる森之助ののどに、竹の先がまともに入った。森之助の躰が崩れる。

「景一郎さん」

さわが叫んだ。森之助は、気を絶ってうつぶせに倒れている。

「どういうつもりよ、まったく。苛《いじ》めて喜んでるの？」

「森之助が、望んでいることだ」

「手加減ってものがあるでしょう。それすらもわからないなら、やっとうの稽古なんかやめた方がいいわ」

「森之助は、やめると言わない」

「だからって」

さわが、森之助を抱き起こした。眼を開いた森之助が、さわを押しのけるようにして立ちあがる。森之助の構えには、すぐに気力が満ちてきた。気合とともに打ちこんでくる。四度、五度とそれを続けさせ、また肩口に竹を打ちこんだ。森之助が倒れる。さわが声をあげる。

「大丈夫です」

森之助が言う。また同じことのくり返しだった。首筋を打たれると気を絶つということがわかったのか、森之助はわずかに肩の方へ避けようとした。避けきれはしない。それでも、森之助はこちらの打ちこみを測ろうとしている。

汗にまみれ、喘いでいた。景一郎は、立っているだけである。

「これまで」

「まだです、兄上。私は大丈夫です」

「おまえはもう、避けようということしか考えていない。そうなったら、打ちこみになんの力もない。これ以上は無駄だ」

唇を噛《か》み、うつむき、森之助は頭を下げた。

「行きましょう、森之助。小関《おぜき》さんがぶたなくなったと思ったら、景一郎さんなんだから。かわいそうで見ていられない。腫《は》れたところを、冷やしてあげるから」

森之助は、刀を鞘《さや》に収めると、さわの言うことは聞かず、離れの方へ走っていった。

「景一郎さん」

立ち去ろうとしたが、呼び止められた。

「美千《みち》さんのことを、どうするつもり?」

さわが言い出したのは、森之助のことではなかった。

「余計なことかもしれないけど、毎日、養生所から一度はここへ来てる。景一郎さんが土をいじってるのを見ると、なにも言わずに帰るの」

景一郎は、竹の棒を地面に置いた。小屋の風の通りをよくするために、この棒で持ちあげた蔀戸《しとみど》を支えているのだ。いまは、乾かさなければならないものはなかった。

「美千さんは、景一郎さんのことを好きよ」

さわの顔が強張《こわば》っている。

「あたしも女だから、いろいろ考えるけど、美千さんには負けたと思った」

「やめておけ、おさわさん」

「いや、やめない。男って、勝手過ぎるのよ。そこは、景一郎さんも同じ」

「だから?」

「なにか、言ってやったらどうなの。いや、養生所に行ってよ」

「私は、病ではない」

さわが、眉《まゆ》を逆立てた。足の下の土で作った焼物が、ほんとうに使いものになるかどうか、景一郎は考えていた。

「あたしも、景一郎さんにこれを言うのに、ずいぶん悩んだのよ。だから、真面目《まじめ》に聞いて」

「聞いているつもりだよ」

「聞いてなんかいないわ。聞えてることが、聞いてることにはならないのよ。あたしは、美千さんのことを考えてと言ってるの。あの人、尋常じゃない眼をしてるわ」

男と女というのはなんなのだ、と景一郎はふと思った。愛し合うなどということが、いつまでも続くわけなどないのだ。それでも、男は女を求め、女は男を求めるのか。

「美千さんを抱いたのは、死ぬのを思いとどまらせるためだ、他意はない」

「他意はないですって」

「おさわさんが本気で死のうとしたら、抱いてやってもいい。つまりは、その程度のことなのだよ」

笑いかけたが、その時さわは景一郎に背をむけていた。

「まったく面倒なもんだな、女ってのは」

鉄馬がそばへ来て言った。そばへ来た気配は、ほとんどなかった。そういう近づき方が、肩から左腕を失った時から、鉄馬はできるようになったようだ。

「おさわも、おまえに惚《ほ》れているぞ、景一郎。いっそ、二人とも抱いてやったらどうだ」

「土は、どれでもいいのですね」

「なんだと?」

「焼物は土だと思っていたのは、私の間違いだったのかもしれません。きれいな焼物を作るためには、土を選ばなければならないかもしれませんが」

「わからんな、おまえの考えてることは」

「どんな土でも、焼物はできるということですよ。それに気づくまでに、私は山から何度土を運んできたかしれません」

「焼物と女は違うぞ、景一郎」

「どこが、どう違いますか？」

「躰のほかに、心を持ってる。女はな。土は躰だけという感じだ」

「私が斬ったたくの一も、やっぱり心は持っていたのでしょうね。しかし、それを見事に隠しおおせていましたよ」

鉄馬は、遠くを見るような眼をしていた。美保という女を斬ったことを、景一郎は後悔してはいなかった。あの時から、鉄馬は躰の芯《しん》が一本抜けたような感じになっている。それについても、景一郎は深く考えてみようとはしなかった。

「俺は、片手で前以上に刀を遣えるようになった。前は、手首から先のない左腕を、躰の勢いをつけるために使っていたのだ。それをやらず、躰そのものに勢いをつけるやり方を、身につけたような気がする」

景一郎は、足もとの土を見ていた。ちょっと掘ると粘土が出てくる。焼物の土として、それで充分なのかどうか。土は、どんなものでもただ土なのか。

「俺は、榊原征四郎《さかきばらせいしろう》は斬るよ。あいつの剣は、跳躍する日向流《ひなたりゅう》を真似《まね》たにすぎない。破る工夫が、俺にはある。俺も、伊達《だて》に修羅場をくぐってきたわけではないからな」

鉄馬には、勝てない。それは、はっきりとわかった。両手があった時でも、勝てたかどうかだろう。片腕になって、鉄馬の腕が落ちたわけではない。修羅であることをやめた。ただ流れる日々を、何年も過ごした。それが、鉄馬からなにかを奪ったのだが、鉄馬はそれに気づこうとしないのだ。

「負ける味がどういうものか、榊原が思い出させてくれた。悪いものではないな。名を思い出すだけでも躰がふるえるような男を、俺は持った。こんなところで、隠居のような生活はしておれん」

毎夜、鉄馬が外に出て剣を振っていることを、景一郎は知っていた。そういう修業なら、剣をきわめようと思う者は誰でもやる。

「景一郎、おまえは俺が軟弱になったと思っているだろう」

「旅をしているころとは、変られた。そう思っているだけです」

「旅か」

「あんな旅を、と私もいまは思い返すだけです」

「森之助は、旅を知らんな、景一郎」

「あんな旅を、させたくもありません。剣も、そこそこに遣えればいい。それより、もっと別のことをわからせたいと思います」

「それにしては、おまえは手ひどく森之助を打ち据えている」

「稽古は、稽古ですから、森之助が稽古を望めば、甘くはしません」

景一郎が眼をむけると、鉄馬は踵《きびす》を返し、離れの方へ歩み去っていった。

2

庄内藩の動きが、活発になった。

藩邸に、藩士以外の武士を何人も集めている。これまで、庄内藩は日向景一郎との抗争に、ことごとく敗れたと言っていい。はじめから自分はそれを見ていたのだ、と保田新兵衛《しんべえ》は思っていた。

庄内藩は死んだ大津屋《おおつや》と組んでいたが、その関係も最後にはおかしなものになっている。

美保という女は、まるで別の線だろう。庄内藩とも、大津屋とも違うところに繋《つな》がっていたはずだ。それを手繰《たぐ》っていけば、多分、幕閣のどこかに行き着く。結局は、幕閣同士の争いが、庄内藩と大津屋をも巻きこんだという恰好《かっこう》なのか。

争いのすべてには、御禁制の阿芙蓉《あふよう》が絡《から》んでいた。幕閣までもが、なぜ阿芙蓉に絡んでいるのか。

そして、榊原征四郎が現われた。阿芙蓉さえも、榊原にはどうでもいいことなのかもしれない。剣だけにこだわっている拗《す》ね者だが、大身の旗本の三男なのだという。

この争いが、どういうところに帰結していくのか、新兵衛は考え続けていた。考えてみても、町方同心である新兵衛に、なにかできるわけではない。ただ、はじめから絡んでしまったのだ。土の俵を二つ、まるで綿でも担《かつ》ぐように軽々と担いでいた、日向景一郎と会った時から、なぜか絡んでしまっている。

目明しの十内《じゅうない》にやらせているのも、盗賊の探索などではなく、庄内藩の見張りだった。その十内から、庄内藩の動きが知らされてきたのである。

いやなことに絡んでしまったと思いながら、新兵衛は眼をそむけられずにいた。月に四人か五人の小悪党《こあくとう》を捕縛し、年に一度ぐらいの大捕物をやる。あとは、商人のところなどを廻り、目腐《めくさ》れ金を貰《もら》う。そういう同心で、充分だった。

余計なことに手を出せば、奉行に睨《にら》まれる。幕閣が絡んでいるとしたら、奉行は絶対に関係を持ちたがらないだろう。命の危険もある。これまで何度も、斬り合いに巻きこまれかけたのだ。

それでも、新兵衛は懐《ふところ》手《で》で、湯島天神下にむかって歩いていた。

杉屋の前に、小さな人だかりがあった。

「保田様、奥へ」

対応に忙しい手代や小僧たちの背後から、杉屋清六《せいろく》が声をかけてきた。

薬草の棚が並んだ、奥の座敷である。杉屋から挨拶料《あいさつりょう》を貰うのは、いつもその部屋だった。

「なんの騒ぎなのだ、杉屋？」

「壺《つぼ》でございますよ。景一郎さんが、薬草園の土で三百ほど壺を焼いてくれましてね。それに薬を入れて売り出したら、三日目にしてこの騒ぎなのです。もう、売れてしまっているのに、壺に入った薬と言って来られるお客様が多くて」

「ほう、なんの薬だ？」

「それが、蜂蜜《はちみつ》と薬草を混ぜただけのもので、大して効くとは私には思えないのですがね。一応、回春の効用があると」

「いい加減なものだな、薬種屋《やくしゅや》も」

「どうも、壺が気に入って買われる方が多いようです。薬はたっぷりあるので、いくらでも売れるのですが、お客様は壺とばかりおっしゃいます。ただの容器に入れたものより、二朱《しゅ》ばかり上乗せしておりますのに」

「なら、どんどん景一郎に焼かせて、せいぜい商売をするのだな」

「そうたやすく焼いてはくれませんよ。おわかりでしょう。第一、陶車《ろくろ》を使ったものではないので、たやすく作れはしないのですよ。多三郎が薬を壺に入れて売りたいと言った時と、景一郎さんが薬草園の土でなにか焼きたいと思った時が、たまたま重なったわけで」

「おまえにしては、商売気がないな、杉屋」

「多三郎は効くと申しますが、私にはあまり効かない薬でしてね」

「そうか。おまえも、そんな薬を試してみたい方か」

新兵衛が言うと、杉屋は曖昧《あいまい》な笑みを浮かべた。五十になっているはずだ。十数年前に女房を死なせ、いまは若い女を囲っているという噂《うわさ》がある。

「ところで、庄内藩にいろいろ動きがあるようなのだがな。おまえのところでは、なにも起きていないか？」

「動きがあるのなら、いずれ参りましょうな。私のところへ来る以外に、行くところがあるとも思えません」

「根が深い。なにが起きるか、俺には読めないんだ」

「なにがどうなろうと、うちの寮が襲われることは間違いありますまい」

「肚《はら》を据えたではないか、杉屋」

「まあ、これだけ人が斬《き》られりゃ、どうにでもなれという気にはなります。それに、日向景一郎という人は、決して死なないような気もするのですよ」

「俺もさ。そんな気がしている。ただ、おまえには挨拶料を貰っていることだし、知らせないというわけにはいくまいと思ってな」

「無茶はおやめくださいよ、保田様。絡んでいるのは庄内藩だけではなさそうだし、別のことで働いてくれそうな廻り方の同心を、私は死なせたくありません」

背中が、ひやりとした。あまり深く関わると死ぬぞ、と杉屋に忠告されたようなものだ。

「まあ、おまえがどうにかなると考えているのなら、それでいい。もともと、町方の出る幕ではなかったのだからな」

杉屋が、包みを差し出してきた。挨拶料はこの間貰ったばかりだったから、今日の礼ということなのかもしれない。

杉屋を出て、しばらく歩いた。足が、向島《むこうじま》の寮にむかいかけるのを、なんとか抑えた。向島へ行ったところで、景一郎につまらないことを言うだけだろう。鉄馬もいるだろうから、しばらく話しこむことになるかもしれない。

手下を二人連れた十内が、小走りに近づいてきた。

「二十人ほどが、庄内藩邸を出たのだな」

「へい。浅草の方へ、ばらばらになってむかいました。どこかでまたひとつになるんだろうと、あっしは見当をつけてますが」

三人の手下のうちのひとりを、まだ尾行《つけ》させているらしい。

「わかった。俺は花川戸《はなかわど》の道庵《どうあん》のところにいるから、なにかあったら知らせに来い。とにかく、庄内藩邸に集まっていたやつらは、全部出たんだろうから」

「庄内藩の武士は、ひとりもいねえとあっしは思ってまさ。出てきた武士は、喧嘩《けんか》でもしそうな顔をしてやがって、二人ばかりは槍《やり》を担いでました」

新兵衛は、杉屋が渡した包みを、そのまま十内に渡した。一両は入っているだろう。外から触れただけで、それはわかる。

「こいつは、どうも」

「なにもするなよ、十内。その武士たちがどう動くか、わかればいいんだ」

「手を出そうって気にゃなれませんや。ただあっしも、日向景一郎って武士が、次々に人を斬るのを見ておりましてね。なんとなく、またあれを見てみてえって気にゃなってます。おかしな関わり方をすると危い、とはわかってるんですが」

「連中の動きを、俺に知らせるだけにしておけ。俺も、十内親分をつまらねえことで死なせたくねえしな」

首をすくめるようにして、十内が頷《うなず》いた。杉屋に忠告されて、背中がひやりとした。同じようなことを、十内にしてみたということだ。

十内は、急ぐでもなく新兵衛から離れていった。

江戸は、まだ木枯しが厳しい季節だった。背を丸めて道を行く人の姿が多い。梅が開くまであと半月というところか、と新兵衛は思った。

道庵は、新兵衛がぶらさげてきた徳利を見て、眼の色を変えた。酒でも買おうという気になったのは、道庵の情無さそうな顔が思い浮かんだからだ。飲まずにいられない。飲んでいる間は忘れていられる。そんなものを、道庵が持ってしまっていることを、なんとなくだが新兵衛は気づいていた。

「どういう風の吹き回しだ、保田。酒屋でも苛《いじ》めて、ただで手に入れられるようになったのか？」

「自分の財布から買ってきたさ。たまには、あんたに奢《おご》るのも悪くない」

道庵は、茶碗《ちゃわん》の酒を口に運んでいる。満ち足りたという表情の中に、ふとした淋《さび》しさがよぎるような気がした。

「俺も、いつかはあんたの世話になるような気がしてな。傷の手当てをさせたら、あんたほどの男は江戸にゃいない」

「わしはな、保田、傷の手当てなど、いくら酔っていてもできる。わしがやりたいのは、死にかかった人間の躰《からだ》の中のでき物を取り出して、生き返らせることなんだ。そのために、もっと腑分《ふわ》けをしたい。どこをどう切っていけば、それほど血を出さずに済むかとか、そんなことを調べたいのだよ」

「よくわからんが、俺は傷の手当てだけでいい」

「簡単なことだ。もっと屍体《したい》が欲しい」

「屍体ねえ」

杉屋の寮に行けば、いくらでも出る。そう言いかけた言葉を、新兵衛は酒と一緒に呑《の》みこんだ。

炭が、いくらかあった。新兵衛は、それを火鉢に足した。外では木枯しの音がしている。

「最初のころは、酒を飲みながらでも、傷を縫えたかもしれん」

「いまじゃ無理と言うのか。わしは、躰の中のでき物を取り出して生き返らせる、ということができるなら、一滴も飲まんよ」

道庵の飲み方は、それほど速くない。最初に茶碗一杯飲んでしまうと、あとは惜しみ惜しみ飲んでいるように見える。

「俺は前に、拷問《ごうもん》に立合うことをやっていてな。人間が死ぬ間際《まぎわ》を見極めて、生きている間に拷問を止めるのさ。人の息が絶える瞬間を見抜く。いやな仕事だったな。どうしても、早く止めようとしてしまう。特に、ひとり死なせてしまってからはな」

「なにを言いたいんだ、保田？」

「別に。あんたの顔を見ていたら、なんとなくそれを思い出した」

「拷問して殺してしまうなんて、勿体《もったい》ないことだ。わしにくれれば、生きたまま腑分けをして、世の中の役に立ててやる。鬼だと思うか、保田？」

「鬼か。そうまでしたいという気持が、俺にはわかるような気もするが」

医者の家らしい雰囲気がまったくない部屋を、新兵衛は見回した。ここでは、薬草の匂《にお》いさえしない。幽影《ゆうえい》のところは、まるで薬草倉のような匂いだ。

「あんた、庄内藩の医者をしていたんだな」

「忘れた、昔のことは」

「忘れるものか、人の躰を切り刻んで」

道庵は横をむいていた。

「まあ、日向景一郎のように、平然と人を斬ったわけではあるまい。あいつは、人を斬っても、刀を鞘《さや》に収めた時は、もう忘れているような気がする。ああいうのを、鬼と言うのかもしれん」

道庵が、めずらしく新兵衛の茶碗に酒を注いだ。徳利の中には、まだたっぷり残っている。

「おまえ、日向景一郎に魅《ひ》かれたか？」

「魅かれた？」

「鬼から、人になろうとしている。なろうとしているだけで、あがきはせん。一度鬼になってしまった人間とは、そういうものだ。なにも起きなければ、あれはもう人を斬ることもなかっただろうが、たまたま斬ることになっちまった」

「たやすく斬れるのは、やはり鬼だろう」

「どうかな。鬼が人に戻ろうとしても、鬼は鬼だと言える。人に戻ろうと思った時に、もう人に戻っているのだと言うこともできる。いずれにしても、景一郎は変ることはできんとわしは思う」

「いまのまま、人を斬り続けていくのか？」

「景一郎を斬る人間が現われないかぎりだ。わしは、あの男が死ななければならんとは思わんが」

道庵が、茶碗を持ちあげて口を近づけた。

3

息が切れてきた。

毎日歩き回っているのに、走ると息が切れてくる。吾妻橋《あづまばし》を渡り、大川沿いの土手を走っているころは、足がもつれはじめた。寒風に晒《さら》されているが、汗もかいていた。

一度立ち止まり、歩きながら息を整え、それから新兵衛はまた走りはじめた。

三十二人というのは、いくらなんでも多すぎる。しかも槍が三人に鉄砲が二人いるという。それだけの人数でなければ、景一郎を仕留められないと考えたのだろう。

止めるのは、死ぬようなものだった。いくら十手を翳《かざ》そうと、そんなものは意にもかけないだろう。新兵衛にできるのは、景一郎に知らせることだけだった。

いくら景一郎でも、鉄砲を相手にできるとは思えない。

再び歩きはじめたのは、杉屋の寮が見えてきたころだった。

母屋《おもや》の方の門からではなく、離れに一番近い木戸から入った。

離れの前で森之助が刀を振り、それを縁に座った鉄馬がぼんやりと眺めていた。美保という女が死んでからの鉄馬は、いつもこんなふうだ。

「景一郎は？」

「なんだ新兵衛。汗をかいているではないか。捕物でもはじめたのか」

「暢気《のんき》なことは言うな。景一郎はどこだ？」

「ほう、景一郎に縄をかけるつもりか」

「そんなことではない。急ぎの用がある」

「おまえの急ぎなど、大したことはあるまい。どうせ、また誰かが景一郎を斬りに来るとでもいう話ではないのか。いやだな。また薬草園の土が肥えることになる。屍体を肥料にして、多三郎は平気で薬草を育てているぞ」

「三十二人だ」

言うと、鉄馬の表情がちょっと動いた。

「しかも鉄砲が二挺《ちょう》、槍もある」

「それは、ちょっとした戦《いくさ》だな」

「景一郎が身を隠せば、大事にはならんと思う」

「どうかな」

森之助が、刀を振るのをやめてこちらを見ていた。続けろ、と鉄馬が低い声で叱咤《しった》する。森之助が、また気合をあげはじめた。

「どこだ、景一郎は。小屋にもいないようだが」

「三十二人か。それに鉄砲となれば、景一郎も死ねるかもしれんな」

「死んだ方がいい、という口ぶりではないか」

「あんなやつは、死んだ方がいいな。俺に両手があれば、自分で斬ってやるところさ」

憎んでいるのではないか、と思えるような口調だった。鉄馬の眼は、ぼんやりと森之助の方をむいている。

「伯父、甥《おい》だろうが」

「なあ、新兵衛。俺の手首から先を斬り落としたのは、あいつだぞ」

「首を落とされなかっただけ、よかったではないか」

「美保を斬った」

「くの一だったんじゃないのか。これには庄内藩だけでなく、幕閣も絡《から》んでいる気配なのだ。とんでもないところに、おまえたちは巻きこまれている」

鉄馬が、新兵衛に眼をむけてきた。

「ほんとうだ。あの美保という女は、幕閣の誰かの意を受けて、阿芙蓉《あふよう》を探っていたに違いない。その幕閣は、御禁制の品だからそうしたのかもしれないし、手に入れる道を自分のものにしたいから、そうしたのかもしれん。いずれにせよ、おまえはただの道具だった。あの女にとっては、そうさ」

「どんな責め方をしても、あいつはあの肌を汗で濡《ぬ》らした。道具であろうとなんであろうと、俺にはあの女が必要だった。失いたくないと、景一郎に言ったこともある。それでも、斬った」

「それを、恨んでいるのか?」

「わからん。しかし、景一郎は人ではないぞ。おまえは知らんが、あいつは自分の父親を斬った。それも、頭蓋《ずがい》から躰を両断するように、なんの迷いもなく斬った」

はじめて聞く話だった。祖父と何年も旅をして、その間に剣を身につけた、という話は聞いたことがあるが、父親の話は鉄馬も一度もしなかったような気がする。

「父親を、斬ったのか?」

「大して気にしてはおるまいよ、あいつは。父親を斬る前から、けだものになっていた」

「おまえは、そのけだものに養われているということか」

「養わせてやっているのさ。せめて、人らしい思いをさせてやるためにな」
「けだものかもしれん。確かにけだものかもしれんが、おまえよりまともに見えること
も多い。刀を抜いていない時は、実にまともな男だと思う」
「牙《きば》を剝《む》いた時が、けだものなんだよ。あいつの牙は、来国行《らいくにゆき》さ」
新兵衛は、息をついた。汗がひきはじめている。森之助の気合が、何度も背中にぶつ
かってきた。思わずふりむいてしまいそうになるほど、気が満ちている。
「俺は、景一郎の躰が刀を撥《は》ね返すのではないか、と思ったことがある。あいつの躰に、
相手の刀が触れるのを、あまり見たことがなかったからな。このところは、まったく見
ていない。刀は撥ね返しても、鉄砲の弾はどうかな。ちょっと愉《たの》しみだ」
「美保という女のことは、もう忘れろ、鉄馬。俺なら、自分で斬れない女を斬ってくれ
たのだ、と思うことにするぞ」
「それは、おまえが女に溺《おぼ》れたことがないからだ。美保は大津屋に抱かれていたし、榊
原征四郎にも身を許した。斬るなら、俺が斬ったし、俺を殺そうとしてきたら、死んで
やってもよかった」
「また、俺と小さな賞金稼ぎでもしようぜ、鉄馬。そのうち、あの女も遠くなる」
「そんなことはない。死んだ直後より、いまの方が、俺にとっては強く感じられる」
鉄馬が、力なく笑った。

新兵衛は、踵《きびす》を返した。薬草園の奥だ、と鉄馬の声が追ってきた。

景一郎は、薬草園の奥の木立ちのそばで鍬《くわ》を遣っていた。背丈ほどの穴を掘っている。粘土のようなものだけを選んで、俵に詰めているようだ。普通なら大八車でなければ運べないが、この男は担《かつ》いでいくつもりらしい。それを不思議とも、新兵衛は思わなくなっていた。

「庄内藩が、動きはじめた。三十二人も武士を集め、いまこっちへむかっている。鉄砲も槍もある」

「そうですか」

顔色も変えない景一郎を見て、新兵衛は拍子抜けした。息を切らせて走った自分が、馬鹿《ばか》のように思える。

「多三郎さんの畠《はたけ》が、荒れてしまうな。春に芽を出す薬草が、もう植えてあるのですよ。林のむこうの、荒地へ行くことにします。あそこなら、いくら踏み荒らしてもいい」

「焼物の土をここで集めているのか？」

「あまり土にこだわらずに焼いてみたらどうだろう、と思ったのです。壺《つぼ》を作ってみましたが、そんなに悪くはなかった」

「また、壺か？」

「皿にしようかと思っています。なんでもいいのですがね」

「それなら、多三郎の回春の薬を入れる壺を焼いてやれよ。みんな売れてしまって、杉屋が困っていた」

「そうですか。あの壺が、売れたのですか」

切迫した気分は、まったく消えてしまっていた。景一郎の躰は、ほんとうに刀を撥ね返してしまうのだ、という気さえしてくる。一方で、三十二人だぞ、という思いもまだある。新兵衛は、俵に土を詰める景一郎の手を、じっと見ていた。

「おまえ、死ぬことが怕《こわ》いとは思わんのか？」

「以前は、怕かったのだと思います。血どころか、抜身を見ただけでも足がふるえましたから。いまは、もう忘れました」

「忘れられるものなのか？」

「さあ。私は、忘れたと思っています」

勝手に死ねばいい、という気に新兵衛はなった。勝手に生きて、勝手に死ぬ。それがけだものというものだ。

離れまで引き返した。小高い丘を二つ、越えなければならない。斜面はすべて、よく手入れされた畠だ。

森之助は、まだ刀を振っていた。鉄馬も、ずっと以前からそうしていたように、縁に座っている。鉄馬の袷《あわせ》の左の袖《そで》が、木枯しの中で旗のように見えた。

「景一郎は、ふうんという顔をしただけか」

「よくわかるな」

「俺は、これでも剣を遣った。昔の話だがね。なんとなく、わかる」

「走ってきた俺が、馬鹿だったな」

「おまえの、いいところでもある。悪同心には、なりきれんのだ」

「それでも、斬《き》り合いがはじまったら、俺はやはりふるえると思う」

「けだものではなく、人だからさ」

「人か、俺は。弱いと言われているような気もするな」

「人だから弱い。当たり前のことだぜ」

森之助が、刀を振るのをやめた。言われていた回数を、振り終えたらしい。汗に濡れた顔を、こちらにむけている。

「よし、構えをとってみろ」

森之助が構える。固着して、動かなくなった。かなり長い間、森之助は構えたまま立っていた。ようやく、鉄馬が、やめ、と声をかけた。新兵衛の方が、大きく息を吐いた。

「汗を拭《ぬぐ》ったら、書見だ、森之助」

「はい」

返事をしたが、森之助は動かなかった。汗も、顎《あご》の先から滴《したた》っている。

「どうした」

新兵衛は言った。鉄馬が、森之助を見ているのかどうか、よくわからなかったからだ。

「なにか起きるのですか、保田様？」

「話していることが、聞えたのか？」

「いいえ」

「じゃ、なぜそう思う？」

「感じました」

「感じただと？」

「剣を振っていると、剣の先になにかあるような感じでした。構えていると、もっとはっきり感じます」

「どんな感じだ？」

「なにかが、やってきます。この寮に、むかってきています」

連中が、どれぐらい近づいているか、新兵衛は考えた。まだ、それほど近くはないはずだ。

「おまえは、俺たちの話を盗み聞きしただけだ」

「森之助、書見だ」

鉄馬が言う。森之助は、頭を下げて顔の汗を袖で拭った。

「新兵衛、森之助は、ほんとうに感じているのだ」

「まさか」

「俺も、感じる。あと半刻《はんとき》もせずに、ここへやってくるだろう」

「半刻もかかる場所にいる。それでも、感じるというのか？」

「けだものというのは、そういうものだ」

「しかし」

「森之助は、けだものの子で、弟だ」

新兵衛は、黙りこんだ。

景一郎が、俵を二つ担いでくるのが見えた。湿った土が入っているはずだが、なんでもないものを担いでいるようにしか見えない。ひとつの俵でも、新兵衛には無理だろう。

やはりけだものか。新兵衛はそう思った。

しばらくすると、部屋の奥から書見の声が聞えてきた。かなり難しいものを読んでいる。そして、声に乱れはない。

「おまえたち三人は、なんなのだ、鉄馬？」

「さあな。森之助は、遠からずけだものになる。いまは、けだものの子だがな。景一郎はけだもののままで、俺だけが老いぼれていくだろうよ」

「鉄砲がある、と景一郎には教えたのだぞ」

景一郎は、小屋で作業をはじめていた。手早いものだった。土を細かくし、筵《むしろ》の上に並べている。そうやって乾かし、焼物に適した土だけを選び出すのだということは、新兵衛も聞いて知っていた。しかし、ひと戦できそうな連中が近づいている時なのだ。

「斬り合いには、おまえも加わるのか、鉄馬?」

「いや」

「なぜ。片腕でも、それなりの闘いはできるだろう」

「人を斬るのは、もういいという気分だ。気力が湧《わ》かぬと言うのかな」

「森之助は?」

「書見を続けさせる」

「わからんぞ。俺にはわからん」

「わかって貰《もら》いたい、とは誰も考えておらんよ」

新兵衛は、肩を竦《すく》めた。

「母屋へ行く。使用人たちに、しばらく外に出ないように言ってくる」

「それがいい」

鉄馬が笑った。それだけだった。

4

土は、どの土でも同じだというわけではなかった。ただ、粘土でなら焼物を作るのは難しくない。つまり、それしかないと思い定めればいいのだ。

薬草園の中からも、掘ればいくらでも粘土が出てきた。焼物の材料は、いくらでもあるということだ。

土と語り合うことは、やめた。自分と語り合っていることと同じだ、と気づいたからだ。代りに、念入りに土を揉《も》む。

今日掘り出した粘土は、揉むまでにまだ時が必要だが、揉むのに手頃になった土もある。掘った土を乾かし終えたら、また揉みに入ろうと景一郎は考えていた。

気配は、近づいてきていた。

人数が多い分だけ、気配を隠そうともしていない。

なにがどうなっているのか、景一郎は深くは考えなかった。阿芙蓉は、幽影が必要とする分だけあればいい。

美千が持ってきたもので、何年も事足りると幽影は言っていた。美千も、あの阿芙蓉を捨てたりせずに、幽影に渡したのだろう。だから、こちら側はもういいのだ。

庄内藩は、美千も殺したがっているだろう。それより、景一郎が持っている証文をもっと欲しがっている。庄内藩が、阿芙蓉を入れているという証拠であるに違いない。それを手に入れ、庄内藩を脅して阿芙蓉が入る道を奪おうとしている勢力も、またあるようだ。大津屋はその二つを秤《はかり》にかけながら、さらに美千が持ち出した阿芙蓉も欲しがった。

大して考えなくても、動きを見ていればそういうことだとわかる。それ以上わかる気もなければ、もっと関っていこうという気もなかった。人はつまらないことで争いすぎる、と思うだけだ。

ここに人が斬りに来る以上、誰を斬りに来たとしても、自分が闘うしかないだろう。この寮の中で剣をまともに遣えるのは、自分だけなのだ。

景一郎は、細かく砕いた粘土を、筵の上に並べ続けた。細かく砕けば砕くほど、早くよく乾く。粘土の中から泥や小石を除くのは、乾いていなければできないのだ。

気配が、さらに近づいてきた。寮に近づくにしたがって、散っているようだ。遠巻きに押し包もうという気なのだろう。

景一郎は、来国行を執り、小屋を出た。離れからは、森之助の書見の声が聞えている。気配は感じているだろうが、声に乱れはなかった。縁に座っている鉄馬の姿も、いつものままだ。

薬草園に入っていく。いまは土ばかりで、芽を出している薬草はない。秋に播《ま》いた種が、春のはじめに芽を出してくるのだ。一番芽を摘むと、あとは伸ばす。そういうものが多いようだ。根が大きく張り、それもまた薬になるのだという。

多三郎から薬草の話を聞くが、それは景一郎にとっては面白いことだった。毒の強いものが、いい薬にもなる。薬草を何種類か混ぜると、また別の薬になる。不思議なものだった。煎《せん》じて飲むだけで、汗が流れ出してくる薬草がある。気持が高揚してくる薬草もある。そういうものを、多三郎はまず犬で試し、それから自分で試す。景一郎に頼みに来ることもあって、それは断らなかった。死ぬこともある、と多三郎は言っていたが、茸《きのこ》で作った薬で躰《からだ》が勝手に暴れ出したことがあるだけだった。

丘を二つ越え、雑木林の中に入った。

もともとあった林ではなく、多三郎が山から木を運んできて植えたものだ。実や葉だけでなく、下生えの草や、茸や、そこで生きる虫まで、多三郎は薬にしようとしていた。雑木林はしばらく続き、そこを出ると小川があり、そのむこうは荒地だった。石が多いので、畠にしようという百姓もいない。

気配が強くなった。四方から、囲まれている。これで、多三郎の畠を荒らさなくて済んだ、と景一郎は思った。

木の幹の間から、人の姿が三つほど見えてきた。こちらが林の中を選んだ、と考えたようだ。荒地の方へ誘い出そうという囮《おとり》なのだろう。人数が多ければ、広い場所を当然選びたがる。

雑木林も、多三郎の畠だった。苔《こけ》ひとつさえ、大事にしている。

背後からの圧力が、強くなった。

雑木林を出ると、景一郎は跳躍した。それで、小川を越え、荒地に立っていた。三人が慌《あわ》てたようにひとかたまりになる。方々から、人が現われてきた。二十九人まで、景一郎は数えた。三十二人いる、と保田は言っていた。あとの三人は、鉄砲なのか。まだ狙《ねら》われているという感じはない。火縄の匂《にお》いもしない。

槍《やり》を構えた三人は、正面と右手にいる。あとは刀で、全員が抜刀していた。

死がここにあるのか、と景一郎は思った。いや、死はどこにでもあった。近づくか遠ざかるか、それだけの違いだった。そしていつからか、死がなにかも考えることをしなくなった。

押し包んでくる圧力が強くなった。景一郎が進むにしたがって、包囲の輪も小さくなってくる。手練《てだ》れ揃《ぞろ》いだ。全身の肌に針を刺されたような感覚があったが、景一郎はまだ来国行の柄《つか》にも手をかけていなかった。

気がぶつかり合う。数十人の気が、ひとつのものとなって景一郎を襲ってくる。ひとりの人間とむかい合っている。景一郎は、そう感じた。そしてこの圧倒的な気には、確かに覚えがあった。

日向将監《しょうげん》。祖父とむかい合った時、いつもそういう気と闘わなかったか。

あのころは、祖父に勝てるなどとは思いもしなかった。勝てないという思いを景一郎に抱かせたまま、祖父は立合の最中に喀血《かっけつ》して死んだ。

いまならば、勝てるのか。

祖父とともに旅をしていた時と、ひとりで旅をしていた時では、通り抜けてきた場所はまるで違った。ひとりになってから、景一郎は自分の剣を創《つく》りはじめたと言っていい。立合う相手の背後に、いつも祖父がいたという気もする。

祖父の影を、斬り続けてきたのだ。影だけを斬って、ついに祖父を斬ったと思うことはなかった。

いま、景一郎の前にいるのは、祖父ひとりだけだった。見える姿は、すべて影。思い定めた時、景一郎ははじめて来国行の柄に手をかけた。

右、左、と風が来る。わずかに歩調を速めることで、景一郎は斬撃《ざんげき》をかわした。相手が手練れだという意識など、とうにない。斬りつけてくるのは影であり、景一郎が斬りたいのは、そのむこうにいる日向将監だった。影は、払うだけでいい。

跳んだ。躰が、そんなふうに動いていた。地に降り立った時、二人が倒れた。斬りあげ、斬り下げる。この技は、祖父にはなかったものだ。大地を割るように斬り下げる。

祖父の剣は、いつもそうだった。

走っていた。三人が倒れた。槍。一寸ほどで、穂先をかわした。次の刹那《せつな》、腰を回転させ、背後を払った。槍と腕を、一緒に斬り飛ばしていた。左右からの斬撃。転がってかわした。立ちあがるところに、槍が来た。けら首を摑《つか》み、槍を奪い、柄を地に突き立てて舞いあがった。二人が倒れる。地を蹴《け》った。人を斬っているという感じさえ、なかった。影を払う。それだけだ。

ひとりが、ぶつかってきた。影が、はじめて人間の重さを持った。離れ際《ぎわ》にはじき合い、頭蓋《ずがい》を両断した。走った。斬撃が来れば、躰が自然に動く。一寸にも満たないところで、すべての斬撃をかわしていく。何人斬ったのか。来国行は変らない。刀身に脂《あぶら》が巻いてしまうのは、刀が悪いからだ。斬り方も悪いからだ。祖父に言われたことが、頭に浮かんだ。この来国行は、祖父の佩刀《はいとう》だった。

息が切れてきた。口を開けてしまいそうになる。汗も噴き出していた。それでも、躰は動く。

祖父の姿。影たちのむこう。風。赤。冬の荒地に咲く花。景一郎は走り続けた。鉄砲。筒先にむかって、景一郎は走った。なにかを、感じる。そのたびに、横に跳ぶ。近づくほど、筒先の動きは大きくなる。

斬り倒した。鉄砲を捨て、刀の柄に手をかけようとしているところだった。叫び声。

背後。二人。景一郎は跳んだ。二人の頭上。ひとりの躰が、頭から胸まで割れていく。それが、ひどくゆっくりしたものに見えた。もうひとりの斬撃も、ゆっくりしていた。左一文字に胴を薙《な》いだ。滑り落ちてきたはらわたに足を絡《から》ませながら、男が倒れる。

祖父の姿。まだ影たちのむこう側だ。いくら斬《き》っても、近づくことはないという気がしてくる。影たちのむこうで、祖父はやはり来国行を構えていた。

斬撃。二つ三つと風をかわし、ひとりを斬り倒した。腿《もも》を浅く斬られたようだった。躰が、なにかを感じなくなっているのか。感じても、動かなくなっているのか。

雄叫《おたけ》びをあげ、景一郎は跳躍した。斬り降ろす。祖父の剣だ。思いながら、斬り降ろすことしか、景一郎はしなくなっていた。走る。追いすがってくる影がいる。跳躍し、宙で躰を回し、斬り降ろす。

祖父の構え。動かなかった。不動のまま、すさまじい気で圧倒してくる。

頭頂を、打ち据えられた。どこからどう打ちこもうと、必ず祖父は竹刀《しない》で頭頂を打ち据えてきた。籠手《こて》も胴も、打たれたことはない。頭頂を打たれ、視界がなくなっても、景一郎は立っていられた。立っていなければ、また打たれるからだ。頭頂から両断する。それが日向流であることを、幼いころから躰に叩《たた》きこまれた。

地面に転がった。躰が、なにかを感じたからだ。鉄砲。弾が通りすぎていったのは、しばらくあとだった。転がり続ける景一郎に、槍が繰り出されてきた。穂先が、頰を掠《かす》めた。躰から血が流れ出すのを、景一郎ははじめて感じた。実際は、四カ所か五カ所、浅傷《あさで》を受けているが、血が流れ出すとは感じなかった。斬られた、と思っただけだ。

立っていた。それだけだった。不動で上段に構えた景一郎に、槍を遣った男は瞬間たじろいだようだった。祖父は、どこにいるのか。相手のたじろぎを感じた時、すでに頭蓋から両断していた。叫び声をあげた。眼の前の影を、二つ三つ斬り払った。

不意に、頭頂を打たれたような気がした。祖父がいる。すぐ眼の前に、祖父の姿がある。大きかった。どれほど跳躍しても、頭頂にまでは届かないという気がした。

それでも、景一郎は跳躍していた。祖父の姿が、遠ざかる。代わりに、影が現われた。もどかしさが、景一郎を包んだ。もう一度、跳躍した。斬り降ろそうとした時、影は股《こ》間《かん》から腹まで二つに割れて倒れていた。

自分の剣。斬りあげ、斬り下げる。それがまた、自然に出ていた。この剣なら、祖父と闘える。そう思ったが、またその姿は見えなくなっていた。

走った。叫びながら、走った。行手を塞《ふさ》いだ影が、二つに割れていく。突き出されてきた刀を、両断した。刀も、斬れる。受けたりせずに、すべて斬り飛ばす。喘《あえ》ぎが聞えた。自分の喘ぎだった。苦しさも、もう遠い。躰が動き続けるだけだ。これは、死なのか、生なのか。

祖父の姿が、また覆《おお》い被《かぶ》さってきた。今度こそ、斬ってやる。跳んだ。その瞬間に、祖父の姿は遠ざかっていた。

5

ふるえていた。

荒地の端の、朽ちた大木のかげである。闘争は、遠かった。それでも、新兵衛は躰をふるわせ、失禁さえしそうになっていた。

三十二人の敵。景一郎は跳躍し、走る。そのたびに、宙に血が飛び散る。すでに、何人を倒したのか。

母屋《おもや》に、じっとしてはいられなかった。三十数人の男が、薬草園の奥にむかって走っていったのだ。寮の使用人たちには外に出るなと言い、新兵衛はひとりで駈《か》け出してきた。

離れでは、鉄馬がなにも見えないように、縁にじっと座っていた。それで、ここまでひとりで来たのだ。

景一郎が、二人三人と斬り倒すさまを見て、はじめはただ息を呑《の》んでいた。景一郎が負けることはあるまい、と思う反面、相手が三十人以上いるという冷静な考えもまた湧いてきた。三十人以上の男に、ひとりの男が勝てるわけがない、と思えてくる。

ふるえは、大きくなるばかりだった。

それが止まったのは、背後から声をかけられた時だった。

「跳ねたり、駈け回ったり、よくやるものだ」

榊原征四郎だった。

「加勢はしないのか、あんた？」

榊原は懐手《ふところで》で、相変らずの着流しだった。口もとに、皮肉な笑みが浮かんでいる。

その笑みを見た時、新兵衛のふるえは止まったのだ。

「まあ、必要はあるまい。庄内藩が集めた連中はみんな悪くない腕だが、相手が悪すぎる。あれは人ではないな」

「あんたは、高みの見物かね」

新兵衛も、皮肉を返した。不思議に、怕《こわ》いという感情はなかった。

「庄内藩は、あんたを雇わなかったか」

「間違えるな。俺は旗本の伜《せがれ》だ」

「旗本で、商人に雇われるやつがいたような気もしたが」

「俺は俺さ。ただ庄内藩の動きは、前から摑んではいた」

喋《しゃべ》っている間も、景一郎は走り、何人か斬り倒していた。

「この勝負、見えてるよ、保田さん」

「どういうふうに？」

「どんな斬撃も、日向は皮一枚でかわしている。あれは、意識した動きではない。体力が尽きるまで、かわし続けられるということだ。日向を倒すには、この倍の人数が必要だろうな」

景一郎が、また真直《まっす》ぐ走った。走る先に、鉄砲の筒先があった。馬鹿《ばか》な、と思った瞬間に、景一郎は横へ跳び、筒先もそれを追うように動いた。鉄砲の構えは、すでに崩れてしまっている。

「見ろよ。鉄砲でさえ、近づくことでかわしている。近づけば近づくほど、横の動きが効いてくる。筒先を大きく動かさなければならんからな。あれも、意識しているわけではない」

実際、筒先が違う方向にむいている時に、鉄砲は撃たれた。鉄砲を持ったままの男を、景一郎は正面から斬り倒していた。

「榊原さん、体力が尽きるまで、日向景一郎を倒せない、と言ったね。しかし、日向景一郎の体力は、尽きるのだろうか」

榊原が、新兵衛の方を見た。口もとに、もう笑みはなかった。

「尽きる」

「俺には、いつまでも尽きることがないように見えるよ」

「それは、人ではない。鬼だ」

「日向景一郎を、鬼だと言ったやつがいた。人に戻ろうとしている鬼だとね。しかし、鬼は人には戻れない。刀を抜かせれば、それがわかるそうだ」

「鬼か」

すでに、半数近くを、景一郎は倒しているように見えた。まだ立っている男たちは、景一郎の体力が尽きるのを待っているのか。槍も役には立たず、いまは十数名が取り囲んでいるだけだ。

その十数名も、ひとり二人と倒されていく。

「あれは、日向景一郎ではないな。日向将監だ。これまで、俺の心をふるわせたのは、日向将監の剣だけだった」

「景一郎だ、あれは。鬼だが、景一郎さ」

「いや、将監だな。生まれかわりなど俺は信じないが、憑《つ》きものはあると思う。景一郎に、将監が憑いている。俺には、そうとしか見えない」

立っているのが八人になった時、闘争は終った。八人が、駈け去ったのだ。倒れている人間の半分は、頭蓋を断ち割られて死んでいるだろう。傷ついた人間も、浅い怪我《けが》ではないようだ。

ひとり荒地に立ち尽しても、景一郎はまだ剣を構えていた。

「鬼だな、まさしく。しかし、なんとなく哀《かな》しげな鬼じゃないか」

呟《つぶや》くように、榊原が言った。

景一郎が、二度三度と刀を振り、それから叫び声をあげて跳躍した。地に降り立った景一郎は、刀を鞘《さや》に収め、膝《ひざ》を折った。

なにを斬ろうとしたのか。自分自身を、心の中の鬼を、斬ろうとしたように新兵衛には思えた。地に座りこみ、景一郎はしばらく動かなかった。

榊原が、じっと景一郎に眼を注いでいる。

「あの鬼を斬るのは、俺しかいない」

榊原が言った。

「俺は、日向流を破れる」

「鬼を、斬れるかね、榊原さん」

「俺も、鬼になれればの話さ」

「そんなに、たやすくは」

「鬼になれなければ、鬼に食われる。それだけのことだ」

榊原は、まだ景一郎の背に眼を注いでいた。はっきりは見てとれないが、景一郎の肩はかすかに上下しているようだ。

「斬れる」

「鬼をか？」

「ああ、鬼をだ」

なんのために斬るのか、という言葉を新兵衛は呑みこんだ。そういうことは、景一郎にも榊原にも、無駄な問いかけなのだということが、なんとなくわかった。

「死んだのは、十五、六人かな、榊原さん」

「そんなものだろう」

「まだ、ほんとうのことだとは、俺には思えないな」

「庄内藩は、全力で手練れを集めた。それがこのざまだ。もう、動きようがないだろう。老中を頼るしかない」

「藩ごとかね？」

「こうなればな」

榊原が、ようやく視線を新兵衛の方へ移した。

「はじめから、老中に頼ろうという一派が、庄内藩にはいた。阿芙蓉《あふよう》の利が半分に減ったとしても、その方が安全だと考える一派がな。それが、これから力を持つ」

「藩主は？」

「なにも知らんさ。重臣が、藩財政の建て直しのためにやったことだ。老中は、その蜜《みつ》を吸おうとしている」

「俺のような町方同心には、縁のない話だ」

「俺も、縁がないと思っていた。ところが、兄に呼びつけられてな。そのまま、老中水野出羽守《でわのかみ》のもとへ連れていかれた。日向景一郎を斬れと言われたよ。それで、兄は出世できる」

「どうして、俺に老中の名まで言う？」

「どうでもいいからだ。水野出羽守は、阿芙蓉を、大奥の女どもに流そうと考えているはずだ。それから」

「それから？」

「あとは、自分で考えろ」

「日向景一郎を、あんたは斬るつもりだろう。それはつまり、水野出羽守のために働くということではないか」

「そうなるな。それも仕方がないことだ」

「つまらんと、俺は思う」

「鬼になれば、すべてがどうでもよくなる。自分より強いかもしれない者がいることが、許せなくなるだけさ」

　景一郎が、立ちあがった。周囲を見回し、それからゆっくりと歩き、小川を跳び越え、雑木林の中に入っていった。

「よく喋るんだね、榊原さん。意外だった」

榊原は、口もとにかすかな笑みを浮かべた。

「斬るよ、俺は」

「よく喋る鬼はいない、と俺は思う。あんたは、鬼にはなれんな」

「なれなければ、死ぬだけでね。日向に言っておけ。水野出羽守は、庄内藩のように力押しはしてこない。安全に、阿芙蓉を手に入れようとしているのだからな。忍びは放ってくる。それが駄目な時は、手を引くだろう」

「あんたは？」

「そこに俺がいる。日向の命運の分れどころだ」

「しかし、鬼にはなれんよ、あんた」

新兵衛が言うと、榊原はまた口もとだけで笑った。

第七章　両断

1

なぜこんなことに関ってしまったのか、新兵衛《しんべえ》はしばしば考えた。

とにかく、人が死にすぎる。それも、臨時廻りの町方同心である自分とは、およそ縁のないところで死んでいく。そのくせ、いつもその場に立会ってしまうのだ。

八丁堀の組屋敷で、爺《じい》やの与平《よへい》の作った食事をすることは、少なくなった。鎌倉河岸《かまくらがし》のお甲《こう》の家にいることが多いのだ。

こんなことに関ったがために、杉屋清六《すぎやせいろく》から、しばしば金が入る。お甲に渡せる手当が多くなって、その分居心地がいいのだ。女とは現金なものだと思っても、その居心地に引かれてつい足をむけてしまう。

月に十両、十五両と渡す。惣菜屋《そうざいや》もやらせていて、そのあがりも結構あるから、お甲の暮しむきはよかった。通いの下女を二人使っているし、惣菜屋には男の職人が二人と、女の売子が三人いる。

「おまえの気持が、このごろわかってきたぜ、鉄馬《てつま》」

新兵衛の友人といえば、小関《おぜき》鉄馬ぐらいになった。以前からの友人と、あまり会ったりしなくなったのだ。年齢は鉄馬の方がだいぶ上だが、俺、おまえで呼び合っている。

「美保《みほ》という女を失ってから、腑抜《ふぬ》けになっちまったのが、いまの俺にはわかるような気がする」

新兵衛の女の話などに、鉄馬は関心も示さなかった。だから逆に、語りやすい相手でもあるのだ。

閨《ねや》が濃厚になった。濃厚などというものではない。ただ抱くだけだった女が、突然魔物になったという感じだ。しかも、自分だけが悦楽の中を漂うのではない。ある部分では冷静に、うまく新兵衛もその中に引っ張りこむのだ。閨で悶《もだ》えて啼《な》くのは女だと、相場が決まっている。いい声で啼かせたら、それを聴きながら男は満足する。そんなものだろうと思っていた。

ある夜、新兵衛は自分が啼いていることに気づいた。仰むけに寝て、くわえさせていた時だ。舌ではない感触があった。唾液《だえき》ではない、ねばっこいものの感じもあった。舌と指を、お甲は同時に使っていた。そこまで見て、新兵衛は耐えきれず、また啼き声をあげた。執拗《しつよう》だった。これじゃまるで女じゃねえか、という思いも、いつか快感の中に溶けこんで、いつまでも新兵衛は啼き声をあげ続けた。

「なあ、鉄馬。美保って女は、おまえにそんなにいい思いをさせたか？」

「ああ」

美保の話になると、小関には聞えるようだ。

「どんなふうに？」

「吸いつかれるんだ。肌全部で、吸いつかれる。底のない沼の中で、俺は溺《おぼ》れていたな。その沼が、いまだに忘れられん」

「わかるな。俺にも、わかる」

お甲は三十で、四年前に亭主をなくしていた。死んだ亭主は五十三で、紙の商いをしていたといい、お甲は後妻だった。新兵衛が会った時は、そのまま貰《もら》った家と、小金を持っていた。惣菜屋をはじめる時、いろいろと世話してやった。金はそれほど出さなかったが、廻り方の同心がしてやれることはかなりあったのだ。その時に、男と女になった。

あんなことを仕込んだのも、死んだ亭主だったのか。それにしても、十両以上の金を渡すまで、お甲はただ新兵衛に躰《からだ》を開くだけだった。つまりは、新兵衛をしっかりとつかまえようとしているのだ。

ねばっこいものは、芋茎《ずいき》と呼ばれる里芋《さといも》の茎を搾《しぼ》った汁だった。ぬめりだけではない、なにかがある。敏感になるし、お甲の中に入った時は、女にも効くことがよくわかった。ただの芋茎の汁ではないかと思っても、忘れられないのだ。

お甲は、どちらかというと醜女《しこめ》だった。それでも、自分は離れられないだろう。眼の前に美女が現われて誘ったとしても、離れられはしない。

「こわいなあ、女は」

言っても、むなしいだけだった。

杉屋の寮で、鉄馬と酒を飲みながら油を売る日が多かった。夜になると、お甲のところへいそいそと出かけていく。

もう梅の季節も過ぎ、桃の花をよく見かける。桜も、遠くない。

杉屋の寮は、平穏だった。あれ以来、襲撃もなく、ほかの動きもなかった。これで終る、と新兵衛は思っていない。しかし、暖かさとともに、気も緩んできている。

新兵衛が緊張していても、どうなるものでもなかった。それは鉄馬も同じで、縁に二人で並んでいる姿は、若過ぎる隠居のように見えるかもしれない、と新兵衛は思った。

これまでにどういうことが起き、これからどう流れていくのか、新兵衛は何度か考えてみた。

まず、阿芙蓉《あふよう》が絡《から》んでいる。それを入れているのは、庄内藩である。藩ぐるみというわけではなく、阿芙蓉の利で財政を建て直そうとする勢力と、それに反対する勢力があるようだ。その中も、また細かく分かれている。争いもあるらしい。

庄内藩が入れた阿芙蓉を、各所に配る役割をしていたのが、材木問屋の大津屋《おおつや》だろう。阿芙蓉の利が大きいと見たのか、大津屋は庄内藩に対して、かなり大きな貸しを作っている。材木の商いの方は、新兵衛が調べたかぎりでは、傾きかけている。

庄内藩と大津屋は、阿芙蓉をめぐって暗闘をしたようだ。そこに幕閣が介入し、大津屋の貸金をほかの両替商に肩代りさせようという動きがあった。

幕閣とは、老中水野出羽守《みずのでわのかみ》のことだ、と言ったのは、榊原征四郎《さかきばらせいしろう》だった。

水野出羽守は、御典医でもどうにもならない将軍の頭痛を、ぴたりと治すことで老中になったと陰口を叩《たた》かれている男だ。御典医も持っていない薬を使う、という噂《うわさ》だった。それが阿芙蓉であっても、なんの不思議もない。

水野出羽守は、阿芙蓉をもっと大量に手に入れたいのかもしれない。それによって莫《ばく》大《だい》な利を得ようとしているのか、それとも将軍から大奥までを支配しようとしているのか。

大津屋は死に、庄内藩はどうにもならないところまで追いつめられている。水野出羽守にとっては、庄内藩の阿芙蓉をすべて手に入れる好機ではないか。そこで障害になっているのが、景一郎《けいいちろう》が持っている大津屋の証文なのかもしれない。

とすると、水野出羽守は、景一郎を狙《ねら》ってくるということになる。

それにしても、腐臭が強過ぎた。国全体が腐臭を放っている、とさえ新兵衛には感じられた。老中が、阿芙蓉で将軍をてなずけようとしているのだ。

そして自分も、その腐臭の中で金を拾い、女のところへ運んでいる。

「なあ、鉄馬。おまえが大津屋から奪った証文には、なにが書いてあったのだ？」

「金額が。三千両とか、五千両とか」

「ほかには？」

「期日までに支払えない時は、材木その他で支払う」

「なんだと。なぜそれを早く言わない」

この話は、何度も鉄馬とした。材木その他というのは、初耳である。材木は、藩の機構の中でしか処分できないだろうから、その他が問題なのだ。つまり、阿芙蓉で支払うということだ。

「二万両分の阿芙蓉か」

「実際は、十万両、十五万両の阿芙蓉と考えてもいいであろうな。阿芙蓉の値など、あってないようなものだ」

「はじめから、おまえはそれを知っていて」

「なにしろ、景一郎に取りあげられた証文だからな。景一郎は、ろくに読んでもいないであろうし、なにかわからないものを、欲の亡者《もうじや》が奪いあっている。そう思って眺めると、面白いのではなかろうかと考えてな」

新兵衛は、舌打ちをした。

水野出羽守が証文を手に入れても、阿芙蓉を得ることになるのだ。

「拗《す》ね者だな、おまえって男は。高が片腕をなくしたぐらいで」

「痛みに耐えるのに、俺は阿芙蓉を使わなかった。だからこの世に、阿芙蓉などというものがあるのが、信じられなくてな」

言って、鉄馬がにやりと笑った。

証文は、景一郎が持っている。どれほど腕が立つかも、わかっているはずだ。だから、榊原征四郎が老中に呼ばれ、密命を受けた。榊原も、密命を密命と思わないような男だった。だから、自分に喋《しやべ》ったのだろう。

新兵衛は、景一郎の小屋の方に眼をやった。

土を採《も》んでいる姿が、新兵衛にはなんとなく無気味に感じられる。

「森之助《もりのすけ》は？」

「恵芳寺《けいほうじ》だ」

「医者にでもする気か？」

「さあ、本人が決めるだろう」

「あそこには、流行《はや》り病の病人もいるぞ。遊びにばかり行っていたら、森之助も病気になる。それは考えないのか、おまえ？」

「そんなもの、ただのめぐり合わせだろう」

「森之助のために、大人がなにか判断してやらないのか、と言ってるんだ」

「色狂いの悪同心が、そんなことを言うのか。それよりな、新兵衛。おまえは、女が忘れられんと言ったな。俺の気持もまたわかると。ところがだ、男の味が忘れられん女もいる」

「美千《みち》殿のことだな」

「この間、ついに景一郎の小屋まで走ってきて、裸になった。大の字さ。土みたいに揉んでくれってことだ」

「それで？」

「邪魔です、とだけ景一郎は言いやがった」

「あいつ、自分の欲望とは別のところで、女を抱くことができるのか？」

「大津屋にいたぶられて、媾合《まぐわ》いに恐怖と嫌悪《けんお》しか持っていない女が、身も世もないような叫び声をあげて歓《よろこ》ぶのを、おまえ見ていたんだよな」

「俺は、船の舳先《へさき》にいただけだ」

「それでも、見たはずだ。声も聞いた」

確かにそうだったが、頷《うなず》く気に新兵衛はなれなかった。

「あんな真似《まね》、おまえできるか？」

「怪物だ、ありゃ。ああやって女を抱けりゃ、溺れることもないって気がする」

「俺は、やったことがあるぜ。茸《きのこ》を食らわされてだが。女は、半分死にかかっていた」

「景一郎も、茸なのか？」

「あれは、おまえが言った通り、怪物だ。茸などなくても、そういうことができる」

お甲の姿態が思い浮かんだ。それから景一郎に跨《また》がった美千の姿態。叫び声。茸があれば、お甲をあんなふうにすることも可能なのか。

「多三郎《たさぶろう》は、茸から薬を作ろうとしている。そういう薬を作っちまったってことを、おまえ知ってるか？」

「そういう薬っていうと」

「女を、乗り殺せるぐらいの薬さ」

「ほんとうか？」

「多三郎に分けて貰えよ。美保がいない俺じゃ、あっても仕方がない。おまえにゃ、狂わせたい女がいるだろう」

「横をむいていても、俺の話は聞いているんだな」

「羨《うらやま》しい。だから、横をむいている」

鉄馬に羨しいと言われて、悪い気はしなかった。多三郎はいま薬草畠《ばたけ》か、と考えて、新兵衛はかすかに首を振った。いま多三郎を捜しに行けば、必ず鉄馬がどこからか覗《のぞ》いているだろうと思った。

そのうちに、鉄馬に内緒で頼めばいいのだ。

新兵衛は、また景一郎の小屋の方へ眼をやった。

2

気配はわずかだった。

夜目が利《き》くけものが、そっと近づいてきたという感じだ。筵《むしろ》の上で、景一郎は眼を閉じてじっとしていた。離れではなく、小屋の方に寝るようになってから、ひと月が経《た》つ。夜も大して寒くはなくなっているので、誰も不思議だとは思っていないようだ。

近づいてきた。

蛇か、と思った時、景一郎は人差し指と中指で蛇の頭を挟みこんでいた。とっさに、蛇は景一郎の腕に躰を巻きつけ、絞めあげてきた。息を止め、景一郎は腕に力をこめた。

蛇の躰から、力が失《う》せた。

背骨の何カ所かが千切れ、蛇は死んでいるはずだった。

祖父将監《しょうげん》が、この技を使うのを、旅の間に何度か見た。ひとりで旅をするようになり、食い物もなくなってきた時、蛇を捕まえてきてその技を試した。そうやって、身につけたのだ。

人の気配はない。しかし、蛇が死ぬ瞬間に、間違えようもないほど強い気配が、小屋の外から伝わってきたのだ。

また、蛇が近づいてきた。今度は、数匹いるようだ。右手に二匹、左手に一匹、景一郎は蛇を巻きつかせた。次の瞬間、二匹の蛇は死んでいた。一匹は生きている。腕の筋肉に力をこめる瞬間に、蛇の方も全力で巻きついていなければならないのだ。

景一郎は、筵から身を起こした。

「一匹だけ生き残っている。こいつは、命に縁というやつがあった。連れて帰れよ。ここまで仕込むのは、並の苦労ではあるまい」

声をかけると、闇《やみ》から人影がひとつ出てきた。気配は消したままで、小柄な躰はただの影のように見えた。

「三匹を、見せてくれ」

嗄《しわ》がれた声だった。老人だろう、と景一郎は思った。三匹の屍体《したい》を、影の方にむかって投げた。受け取った時、はじめて気配がはっきりした。

「信じられぬ。背骨が四、五カ所も千切れておる」

老人は、景一郎の方に近づいてきた。景一郎の右手の、生き残った蛇をじっと見つめた。もう、気配を消すことも忘れたようだ。

「早苗《さなえ》は、なぜ生きておる？」

「俺の技では、一匹ずつしか殺せないようだ」

「技だと。これが、どういう技だというのだ。背骨が千切れておるのだぞ」

「見るか？」

「待て。そうすると、早苗は死ぬのか？」

「でなければ、見せたことにならん」

「腕に力をこめる。その時の、はずみのようなもので殺すのか？」

「だから、一匹ずつだ。二匹同時に、はずみが合うことはない」

老人はまた、手の中の三匹の蛇に眼を落とした。

「蝮《まむし》ではないな。闇の中でも、迷うことなく俺に近づいてきた。そして、気も荒い」

「波布《はぶ》という蛇だ。南の暑い島から連れてきた。ひと咬《か》みで、人は死ぬ」

老人は、殺気を見せなかった。三匹の蛇の屍体を抱いたまま、座りこみそうな様子だった。

「こんなことを、引き受けるのではなかった。一郎太《いちろうた》も十郎太《じゅうろうた》も朱実《あけみ》も死んだ。遊興で人を殺そうなどとは、もともと間違ったことだった」

「遊興だと？」

「三組の者がいて、誰が殺すかが賭《か》けられているそうだ。大名の遊びだ」

「ほかの者は？」

「わからん。わしは、今夜行けと命じられた。この子たちが失敗するとは、殺されるとは、思ってもいなかった。金を貰《もら》ってこんなことをするわしが、間違っていた」

「強い毒を持った蛇だ。それは、こうやって腕に巻きつかせているだけでもわかる。人を殺すために飼い、仕込んだのではないのか」

「それを、生業《なりわい》としていた。わしの父も、祖父も。しかし、そんなものは生業になる時代でもない。遊興の道具にされる。それに甘んじてきた結果が、これだ」

「この蛇も、殺した方がよさそうだな」

「待ってくれ。頼む。殺さないでくれ」

吹き矢で襲われたのが、四日前だった。その前は、四人の男の手裏剣《しゅりけん》だった。みんな斬《き》り殺し、畠の隅に埋めてある。

「雇主とは、会ったのか？」

「犬を、殺すところを見せた。四頭の犬だったが、たやすく殺した。人を殺すところも見てみたい、と女が言っていた」

「女か」

「いずれ、大名の奥方かなにかであろうと思う」

「三組では、もう来ぬな」

「では、あとの者たちは」

「みんな、畠の土の中だ。ところで、雇主と会ったのは、どこだ？」

「寺だった。駕籠《かご》に乗せられたので、場所はわからぬ。さ、早苗を返してくれ」

「俺を殺そうとして、虫が良いな」

「おのれは、早苗まで殺そうというのか？」

「また蛇を増やし、仕込み、人を殺す生業を続けるのであろう」

不意に、老人の躰《からだ》から気配が消えた。次の瞬間、なにかが飛んできて、闇の中で踊った。景一郎は跳躍《ちようやく》し、老人の背後に降り立っていた。老人の肩を突いた。闇の中で踊っていたものが、引き戻されてきて、老人の腿《もも》に当たった。しばらく立っていたが、老人はそのままの姿勢で躰を硬直させて倒れた。眼を見開いたまま、死んでいる。

「これも、毒か」

老人が投げたのは小さな鞠《まり》のようなもので、針が何本か突き出していた。細い紐《ひも》がついていて、投げたらそれで操る技のようだ。

腕に巻きついた蛇は、老人の懐《ふところ》を探って布の袋を出し、それに入れた。針を突き出した鞠と三匹の蛇の屍体は別にして、老人だけ畠に運んで埋めた。毒は、多三郎が欲しがる。毒は必ず薬にもなる、と信じている男だ。

そのまま、また筵の上で眠った。

新兵衛がやってきたのは、翌々日だった。毎日のように来ているらしいが、景一郎の小屋に顔を出すとはかぎらない。景一郎は、多三郎と新しく焼いた薬の壺《つぼ》の話をしているところだった。

「多三郎、なんとなく茸が食いたくなったのだがな」

「保田《やすだ》様、茸は秋まで待っていただかなくては」

「そうか。いまは無理か。ちょっとばかり、毒の入ったものでも食いたいと思ったのだがな。毒でも弱いものなら、病に効いたりもするのだろう?」

「さて、病によります」

保田は、景一郎ではなく多三郎に用事があるようだった。

景一郎は、壺を並べはじめた。このところ、二度窯《かま》に火を入れた。蓋《ふた》をすれば絶対に気が抜けない壺を、多三郎に頼まれたのだ。壺と蓋の触れ合うところに、さまざまな工夫をしてみたのだが、わずかに気は抜ける。

「乾かして、粉のようにしたものでもいいのだ。元気が出るようなものが欲しい」

「男として、女に元気が出るということですか？」

「いや、まあな。それが効き目の中にあると、なおいいというところか」

「すさまじく効くものがありますよ、保田様。ただ、それを使うと女を殺してしまいます。しかも、効能が切れたらそれっきりで。つまり、男の方は腎虚《じんきょ》というわけです。もう少し穏やかな効き目のものができたら、保田様に最初に進呈しましょう」

笑いながら多三郎が腰をあげ、壺をひとつ抱えて立ちあがった。それが、最も気が洩《も》れないと二人で判断したものだった。

「景一郎。なに事もなく日々は過ぎているようだな」

いつもとはちょっと違う口調で、新兵衛が言った。

「そうだ、新兵衛さんに、ひとつ頼みたいことがあったのですが」

「ほう、俺にか」

「水野出羽守《でわのかみ》が、どこかに外出していると思うのです。お忍びというやつで、寺かどこかではないかと思うのですが」

「おまえ、それを俺に調べろと？」

「私よりも、新兵衛さんの方が、そういうことには馴《な》れておられるでしょう。私を襲ってくるのは、水野出羽守の手の者だ、と教えてくれたのも新兵衛さんです」

「それは、榊原征四郎が言ったことを教えただけだ。それに、まだ襲われたわけではあるまい」

「こちらから、挨拶《あいさつ》に行くのです」

「冗談だろう、おまえ。相手は老中だぞ」

「老中でも、人でしょう。とにかく、お願いしておきます。屋敷へ行くよりは挨拶しやすいでしょうから」

景一郎は、壺をひとつとって見つめた。どうして、蓋から気が抜けてしまうのか。触れ合う面に、微妙な凹凸があるからだ。それは、焼く時にできる凹凸で、人の手ではどうにもならないもののようにも思えた。

「景一郎さん、壺がまたあがったね。いま、多三郎から見せてもらった」

杉屋がやってきて言った。並んだ壺を、じっと見つめている。

「この前の壺が、全部売れてね。その前の、薬を入れた小さな壺も、壺の方が売れた。私にはよくわからないが、不思議な力があるね。また焼物が変ったんでどうかと思ったんだが、売れる」

「しかし、全体として数が少ない。儲《もう》けは出ないのではないか、杉屋」

新兵衛が壺を覗きこんできた。

「景一郎さんの焼物で、儲けようなどという気はとうに捨てております、私は。小関さんも、最近では高く売れとは言わなくなったし。好きな人が、安い値で買える。そういうものになってきていますよ」

売るということを、景一郎は考えたことがなかった。自分が持て余しているものを、土の中にならば封じこめられるかもしれない。そう思ってはじめたことだった。いまは、その思いもない。いくら封じこめていても、もともと持っているものは、機会があれば出てきてしまうのだ。

土を選ばなくなった。土と語ることもしなくなった。土の中に、自分はいない。入りこむこともできない。そう思うようになってから、景一郎は焼物が面白くなった。

そういう景一郎を見透したように、気が決して外に洩れない壺、などと多三郎は言い出したのだろう。昔、多三郎は薬草で人を殺してしまったことがある、と告白した。その時は、自分自身が毒としか思えなかったという。だから、毒を薬に変えることに狂奔した。しかし、そういう思いは何年も続いたりしない。いつか、毒を薬に変えることを面白いと思いはじめたという。

「そういえば、このところ森之助の姿が見当たりませんね。小関さんは、森之助に剣を教える熱意も失ってしまわれましたか」

「剣は、以前と同じ稽古《けいこ》をしています。ただし、早朝に」

「恵芳寺さ」

新兵衛が口を挟んだ。

「幽影《ゆうえい》さんが、書見をみてくださっています。森之助はその返礼として、あそこの病人の世話をし、夕刻にここに戻ります」

「世話といってもな、景一郎。あそこにゃ流行《はや》り病の者がごろごろしてるんだぜ。大人ならともかく、森之助はまだ子供だ」

「病に勝つぐらいのことは、森之助にもできますよ、新兵衛さん」

「ちぇっ。鬼も病には勝てねえ。それを知らんのか。鉄馬のやつも、病にかかったらそれはめぐり合わせだと言いやがった。伯父や兄が考えることとは思えねえな」

「恵芳寺は大丈夫ですよ、保田様。多三郎が毒を消す薬を作り、それを薄めた水で手を洗うそうです。病人に触れた手は必ずね。そのほかに、飲んで毒を消す薬なども用意してあるようだし。現に、幽影さんや美千さんは、なんでもないではありませんか」

「そう言う杉屋よ、一緒に恵芳寺へ行って晩めしでも食ってこようか」

「理由がありませんな。保田様は、このごろ私によく絡《から》まれる。小関さんとの酒が、よろしくないのではありませんか」

新兵衛が、また舌打ちをした。

景一郎は、乾かしてあった土に手をのばした。微妙な凹凸をなくすために、陶車《ろくろ》を速く回した。それでも焼けば凹凸がある。陶車を使わずにやってみようか、と考えたのだ。

新兵衛は、まだなにか言いたそうにしていたが、杉屋に促されて母屋《おもや》の方へ行った。

3

その寺は、寛永寺《かんえいじ》と塀を接していた。

駕籠が寛永寺に到着したのは、夕刻近くなってからだった。供回りは、武士が五名、女中が五名の十名だった。乗っていたのは、女である。それからすぐに、三十人ほどの供回りの駕籠が到着した。降りてきたのが、多分、水野出羽守だろう。新兵衛から聞いた通りの容貌《ようぼう》だった。

水野出羽守は、半刻《はんとき》も経《た》たずに出てきて、そのまま帰った。

女が、塀を接した隣の寺に移ったのは、薄暗くなってからだった。なにがあるのかわからぬまま、景一郎は跳んで塀を越えた。神経に触れてくるものは、なにもない。無防備に近いと思えた。

酒席になったようだった。景一郎が潜んだ場所にまで、女の笑い声が聞えてきた。供回りばかりでなく、ほかに二名ほどがこちらの寺で待っていたようだ。

庫裡《くり》は宴会に使われていて、僧侶《そうりよ》の姿などどこにもなかった。

夜半まで、景一郎はじっと待っていた。

それから、庫裡に近づいていった。宴会は、まだ続いている。女二人を、男たちが取り巻くような恰好《かっこう》である。供の武士や女中も酒を飲んでいるらしく、座は乱れていた。

まず、供の武士が別室に退《さ》がった。それから女中も退がり、男女四人だけになった。男は町人ふうだった。

男のひとりが、女の手をとるようにして奥の部屋へ行った。歳《とし》をとった方の女はその場を動かず、もうひとりの男が煙草《たばこ》盆のようなものを運んできた。

はっきりとそれとわかる、阿芙蓉《あふよう》の匂《にお》いが漂ってきた。恵芳寺の幽影のところで、景一郎はこの匂いを嗅《か》いだことがある。痛みの中で死のうとしている若者に、幽影が吸わせたのだ。笑いながら、その若者は死んでいった。これしかしてやれない、と幽影は死に顔を見つめながらぽつりと言った。

男と女が、交互に煙管《きせる》で吸っているようだった。奇妙な静けさの中に、阿芙蓉の匂いが漂い続けている。

二人とも、眠ったようになった。奥の部屋も同じようだ。着物は乱れて、半裸の状態だった。男の躰の肩から背中にかけて、大きな鯉《こい》の刺青《いれずみ》があった。

景一郎が入っていっても、焦点の定まらない眼をむけてくるだけだ。

景一郎は、まず女二人を担《かつ》いで境内から山門を通って外に出た。供の武士たちも眠っているらしく、不寝番もいなかった。

夜が明けると人通りが多くなる場所まで運び、細紐で縛りあげた。まだ暗いので、人はいない。

もう一度寺へ戻り、男二人も担いで女のところへ運んだ。

「なんだ、おめえは」

男が、酔ったような口調で言った。まだはっきり喋《しゃべ》れないらしい。縛りあげる時の抵抗も弱々しかった。

まず、喋った男の口を開け、粉を流しこんだ。十包あるうちのひとつだ。二人目の男は、まだ喋れないようだった。その男の口にも、粉を流しこんだ。

女が、じっと景一郎を見ていた。五十ぐらいだろうか。はだけた着物から、垂れた乳房が片方だけはみ出している。もうひとりは、裾《すそ》も割れていた。

「阿芙蓉ほどに、気持よくはないそうだが」

女二人の口の中にも、粉を一包ずつ流しこんだ。多三郎から貰《もら》ってきた、茸《きのこ》を乾かして粉にした薬である。痛み止めの薬にしようと多三郎は考えているが、半日は呆けた状態になってしまうのだと苦笑していた。景一郎は試されていない。多三郎が、自分で飲んで試したのだろう。

阿芙蓉に狂い候《そうろう》。

板にそう墨書して、年長の女の首にかけた。茸はもう効きはじめていて、四人ともあんぐりと口を開けている。涎《よだれ》をたらし、時々大声で笑うのだという。

寺に戻った。

庫裡の縁を足音をたてて駈《か》けると、武士がひとり出てきた。景一郎を見て、声をあげる。障子《しょうじ》が開き、みんな出てきた。十人いることを、景一郎はしっかりと確かめた。構える間もなく、いきなり斬撃《ざんげき》が来た。かわしながら抜いた刀で、五人を倒した。死んではいない。足首のところの太い腱《けん》。踵《かかと》の上のそこを斬られると、動こうにも動けなくなるのだ。気を失っている者もいた。五人とも、その程度の腕だったのだ。

女たちは怯《おび》えていた。それでも、懐剣を抜いた者が二人いた。構わず、景一郎はやはり足首の腱を斬った。

寺を駈け出し、水野出羽守の屋敷へ行った。ようやく、空が白みはじめている。

家紋の付いた駕籠があった。その中に、景一郎は懐の中の布の袋を置いた。不寝番はいたが建物の中で、駕籠の方は見ていなかった。

忘れものは、なにもない。水野出羽守にも、薬を一包飲ませてやりたいところだが、少なくとも五、六十人と斬り合いをすることになりそうだ。置土産だけにした。

向島《むこうじま》の、杉屋の寮に戻った。

森之助が、ひとりで剣を振っていた。額の汗が、朝の光に輝いている。

「打ちこんでみろ」

言うと、森之助はいきなり姿勢を低くして突っこんできて、景一郎の背丈ほども跳躍した。日向流《ひなたりゅう》の打ちこみだった。

景一郎が、大人の背丈まで跳躍できるようになったのは、もっとずっと大きくなってからだった。いくら跳躍しても、祖父に叩《たた》き落とされた。

「何度でも跳べ、森之助」

森之助が跳んだ。その瞬間、景一郎も跳び、森之助の頭を越えて、背後に降り立った。また、森之助が跳ぶ。景一郎も同時に跳んだ。何度も、森之助の頭を越えた。座りこみ、森之助が動けなくなる。

「誰に跳べと言われた。伯父上か？」

「いいえ」

「それでは」

「兄上が跳ぶのを見て、ひとりで稽古をしました」

「なぜ？」

「強くなりたいからです」

「跳べば、強くなるのか？」

「わかりません。でも、兄上は強い」

「俺は、弱かった。情なくなるほど、弱かった。自分が弱いということを、まず知った」

「私も、弱いと思います」

「刀を見たら、足が動かなくなる。小便も洩らしてしまう。そういう弱さが、おまえにはわかっていないな」

「それは、弱いのではありません」

「ほう」

景一郎は、来国行《らいくにゆき》を抜いた。正眼《せいがん》に構える。座りこんだままだった森之助が、立ちあがり剣を構えた。正眼である。しばらく、対峙《たいじ》した。斬《き》る。森之助を、斬る。本気でそう思った。森之助の刀が、竹刀《しない》稽古でもするように上下に小刻みに動いた。

踏みこむ。跳ぼうとした時、森之助の袴《はかま》が濡《ぬ》れ、地面に水滴が滴《したた》った。来国行を鞘《さや》に収めると、森之助は尻《しり》から地面に落ちた。

「それはなんと言うのだ、森之助。弱いと言うのではないのか」

森之助は、ふるえていた。

景一郎は小屋へ入り、三日前から揉《も》み続けていた土を、揉みはじめた。

新兵衛が息を切らして駈けつけてきた時は、土は揉みあがっていた。

「なにをやったのだ、景一郎？」

喘《あえ》ぎながら、新兵衛が言う。

「いたずらが過ぎましたか」

「なにを馬鹿《ばか》なことを。代参《だいさん》に出た大奥の老女と下﨟《げろう》が、町火消二人と一緒に、裸同然で往来に晒《さら》されていたのだ。それも、半分呆けたようになってな。あっという間に見物人が集まってきて、一時は大変な騒ぎになった。あれをやったのは」

「新兵衛さん」

土をいじりはじめていた景一郎が、遮《さえぎ》るように言った。

「茸というのは、いろいろなものに効きます。一度、試しますか？」

「茸か、あれは。阿芙蓉に狂ったと書かれていたそうだが」

「ならば、阿芙蓉なのでしょう」

「いや、茸だ。阿芙蓉であぁはならない」

「同じようなものだな」

「老女高鳥《たかとり》の寛永寺代参のことを、教えたのは俺だ。散々苦労して、寺社方からそれを聞き出した。そして、おまえに教えた」

「新兵衛さんの仕業だと、疑われてでもいるのですか？」

「誰が疑う。供回りの者は、全員脚の腱を切られて動けずにいたのだぞ。俺にそんな腕があるか」

「新兵衛さんが私に教えてくれたのは、水野出羽守が寛永寺に行くということだけではありませんでしたか」

「確かにな」

新兵衛の呼吸は、いくらか鎮《しず》まってきたようだった。

景一郎は、子供の頭ほどの土に、両手の親指を突っこんだ。手を小刻みに動かして、壺《つぼ》の底の方のかたちを作っていく。

「水野出羽守の屋敷でも、事件が起きた。毒蛇に咬《か》まれて、三人が死んだのだ。出羽守自身も、すんでのところだったらしい。蛇一匹に、武士が十人もかかって、三人が死んだのだぞ」

「身にしみたでしょう、出羽守も」

「あれも、おまえか。違うよな。毒蛇だぜ。そんなもの、おまえが持っているはずはないよな」

「忘れものを返してきただけですよ、あれは。めずらしい蛇でしたし」

「おまえなのか」

「すべて、新兵衛さんが教えてくれたことです。出羽守の屋敷がどこにあるかさえ、私は知りませんでしたから」

「おまえに教えたことがわかれば、俺は切腹、いや斬首《ざんしゅ》か」

「まさか」

「いや、そうなる。おまえがやったことがわかれば、間違いなくそうなる」

「私がやったとわかるのは、多分二人ぐらいでしょう」

「出羽守自身と、榊原征四郎か」

「だから、心配はいりませんよ」

「なあ、景一郎」

「なにもなかった、ということになります。阿芙蓉をやっていたことは確かなのですから、出羽守としても、騒ぎたくはないでしょう。大奥の女二人と、蛇が一匹。それだけで、自分は死なずに済んだのですから」

新兵衛が、地面に尻をついた。着流しの裾が割れ、黄ばんだ褌《ふんどし》が見えた。

「なあ、景一郎。大それたことをして、あまり俺を驚かさないでくれ。老女高島の代参を、なぜ苦労して訊《き》き出して、おまえに教えちまったのか、いまになれば不思議だがな」

「新兵衛さんも、どこか理不尽だと思っていたのですよ。権力というものの中にいれば、その醜さがまた私たちとは違って見えるのでしょうけど」

「権力か」

「私など、無縁のところにいるはずなのですがね」

「最初におまえを見た時、俵を二つ軽々と担いでいた。まさか米ではあるまいと思ったが、米よりも重い土だった。あの時から、俺にはいやな気分と、なにか期待するような気分が付きまとっていたんだ。いまも、そうさ」

新兵衛が、口を開け、笑う顔を作った。笑い声が聞えてきたのは、しばらく経ってからだった。

4

空の徳利をぶらさげていくと、さわはそれに酒を満たしてくれる。

飲むことしか、鉄馬にはやることがなかった。美保がいなくなってかなり経つが、一日に一度か二度は思い出して、狂おしい気分に襲われる。そのたびに、酒を飲むのだ。

女を抱きに、岡場所へは行った。何度か行ったが、いつも砂を噛《か》むような気分で事を終えて戻ってくる。

美保に惚《ほ》れていたわけではない。その躰《からだ》に溺《おぼ》れていただけだ。だから、美保に代る躰があればいい。しかし、見つかるはずがない、という気分が先に立つ。

もう、五十がそれほど遠くはない。美保とのことが、俺の人生の最後の華だったのか、とふと思ったりする。他人が見る華ではない。自分が、華と感じるのだ。生きることに、うっとりとしていた。強いて言えば、そんな感じだった。それまでは、血の色しかなかったのだ。

新兵衛が来て、よく女の話をしていった。やはり女体に溺れている。それがよくわかった。その女を失うと、新兵衛も自分のようになってしまうのか。時々考えたが、その姿はうまく想像できなかった。

「今度のことで、阿芙蓉を幕閣が厳しく問題にするようになった。相変らず、水野出羽守は将軍家の寵愛《ちょうあい》を受けているようだが、阿芙蓉で儲《もう》けようなどという考えは吹っ飛んだだろう」

「将軍の頭痛を、阿芙蓉で治していたのではないのか、あの老中野郎は」

「多分な。噂《うわさ》されていただけのことだし、幽影に訊いたら、ごくわずかな量でいいらしい。それぐらいなら、問題なく手に入る。実際、杉屋だって人気の珍根丹《ちんこんたん》には、いくらか阿芙蓉を混ぜているという話だしな」

「毒も、うまく使えば、やはり薬か」

かすかに、新兵衛が頷《うなず》いた。このところ、新兵衛の酒量も増えてきている。

「毒といっても、躰より心の毒だな。女というのは阿芙蓉みたいなものかもしれん、と時々思う」

里芋のぬめりで女が新兵衛のものをしごく、という話をくわしく聞かされたことがある。新兵衛は、自分で里芋をつけてしごいてみたという。二日、痒《かゆ》くてのたうち回ったらしい。つまり、どこかで女から逃れたがっている。

「わかったのか、あのぬめりの正体は？」

「わからん。里芋の茎だけではないな。もしかすると、阿芙蓉でも混ぜてあるのかもしれん」

「じたばたしてもはじまらん。まあ、愉《たの》しめるだけ愉しむことだな。地獄に落ちれば、見えぬものも見えてくる」

「茸だよ、茸。多三郎は、腎虚《じんきよ》になると言ったが、おまえが食ったものは、そうはならなかったのだろう？」

「違う茸かもしれん。それより新兵衛、阿芙蓉の件は、すべて終ったのか？」

「すべて、というわけではないな」

「景一郎が持っている証文か？」

「それは、もうないだろう。庄内藩にとっては、相変らずこわい証文だろうが、取り戻す力はないな。水野出羽守に頼ろうにも、阿芙蓉から手を引くとなれば、むしろ関りは避けるはずだ」

「では、なにが終っていない？」

「榊原征四郎さ」

その名を聞くと、鉄馬の心のどこかに痛みが走った。耐えられないほどのものではない、と思う。

「来るか、景一郎を斬りに」

「それか、景一郎の方が斬りに出かけていくかだ。今度も、いきなり代参の老女を襲ったりしたのだからな」

いきなりではなかった。何度か、夜中に争闘の気配はあった。景一郎が、作業小屋で寝るようになったのは、ただ暖かくなったからではないのだ。

それでも、朝まで争闘の気配が残っていたことはない。

どういう争闘だったにしろ、大奥の老女を襲ったというのは、景一郎の逆襲だったはずだ。すると、榊原征四郎の方が、景一郎を斬りに来る。

そろそろ死んでみるか、と鉄馬は思った。結構生きたではないか、と自分に言い聞かせる。これから先、美保のような女に会えるとも思えなかった。

「ところで、賞金首が江戸に入っているんだが、乗らないか、鉄馬？」

「いくらだ？」

「十両。五両ずつでどうだ」

「つまらんな。ひとり十両になる話を持ってこいよ。それより低ければ、働き損だ」

「ものぐさになったもんだな。俺など、三両でも乗るぜ」

「捜し出すだけだからな。犬みたいに、そこらを嗅《か》ぎ回ればいい」

「ふん、俺が知らせないかぎり、おまえはひとつの賞金首にも出会えはしねえだろうが」

新兵衛が横をむいた。

賞金首と命のやり取りをするより、やはり榊原征四郎と闘ってみたかった。どうせ死ぬのなら、そっちを選ぶのが男というものだ。そして昔は、自分は男だという思いの中で生きていた。

さわが、森之助と一緒に歩いてくるのが見えた。さわも、美千も、景一郎に抱かれたがっている。抱かれたがっている女がいる、というだけでいまの鉄馬は美保を思い出してしまうのだった。

「伯父上、ただいま恵芳寺から戻りました」

言った森之助に、鉄馬はちょっとだけ眼をくれた。

「感心なのですよ、森之助は。幽影さんが、書物をくださったんです。病人の世話をしたお礼だとおっしゃって。なかなか、できることじゃありません」

「森之助、くたばり損いの病人はいい。剣の稽古《けいこ》は？」

「毎朝、恵芳寺の鐘の音が聞えてから、一刻《とき》ほどやっています」

「よし、俺が試してやろう」

下駄《げた》をつっかけ、鉄馬は縁から降りた。素手である。森之助が、抱えていた書物をさわに渡し、一礼した。

「いいぞ、どこからでも」

しかし、森之助は鞘を払った刀を、正眼に構えているだけだ。いつから、と思うほど構えは覇気に満ちていた。隙《すき》のない構えに、小憎らしいという感じがある。

右手を軽く前へ出し、鉄馬は一歩前へ出た。不意に、森之助が跳躍した。鉄馬は、思わず抜撃ちの姿勢をとり、前へ駈《か》けた。ふりむく。森之助は、もう刀を構えていた。森之助が、また跳躍する。今度は、鉄馬はちょっと屈《かが》みこんだだけだった。森之助の跳躍には、まだ変化がない。鞠《まり》のように躰を丸くし、刀を振りかぶっているだけだ。

睨《にら》みつけた。本気で睨みつけた。なんなのだ、と思う。これが、若いということなのか。森之助が、また跳躍した。鉄馬は、下駄を宙に蹴《け》りあげた。森之助に当たって落ちてきた下駄を摑《つか》み、投げつける。地に降り立った森之助は、下駄をまともに腹に食らい、尻から落ちた。もう一方の足を振って、下駄を飛ばした。それは、森之助の額に当たった。

額から滲《にじ》み出してきた血を見て、さわが悲鳴をあげる。

「やめなさい。酔っ払って森之助に怪我《けが》をさせて、どういうつもりよ。もう、お酒は飲ませないわよ」

森之助は、茫然《ぼうぜん》としているようだった。

「跳ぶことを、誰に習った？」

「ひとりで」

「そうか。兄者が跳んで人を斬る姿を、おまえは何度も見たのだな」

森之助は立ちあがり、また刀を構えようとした。

「もういい」

さわが駈け寄り、森之助の額に手拭《てぬぐ》いを当てた。それから、鉄馬に非難するような眼をむけた。鉄馬は、下駄に足を突っこんだ。

「そんな跳躍は、人に見せるな。ただの猿真似《さるまね》だ。ひとりで、黙って跳ぶことだな。幽影から貰《もら》った書物でも読んでいろ。おまえには、書見の方が似合う」

縁に戻ろうと歩きはじめた時、鉄馬は肌が痺《しび》れるような感じに襲われた。

「しかし、よく跳べるものだ。おまえの頭を越しそうに見えたぞ」

感心したように、新兵衛が言った。

「そう見えただけだ」

鉄馬は縁にあがり、徳利を持って座敷の方へ行った。慌《あわ》てたように、新兵衛がついてくる。その新兵衛に、まだ酒が満ちている徳利を黙って差し出した。

丸一日、眠っていた。

それからはうつらうつらで、しばしば夢を見て汗をかいた。

酒を、断ったのである。

切迫した気分ではなかった。ただ、酔っていたくなかった。死ぬ時ぐらいは、素面《しらふ》でいて、いま死んでいくのだとはっきり思っていたい。

三日目には、酒は完全に抜けた。不意に酒を断った鉄馬を訝《いぶ》かって、さわがしばしば覗《のぞ》きに来たが、鉄馬は口を利《き》かなかった。杉屋も様子を見に来たが、黙っている鉄馬に困惑した顔をむけただけで帰っていった。

変らないのは、景一郎と森之助だけだ。景一郎は、一度作った壺を毀《こわ》してはまた作るということをくり返している。

四日目の早朝、鉄馬は外に出て、刀を振っている森之助のそばに立った。

「あれだ、森之助」

頭上の梢《こずえ》を指して、鉄馬は言った。跳躍し、梢を途中から斬り落とし、地に立った時はくわえていた鞘《さや》に刀を収めていた。

「あの梢の切り口が眼の高さになるまで、ひとりで跳躍しろ。それまでは、跳躍を人に見せてはならん」

森之助が頷く。続けろ、と言って鉄馬は踵《きびす》を返した。

離れの裏にある木戸から、外へ出た。外は雑木林と畠《はたけ》で、しばらく歩くと大川である。それほど遠いところではなかった。

川風に吹かれながら、土手の道を歩いた。気持のいい風だ、と鉄馬は思った。

「おい、本気か？」

背後から、声をかけられた。榊原征四郎の居所を探り出してきたのは、新兵衛だった。鉄馬が頼んだのだ。捜すほどのこともなかったらしい。本所長岡町《ほんじょながおかちょう》の札差の妾宅《しょうたく》にいたのだ。間男というのではなく、榊原はそこで暮していて、札差も文句をつけることはないという。どういう関係なのかは、よくわからなかった。とにかく、そこに果し状を送った。

「余計なことは言うなよ、新兵衛。俺はいま、ひどくいい気持なのだ」

新兵衛は、少し離れたところからついてきた。水戸家の下屋敷がある。その裏は、畠と雑木林で、人も少なかった。長岡町からも、杉屋の寮からも、同じぐらいの距離だ。鉄馬は、畠の中に立った。すでに刻限で、近づいてくる人影も見えたのだ。着流しの榊原だった。

「日向には一切触れるな、と老中に言われてな。どうしようか、迷っていたところだった」

そばに立つと、榊原はそう言った。

「俺も、兄貴の出世のことは考える。世話になっていることだしな。あとひと月も経《た》てばいいか、と思っていたところだった」

「相手は、景一郎ではなく、俺だ」

「しかし、日向は来るな。匂《にお》っているよ。あいつがふりまく、土の匂いがする」

見回したが、遠くに新兵衛の姿があるだけだった。

「行くぜ、榊原。景一郎には関りはない」

「なぜ、死のうとする？」

「勝負は、まだ決まっていない」

「もうついてるさ。おまえ、死ぬぞ」

それ以上喋《しゃべ》らず、鉄馬は刀を抜いた。榊原は、ただ立っているだけだ。

死ぬ覚悟はしたが、むざむざと死のうとも考えていなかった。相討を狙《ねら》えば、ひと太刀ぐらいは加えられる。それ以外のことは、なにも考えていなかった。

榊原は、まだ抜かない。居合《いあい》を遣う構えとも見えなかった。ただ立っているだけで、じわじわと鉄馬を圧倒してくる。鉄馬は、気に押されまいとした。一歩。踏み出すだけで、ひどく消耗した。生の側。そこを踏み切らないかぎり、この消耗は続く。下段に構えていた刀を、鉄馬はゆっくりと持ちあげ、切先《きっさき》を榊原にむけた。呼吸にして、二つ。あるいは三つ。地を這《は》うように低く、鉄馬は駈けた。風。通りすぎる。躰のどこかを、風が、通りすぎる。立っていた。ひと太刀受けたのか。傷は深いのか。いま立っているのは、死の側か。なにかが、迫ってきた。地面だった。面白く生きたではないか。鉄馬はそう考えていた。悪くはなかった。

抱き起こされていた。新兵衛だ。おまえは、この世でもっと苦しめ。言おうとしたが、声にはならなかった。鉄馬は、新兵衛に笑いかけた。

「伯父上、これを傷に当てておきます」

景一郎の声だった。証文ではないか、と叫ぶ新兵衛の声がした。なにも、見えない。死んでいく俺に皮肉でも言うように、証文を血に濡《ぬ》れた反故《ほご》にするのか。証文とは、なんの証文だったのだ、と鉄馬は考えはじめた。

5

長い対峙《たいじ》ではなかった。

それでも、景一郎は力を使い果たしていた。なにも残っていない。そういう気がする。榊原征四郎も、正眼に構えたまま赤黒い顔をし、口から血を噴き出していた。邪念を払うために、わざと舌を嚙《か》み切ったのだろう。切先からは、まだ闘志が迸《ほとばし》っている。

景一郎がむかい合っているのは、日向将監でもなく、その影でもなく、榊原征四郎ですらなかった。自分の心の中の鬼。俺は、鬼か。けだものか。当たり前だ。鬼であって、どこが悪い。

眼光が、景一郎を斬《き》ってきた。二度、三度と斬ってきた。景一郎が感じているのは、顎《あご》の先から滴《したた》る汗だけだった。潮合《しおあい》。波のように、寄せてくる。くり返し、寄せてくる。耐えた。鬼が呼ぶ。嗤《わら》う。おまえも、鬼だ。いま、死のうとしている鬼だ。

榊原が、眼を閉じた。不意に、かかってくる圧力が、無気味なものになった。口から流れる血が、汗と混じり合って、顎から滴っている。景一郎は、もう汗もかいていなかった。

剣に、なにが賭《か》けられるのか。託せるのか。剣は、俺を拒絶しないのか。

刀身が歪《ゆが》んだ。来国行も、榊原の構える刀も、歪んだ。いや、すべてが歪み、ゆらめいた。陽炎《かげろう》。二人の気がぶつかって、たちのぼった陽炎。閉じた榊原の眼は、いまなにを見ようとしているのか。

景一郎は、陽炎の中の榊原を見ていた。鬼は、どこなのか。また、俺の心に戻ったのか。ふるえる。なにかが、ふるえはじめる。駈けていた。榊原も。陽炎が消え、すべてが鮮明になり、自分の息が聞え、蹴散らされる土が見えた。駈けている。鬼。追っているのか。追われているのか。肌が縮まった。縮まった肌が、息苦しいほど全身を締めつけた。駈けている。俺は、俺を追っている。日向景一郎を、斬ろうとしている。いや、追われているのか。駈けている。

榊原が、跳んだ。

景一郎は、地に足をつけて、耐え抜いた。来国行。地に触れる寸前で、止まっていた。

「なぜ、跳ばぬ」

榊原。額から鼻梁《びりょう》から顎から、血がぷつぷつと吹き出し、丸くなった。玉になったその血が、しばらくして繋《つな》がった。ひと条《すじ》の、細い血。それが拡《ひろ》がる前に、榊原の眼が離れた。鼻が、二つになった。口が、顎が。

景一郎が来国行を鞘に収めた時、榊原の躰《からだ》は両側に別れて倒れた。

日向流を斬ったのか。わからなかった。鬼はどこだ、と思った。足が、ようやく動いた。鬼である俺が斬り、鬼である俺が斬られた。呟《つぶや》きは、呪詛《じゅそ》に似て聞えた。


桜が散り、葉が繁《しげ》るのを、鉄馬は横たわって見ていた。薬草園の雑木林も、新緑が眩《まぶ》しいほどだ。

森之助の、書見が聞えた。

死んでいない。あの道庵《どうあん》が、傷をきれいに縫いあげてしまった。それから、景一郎の血を、自分の躰に移したのだという。道庵にそう教えられた。賭けだった、と道庵は言ったのだ。血が合わなければ、すぐに死ぬ。

なぜか、景一郎の血と自分の血は合ったのだ。

どうやって移したのかは、わからなかった。自分の躰に、景一郎の血が流れている。それは、おぞましいとしか思えなかった。

死ねなかった、という思いは、日に日に薄れていった。自分が、なぜ死のうとしたのかも、いまではよくわからない。

新兵衛が来て、よく女の話をした。多三郎からは、まだ茸《きのこ》を貰ってはいないらしい。精を搾《しぼ》り尽されるような気がする。来るたびにそう言ったが、新兵衛は逆に血色がよくなったほどだ。

さわが、粥《かゆ》を運んできた。

「いい加減、普通の飯を食わしてくれないのか？」

毎日言っていることで、さわは取り合おうとしない。榊原征四郎の剣が、胃の腑《ふ》まで斬っていたというが、鉄馬には信じられなかった。

森之助の書見が続いている。それは、夏の蟬《せみ》の鳴声のようにしか、鉄馬には聞えない。

「おさわ、景一郎が憎いか？」

「どうして？」

「おまえが惚《ほ》れているのに、見向きもしない。おまえを、女として見ていないのさ。美千も同じだ。あいつは、女を女として見ない。見えないのさ」

「そうかしら」

「景一郎が憎ければ、俺が殺してやるぞ」

「なにを言ってるの、助けてもらったくせに。血まで、もらったのよ」

「そうか。俺の躰は、半分景一郎か」

言うと、おさわは微妙な表情をした。

精を抜かれるという新兵衛の話は、もう沢山だった。この躰では、いまのところ逃げ出すこともできない。新兵衛が羨《うらやま》しがるような話をしてみたかった。

おさわを抱いた。若い躰を、舐《な》め回した。そういう話ができないものか。

数日前から、考えていることだった。

「景一郎は、なにをしている？」

「また土よ。いくつもいくつも壺《つぼ》を作って、あきれるぐらいよ。薬の気が抜けない壺を、多三郎さんが欲しがっているの」

自分を閉じこめる壺でも、景一郎は作るつもりなのかもしれない。やりたいように、やらせておけばいい。

「あいつは、土と媾《まぐわ》合って喜んでいるのだ」

「わかってる。もう諦《あきら》めてるの。とっくに、諦めてるのよ。なにもわかろうとしない男なんだから」

「美千のように、裸で寝て誘っても無駄かな」

「おお、いやだ。そんな女にはなりたくないわ」

「未通娘《おぼこ》みたいな言い方だぞ、おさわ」

「当たり前でしょう」

「俺が、抱いてやる」

「なにを言ってるの」

「俺の躰の半分は、景一郎だぞ」

また、おさわの表情が微妙に動いた。

「景一郎を、くやしがらせる方法が、ひとつだけあるのだ。おまえを抱かなくて、くやしかったと思わせる方法がな。なにしろ、俺は伯父だから、あいつのことがよくわかる」

「なによ。どうするのよ」

「俺が、おまえを抱く。そして、どれほどいい女だったか、毎日景一郎に話してやるのさ。あいつは、壺じゃなくおさわの躰を土で作って、それを抱くね。そしてくやしがる。おさわの生身がそこにあるのにってな」

おさわの表情が、また動いた。下唇が、濡れている。自分の男が怒張するのを、鉄馬は感じた。生きているぞ。俺は生きている。そう叫びたくなった。

「男と女には、いろいろとある。俺は、景一郎がおまえにひれ伏すのが見えるね。伯父貴ではなく、俺の女になってくれ、とあいつは頼むはずだ。その時、抱かせてやるもよし、捨てるもよし。おまえの気持次第だ」

おさわの眼が、束の間《つかま》焦点を結ばなくなった。

「俺に任せろよ、おさわ」

鉄馬がのばした手を、おさわが叩《たた》いた。ひどい叩き方ではなかった。

「なにを言うのかと思ったら。小関さんには、女の人がいたじゃない」

「死んだよ」

言っても、美保の顔は思い浮かびもしなかった。

「景一郎が、おまえにすがって泣く。考えてみろよ。そんないいことってあるか」

「お粥、これからほかの誰かに運ばせますからね」

立ちあがったおさわの、尻《しり》のあたりに鉄馬は視線を走らせた。

森之助の書見は、まだ続いていた。

解説

池上冬樹（文芸評論家）

動から静へ。日向景一郎《ひなたけいいちろう》シリーズは一転して、内省へと向かう。もちろん剣戟《けんげき》はあり、後半では、数十人とのすさまじい戦いが繰り広げられるけれど、全体的なトーンは静かで、内面をのぞくものが多い。それでも充分に面白く、最後まで昂奮が続く。

しかしそれを語る前に、少し寄り道をしたい。シリーズ第一作『風樹の剣』（一九九三年）、第二作の本書『降魔の剣』（九七年）、第三作『絶影の剣』（二〇〇〇年）、第四作『鬼哭の剣』（〇三年）、第五作『寂滅の剣』（一〇年）と並行する北方謙三の現代ハードボイルドの諸作について語りたいのだ。

北方謙三というといまや、『三国志』『水滸《すいこ》伝』『楊令《ようれい》伝』『岳飛《がくひ》伝』『史記』『チンギス紀』などの中国古代小説の作家のイメージが強いだろう。しかし一九八一年の単行本デビュー作『弔鐘《ちょうしょう》はるかなり』から読んできた読者にとっては、北方謙三は現代ハードボイルド・冒険小説の作家であり、『逃がれの街』『逢うには、遠すぎる』『眠りなき夜』『檻』『渇きの街』など、一九八〇年代の傑作群をまず思い出すのではないか。

個人的には、やくざの生きざまを三人称視点から一人称視点に変えて劇的に物語る実験小説的な傑作『棒の哀しみ』（九〇年）からゼロ年代前後までの傑作群、たとえば『冬の眠り』（九六年）『白日』（九九年）『擬態』（二〇〇一年）『煤煙《ばいえん》』（〇三年）『旅のいろ』（〇六年）『抱影』（二〇一〇年）などの現代ハードボイルドに愛着がある。これらは初期のハードボイルド・冒険小説的要素が弱まり、人物の内面の奥深くへと沈潜していく純文学的色彩が強いのだが、それでも読み始めたらやめられない。一行一行に心をふるわせ、息をつめて読み続けてしまう。

たとえば『擬態』は、サラリーマンの暴力と破滅を、まるでフィルム・ノワールのような鮮やかな美的結晶に変えているし、『煤煙』は、弁護士が自ら進んで自分の精神と肉体を〝毀《こわ》して〟いく姿を強烈に捉えている。深層意識に眠る破壊衝動を危険なまでにあらわにし、滅ぶこと、死ぬことが途方もない快感であるかのように強烈に感得させる。

純文学でスタートし、エンターテインメントに転向し、ハードボイルドのみならず時代・歴史小説まで数々の名作を送り出した北方謙三が、これらの現代ハードボイルドでは逆に、己が出自の純文学のほうへ進むことで円熟味を増したといっていい。とくに気鋭の面打ち師を主人公にした『白日』、画家を主人公にした『冬の眠り』と『抱影』はより深化した内容をもち、なかでも抽象絵画を通して生と性と死を同一のものにしていく『抱影』などはヘミングウェイもなしえなかった文体の極致。素晴らしい傑作だ。

そして、昨年（二〇二四年）刊行された『黄昏《たそがれ》のために』（文藝春秋）は、その純文学的ハードボイルドに連なる作品で、『チンギス紀』と並行して書かれた原稿用紙十五枚の掌編が十八作収録されている。挿話を通して画家の内面を浮き彫りにする連作集だ。

たとえば毒茸に耽溺する「毒の色」、モデルと一線を越える「スクリーン」、肉体関係をもつ女と危うく戯れる「ナプキン」など前半を読むと、性と死の深淵を探る吉行淳之介の名作『暗室』を思い出し、これは北方謙三版『暗室』かと期待してしまうのだが、中盤からは究極の絵画を求める芸術家小説としての側面が強く打ち出される。つまりデッサンがもつ生々しさが人を刺す「爪先」、とことん色を追究する「この色」、物の本質が顔をだす「隠し味」に顕著だが、ひたすら内面に錘《おもり》を垂らしていくのである。「画用紙の中の吉野が、いくらかさみしげな表情になった。さみしさは写したのではなく、描く私が滲み出してしまったのだろう。吉野の顔を通して、私は自分を描いていた」（「隠し味」）とあるように、画家が何を描くのかではなく、何が描かれるのか、そこから何が染みだしてきて、それを読者はどう受け止めるかなのである。ある書評に書いたことだが、いわば小波がたつ暗く深い湖のような小説であり、そこに湖面をのぞき込む読者自身の顔が映り込むのである。北方文学でしか味わえない魅惑的世界だ。

という紹介をすれば、本書『降魔の剣』での日向景一郎の陶器作りにおける内省がわかるだろう。同時期の純文学的ハードボイルド作品で行われた内面探索が、そのまま景一郎の陶器作りでも行われているのである。ひたすら土を選び、こねる行為を繰り返し、何がしかの観念の具体的な手触りを摑もうとしている。第二章「かたち」の最後、小関《おぜき》鉄馬《てつま》が景一郎の殺しを見て、「斬ればいいというものではないのだぞ」と言葉を投げかけると、景一郎は「その人はすでに死んでいましたよ。死人の眼以外のなにものでもありませんでした。私は、それを形にしただけです」と答えるが、これを読んで、『黄昏のために』の画家の言葉を思い出す。キャンバスの中で「死を具象として捉えきれたら、そこに命というものも浮かびあがってくるはずだ」(「開花」)。具象としての死。死の形を見いだした景一郎はしかし命を正面から見ているのだろうか。

枕が長くなってしまった。さて、『降魔の剣』である。

シリーズ第一作の前作『風樹の剣』は、ロードノベル的な父殺しの物語だった。「父を斬れ。斬らねばおまえの生きる場所は、この世にはない」という祖父の遺言を受けて、父探しの旅に出た日向景一郎が、九州は熊本の地でついに父との対決を果したからである。

第二作の本書は、前作から五年たっている(シリーズは五年ごとの経過をたどる)。

江戸の向島《むこうじま》で日向景一郎は、父が遺した幼い弟・森之助《もりのすけ》、日向流の使い手で、景一郎に左手を切り落とされた伯父の小関鉄馬とともに暮らしていた。そこは薬種屋・杉屋清六《すぎやせいろく》の寮であり、薬草園も兼ねていて、景一郎はその片隅で土をこね、焼き物を作る日々を送っていた。乳飲み子だった森之助は五歳となり、鉄馬の指導の元、幼剣士に育っていた。

物語はまず、臨時廻りの同心・保田新兵衛《やすだしんべえ》が刃傷沙汰の下手人の三次を追って、品川の漁師町の家へ向かう途中で、米二俵のような土を軽々と担いで運ぶ男と出会う。それが景一郎だった。三次の家に赴くと、そこに薬種屋・杉屋清六がいて、三次の父親は漁師で、薬種となるものを海の底からとってきて助かっているという。だが新兵衛はうさんくさいものを感じて、清六のあとをつけて本店まで足を運び、それに気づいた清六は金を包んで懐柔しようとする。

やがて三次が、向島の寮へと運び込まれ、三次が小舟をあやつり、船が運んでいるものを盗んで、それを清六が買っていたことがわかる。阿芙蓉《あふよう》なる薬物だった。それを運んでいるのが庄内藩の船であり、庄内藩の武士が向島にやってきたことで、血を争う争奪戦がはじまる。

という紹介をするといかにも動きのある物語に見えるが、景一郎が見ているものは土であり、土との対話がことこまかに書かれていく。『風樹の剣』では各地を放浪したが、今回は向島を動かない。次回の第三作『絶影の剣』の前半と第四作『鬼哭の剣』は江戸を離れてしまうけれど、基本は向島であり、本書に出てくる薬種屋や薬草園の人物たち、さらには新兵衛なども五作目の完結篇まで、脇役として出ずっぱりとなるし、男女関係も変わる。その意味でも、本書に出てくる人物たちをしかとご覧いただきたい。

それにしても、けもののような景一郎の荒ぶる魂と、すさまじい殺しを描いた『風樹の剣』と比べると、おどろくほど静かである。何よりヒーローの景一郎は脇にまわり、伯父の小関鉄馬と、新たに登場した保田新兵衛の視点で物語られることになる。新兵衛が追うのは、阿芙蓉なる薬物である。阿芙蓉は芥子《けし》の実からなる阿片《あへん》のことで、これは(以下、新潮文庫の小椰治宣《おなぎはるのぶ》氏の解説の孫ひきになるが)阿片のアラビア語「アフィユーン」を漢訳したもので、江戸時代のはじめに朱子学者・林羅山《はやしらざん》が長崎で手にいれた李時珍《りじちん》の『本草綱目』に掲載されている。おもに胃痙攣などの差し込みや強壮剤として用いられ、万能薬としても評判をとったが、海外からの輸送などの地理的条件もあり、入手がきわめて困難になり、争奪が激化した。

この争奪が、シリーズの展開(とくに『鬼哭の剣』『寂滅の剣』)では重要な役割を果たすが、本書ではまだ、その薬物を手にいれる者たち(医者や豪商や藩士たち)の姿を追い、それが少しずつ景一郎たちの生活に大きく影を落とす様を捉えている。とくに目をひくのは、その薬物の動きに目を光らせている者たちとの戦いだろう。相手は誰で、どのような意図をもっているかが語られるが、すさまじい剣戟になるのはいつもの通りで、体が熱くなるほどの昂奮を覚えさせる。

今回の小説で顕著なのは、さきほど触れたように、景一郎が焼き物作り、とりわけ土の選択と練土に没頭していることだろう。この焼き物作りは、前作『風樹の剣』の第五章「皿の日」で始まり、なかなか印象的に語られてあったが、今回はいちだんとその魅力が増す。この芸術へとむけるまなざしの透徹ぶりは、北方文学の特徴の一つでもある。言い忘れたが、『黄昏のために』の画家は、ひたすら描くことの意味を、絵筆やほかの道具を使って追究している。この芸術家を主人公にした現代ハードボイルドの連作(『白日』『冬の眠り』『抱影』)はぜひ読まれるといい。

もうひとつ特徴的なのは、女という体への耽溺である。「この女の心の中の魔物に触れてみたい、と鉄馬はふと思った。躰には溺れているが、心まで溺れていない。心まで溺れることができれば、その先にある滅びも見えてくるような気がする。甘美な滅びだろう。そういう甘美さの中で早く滅びてしまいたいという思いが、鉄馬のどこかにあった」(第四章「鱄」)という滅び願望は、同時代の現代ハードボイルド、なかでも性愛をひたすらまさぐる〝官能ハードボイルド〟ともいうべき『旅のいろ』に通じるものがある。

本書では鉄馬だけでなく、後半では新兵衛もまた、女性と深く体をつなぐことになる。物語の興趣にふれるので曖昧に書くが、鉄馬が深入りする美保は秘密を抱えていて、それが明らかになる中盤以降は、活劇豊かな展開になり、緊迫感も生まれるし、それが景一郎の命を脅かすものとして顕在化するあたりから、剣豪小説としての側面がクローズアップされて、物語は沸騰していく。


動から静へと移っても、それは景一郎の、そして弟の森之助を外側から描く方法であり、終盤を見てもわかるが、動から静へ、そして再び動へと劇的に転換するための方法なのである。五歳ということで、最後まで視点をもたなかった森之助も、十五歳になる第四作『鬼哭の剣』で主人公として語り始め、女性との初体験も語られるし、その前の第三作『絶影の剣』では、十歳の森之助は過酷な現実と対峙し、残酷極まりない試練に立ち向かうことになる。動から静へというのが本書だったが、次回の第三作『絶影の剣』は動から動へとひた走る活劇の極致。「去るのも死、残るのも死」という絶体絶命の状況下におかれる物語だ。

さらにもうひとつ、予告として、次回の『絶影の剣』の冒頭での森之助の言葉を引いておこう。「大人になったら、兄上に勝てそうか？」と聞かれて、森之助は、次のように答える。「わかりませんが、いつかは兄上を斬らなければなりません。……仕方がないのです。父の仇ですから」。日向景一郎シリーズは、最終的には、この兄と弟の対決に向かう物語であることも頭にいれて読むべきだろう。

底本『降魔の剣　日向景一郎シリーズ2』（新潮文庫／二〇〇〇年）
新装版刊行にあたり加筆・修正をしました。

双葉文庫

き-08-03

降魔《ごうま》の剣《けん》〈新装版〉

日向景一郎《ひなたけいいちろう》シリーズ❷

2025年2月15日　第1刷発行
2025年4月 7日　第2刷発行

【著者】
北方謙三《きたかたけんぞう》

【発行者】
箕浦克史
【発行所】
株式会社双葉社
〒162-8540 東京都新宿区東五軒町3番28号
［電話］03-5261-4818（営業部）　03-5261-4831（編集部）
www.futabasha.co.jp（双葉社の書籍・コミックが買えます）
【印刷所】
株式会社 DNP 出版プロダクツ
【製本所】
株式会社 DNP 出版プロダクツ
【カバー印刷】
株式会社久栄社
【DTP】
株式会社ビーワークス

【フォーマット・デザイン】
日下潤一

ISBN978-4-575-67230-5 C0193
Printed in Japan